中俄文学互译出版项目·俄罗斯文库

俄罗斯当代戏剧集

1

苏玲 主编

[俄] 亚·阿尔希波夫

拉·别林兹基 等 著

潘月琴 杨爱华 等 译

中国国际广播出版社

《中俄文学互译出版项目·俄罗斯文库》
由中国国家新闻出版署和俄罗斯出版与大众
传媒署批准，中国文字著作权协会和俄罗斯
翻译学院负责组织实施。

社会转型时期的艺术之"新"

（代序）

　　1991 年苏联解体改变了世界政治的版图，也成了俄罗斯历史长河中一道重要的分水岭。具有辉煌历史和优秀传统的俄罗斯文学艺术，如何去体察感知社会变幻莫测的温度，如何去丈量描述俄罗斯民族奥妙无穷的精神空间，是俄罗斯社会转型时期这二十多年来世界目光所高度聚焦与密切关注的。

　　对于中国读者和观众而言，俄国时期的普希金、果戈理和契诃夫，苏联时期的斯坦尼斯拉夫斯基、梅耶荷德和罗佐夫、阿尔布卓夫、万比洛夫等经典作家和戏剧大师，都是耳熟能详的名字。但是，20 世纪末苏联解体至今，俄罗斯剧坛发生了怎样的变化，产生了哪些新的、有代表性的戏剧家和戏剧新作，我们却感觉陌生。《俄罗斯当代戏剧集》就是在这样的背景下应运而生的。在所选的作家中，绝大部分是 20 世纪八九十年代登上文坛或在 21世纪初崭露头角的年轻剧作家。而所选剧目，也大多创作于最近二十年。对中国读者而言，可称得上是"新面孔新作品"。

　　众所周知，俄罗斯是戏剧大国，具有深厚的戏剧艺术传统。

I

随着苏联的解体，活跃于20世纪七八十年代的戏剧"新浪潮"开始进入尾声。而被学界以"新戏剧"命名的戏剧浪潮开始由弱渐强，成为新世纪俄罗斯剧坛的主流。从"新戏剧"的创作主题、艺术风格和审美特征来看，它具有鲜明的反传统性，聚焦的目标常常是社会边缘群体，反对以剧本为中心和以导演为主导的表现模式，反对戏剧的教化功能，呈现出一种超自然主义的审美倾向。在我们所选的作家中，尼·科利亚达、马·库罗奇金、亚·罗季奥诺夫、瓦·西戈列夫、杜尔年科夫兄弟、普列斯尼亚科夫兄弟、娜塔莉娅·莫西娜、亚历山大·阿尔希波夫等，都是"新戏剧"潮流的代表作家，而尼·科利亚达可以说是"新戏剧"的旗帜性人物。

21世纪初的俄罗斯戏剧创作，尤其是以科利亚达为代表的"新戏剧"浪潮的活跃，与1985年以来苏联进入的转型期社会现状密切相关。20世纪的最后十余年，苏联文坛开始大量刊发之前被禁的苏联文学作品和国外的后现代主义先锋作品，其中也包括大量的西欧戏剧作品，如残酷戏剧和荒诞剧等。当时正值20世纪后半叶俄罗斯"新浪潮"戏剧发展的鼎盛时期。因为万比洛夫对20世纪后半期苏联戏剧的影响，"新浪潮"戏剧又被称为"后万比洛夫"戏剧。而作为"新浪潮"戏剧代表作家，柳·彼得鲁舍夫斯卡娅、维·斯拉夫金、亚·加林、柳·拉祖莫夫斯卡娅、米·罗辛、弗·阿罗、谢·兹洛特尼科娃和亚·卡赞采夫等正如日中天。在社会动荡、人心悲凉和信仰危机的时刻，"新浪潮"的剧作家们加大了对黑色现实的描写力度，因其对社会现实阴暗面毫不留情甚至放大尺度的批判，这一时期的"新浪潮"戏剧又被称为"黑色戏剧"。

从本丛书所选的23部戏剧作品来看，作家出生的年代在20世纪40年代到80年代之间，作品的类型有常见的传统悲剧、喜剧和讽刺剧，也有较为少见的滑稽剧和音乐剧，其内容和主题几乎涉及苏联历史上许多重大的事件，尤其是苏联解体以后俄罗斯的社会现实，呈现出了鲜活的戏剧艺术生态。用传统的考察视角，我们可以在这些剧作中发现大致相同的特点。首先，作家们几乎无一例外地将目光聚焦在了社会小人物、边缘人物和社会底层人物身上；其次，作家们热衷于表现外省苦闷的日常生活场景，或是城市中狭小局促的室内空间，使人的生存与个人命运具有了深刻的哲学意味；第三，戏剧人物往往置于"临界"状态，常常一触即发，其行为和言语在极为自由的状态下极易走向极端，要么热情洋溢情绪高涨，要么歇斯底里大声争吵，在种种极端场景下崇高与卑俗、严肃与幽默、哭与笑等截然不同的两面得到了同时的呈现；第四，虽有弱化情节及强化戏剧人物情感和情绪的倾向，但戏剧家们大多没有脱离心理现实主义戏剧传统，对人物的心理和情绪刻画极具现实主义乃至于自然主义的笔法；第五，剧作家们既善于用纪实性手法表现戏剧场景，又善于以虚拟性手法使自己游离于戏剧场景之外，以作者的身份讲述创作过程，对剧中人物进行点评；第六，剧本对音乐、灯光、布景、造型和化妆大多没有严格要求——这也许意味着，以导演为主体的20世纪戏剧艺术正走向式微；第七，从剧作家的身份来看，近半数所选剧作家都有导演或表演经验，有的甚至是专业演员和导演出身，不少剧作家还是影视剧的编剧，可谓一专多能。

在俄罗斯戏剧史上，出现过两次"新戏剧"浪潮。一次发生在 19 世纪末 20 世纪初，也就是契诃夫的时代；第二次发生在 20 世纪末和 21 世纪初。也就是说，世纪之交的俄罗斯社会和剧坛呈现出了略带规律性的同频率共振。在这样的律动中，我们可以更清晰地看到历史延续的印迹和文学艺术血脉的走向。不论是新世纪"新戏剧"浪潮的主流剧作家，还是处于创作探索期的戏剧新秀，从本丛书所选的 23 部较有代表性的剧作看，俄罗斯当今的戏剧艺术依然首先是俄国和苏联时期深厚戏剧艺术传统的传承，我们可以看到心理现实主义、新感伤主义、新自然主义、后现代主义等艺术潮流的不同影响和体现，也能感知到戏剧家们在新的社会历史时期对艺术的不同诉求和努力探索。从关注人特别是小人物的复杂情感到丰富的精神世界，到过去作品中很少表现的"低级"、负面现象，如生育、流产等生理现象，或军队和监狱生活等暴力现象，到以罪犯、妓女和乞丐等社会底层人物为主人公的黑暗生活悲剧，剧作家们既难以脱离戏剧艺术的道德使命和人文关怀，也没有放弃对戏剧人物、戏剧冲突和戏剧语言等艺术形式方面基于传统的创新。所以，科利亚达、西戈列夫等这种时代感很强的作家现在都声称自己是契诃夫、果戈理、万比洛夫和罗佐夫的"学生"和"继承者"，不断告诫自己"不要忘记契诃夫和莎士比亚"，认为自己专注于描写那些被侮辱与被损害的人是因为自己的创作"来自果戈理的《外套》"。面对千姿百态、精彩纷呈的戏剧现状，虽然有批评家认为当代戏剧创作，尤其是较为普遍的实验性创作过于强调对观众的"休克疗法"，容易走向极端，或过于重视对俄罗斯社会阴暗面的揭露，有迎合西方国家否定俄罗斯政治文化现状之嫌，但是，21世纪初俄罗斯剧作家是如何在继承俄罗斯优秀戏剧传统与展现时代与个性风格间求得平衡与寻求出路，我们大可从这23部剧作中窥其一斑。

感谢国家新闻出版署和俄罗斯出版与大众传媒署发起的"中俄文学互译出版项目"，感谢中国文字著作权协会和俄罗斯翻译学院的组织工作，使得这套厚重的、饱含着中国老中青三代译者辛苦努力的《俄罗斯当代戏剧集》得以面世。希望这些作品能够把最新的俄罗斯剧坛讯息带到中国的读者和观众面前，在中俄戏剧交流史上贡献一份微薄之力。

由于内容的庞杂和戏剧语言的复杂性，译文中一定有不少谬误和欠妥之处，敬请读者们批评指正！

苏玲

2018年7月

（苏玲，编审，中国社会科学院外国文学研究所《外国文学动态研究》主编，中国外国文学学会俄罗斯分会理事。曾发表《二十世纪俄罗斯戏剧概论》《大师与玛格丽特》等著译成果。）

目　录

复员军人列车

独幕剧

亚历山大·阿尔希波夫　著

潘月琴　译

作者简介

亚历山大·谢尔盖耶维奇·阿尔希波夫（Александр Сергеевич Архипов, 1977— ），俄罗斯剧作家、编剧、导演、《СТВ》电影公司的主编。出生于叶卡捷琳娜堡，曾就读于国立乌拉尔大学新闻系（1994—1996），1996—1998年在军队服役。是科利亚达的优秀学生之一。

译者简介

潘月琴，北京外国语大学俄语学院教师，副教授。代表译著有俄罗斯白银世纪作家伊万·什梅廖夫的长篇小说《死者的太阳》，另译有当代俄罗斯作家的短篇小说若干，参与了《20世纪俄罗斯文学》《俄罗斯当代小说集》《普京文集》等书籍的翻译工作。

人　物

热尼亚 - 爱丽丝——20 岁。

季洪——26 岁。

瓦尼亚——18 岁。

发车站

　　病房。一个小柜子上立着一幅圣像。圣像前是一支点燃的蜡烛。病房里的人都睡着。只有一个坐在轮椅里的年轻小伙子没有睡。

　　小伙子名叫季洪。他坐着轮椅来到放着圣像的小柜子前，在胸前画十字，把圣像拿在手里亲吻，然后小心翼翼地又放回原处。

季洪　其实，我不叫季洪，而是叫季莫菲。要是在当老百姓的时候听见别人叫我"季洪"，我一定会在他的脸上狠狠地给一拳。我不喜欢别人瞎给我改名。但这里所有人都这样叫我。或许是因为我不爱说话吧[①]。也罢。我们这里许多人都有外号，暂时就还没给瓦尼亚起，（用手指他）虽然他住在这里好久了。他讲过他是怎么到这儿来的，笑得我肚子都要破了。他是半年前被征的兵，他是新人嘛，所以事情是明摆着的，老兵们开始支使他。于是，瓦尼亚给老兵们到厨房里去偷糖煮水果。正巧喝多了的上尉迎面走来。他们发生了口角，瓦尼亚的脸被摁到了桌子上：你拿着糖煮水果要去哪儿？当然是

---

　　① 季洪一词的词根意为"安静的"，故与"不爱说话"有相关性。

去孝敬老兵的。上尉很较真，他说：我不能容忍在祖国托付给我的队伍里有破坏规章的现象，于是他就用"马卡洛夫"手枪对着瓦尼亚的肚子开了一枪。如今，瓦尼亚得到了充分的休息，还有一件开心事：上尉常给他带水果和蔬菜来，求他不要告到法院去。瓦尼亚干吗要告他？一个月后他就能回家了，所有的事都了结了。他就像度假一样当了回兵。

我很快也要回家了。这就是所谓的来挣了一趟外快。真是一个大外快。（用木质的假肢敲轮椅的脚蹬）我在克麦罗沃[1]的家里时看过新闻，说是战争已经结束，甚至还进行了选举。在我们克麦罗沃能有什么像样工作？所以才签了当兵的合同，在部队当司机。（停顿）实际上确实进行了选举。

在那边的是谢列兹涅夫·热尼亚。他是我们这儿新来的。所有人都叫他"爱丽丝"[2]。这是尊称，完全没有戏弄他的意思。他的背上中了弹片，另外还有内伤。不过才20岁，但已经完全是个丢了脑袋的人了[3]。（停顿）最近几天我完全无法入睡。因为一切都快要结束了。

如果我妈妈偶然打开电视看到这个节目，那我就告诉她：

---

[1]　麦克罗沃是俄罗斯西西伯利亚麦克罗沃州的行政首府，同时也是这一地区经济、文化、科技、工业和交通的中心。

[2]　英国作家查尔斯·路德维希·道奇森以笔名路易斯·卡罗尔于1865年出版的童话《爱丽丝梦游仙境》的女主人公，此处暗指热尼亚性格中具有像爱丽丝一样不安分、好冒险的特点。

[3]　短语原意为"掉脑袋""没头脑""做事不假思索"。俄罗斯国家电视频道CTC有一档著名的喜剧节目也以此命名，该节目通常有9名参赛者，他们走上街头以最出人意料的方式来刺激和挑逗路人，使他们表现出各种各样的情绪，9人中最出彩者获胜，得到一个"无头奥斯卡"雕像。此处该短语应具有双关含义。

妈妈，我很快就要回来了。什么都不需要，我这儿什么都有。你只要去了解一下有关抚恤金的文件就行了。这事情现在就得去办，因为管理部门的那些人且得让你求他们呢。我明天就把伤残证明的复印件给你寄去。

我还想说一些感谢的话。前天几位女士从索罗斯基金会来看望我们，并赠送了我这辆轮椅。遗憾的是，我不会说英语，因为我一直住在克麦罗沃。因此，我要对乔治·索罗斯[①]先生——我不知道他的父称是什么——说一声衷心感谢。（季洪熄灭了蜡烛）

第一节车厢

早晨。热尼亚 - 爱丽丝坐在病床上。他穿着绒衣和一条长款的黑色短裤，手里拿着一页纸。床周围还散落着许多揉皱了的废纸。

热尼亚　嗯。（读）下士叶甫盖尼·谢列兹涅夫致摩托化步兵连连长杰尼索夫大尉。指挥员同志！敬请报告：我在第 123 军医院住院期间，已经……不，不行。（拿起笔，在纸上修改着什么）

我胸部的伤已经痊愈，我已准备好回去继续服役。但

---

① 乔治·索罗斯（George Soros），1930 年生于匈牙利布达佩斯，美国籍犹太裔商人，著名的慈善家，货币投机家，股票投资者和政治行动主义分子。索罗斯基金会为其麾下从事慈善活动的机构。

军医院的主管医生乌瓦罗夫医务少校却有不同意见。恳切请求您对少校同志施加影响，让他给我发放军事通行证、路上两天的干粮和公差证明。句号。还有，少校同志试图让我违背军人的誓言，他建议我退役回家，回到户口所在地。请您追究他的违纪责任，并枪毙他。（把纸揉成一团，扔到地上）季洪！

[季洪沉默不语。

热尼亚　季洪！！！

季洪　嗯。

热尼亚　我想坐在轮椅上走走。把方向盘给我，快，让我开一会儿。

[季洪磨蹭着。笨拙地把自己从轮椅里挪到病床上。

[热尼亚跳上轮椅，并坐着轮椅在地上做了个单轮旋转360度。他从立在病房角落里的拐杖中拿起一支，举起它瞄准了窗户。

热尼亚　突，突突。小伙子们，打仗可不是在沙发上跟女人亲热。（用拐杖瞄准门，扔出去）好玩儿。（开始口述一封信）

亲爱的妈妈！原谅我好久没有写信。嗯，你自己也知道，这里不是邮政总局。我们在这里就像鲁滨逊·克鲁佐^①一样。直升机每两周来一次，我们所有的信都是通过它来转寄的。我们的伙食很好。战友们都很棒。连长更是一个了不起的男子汉。他说：谢列兹涅夫士官，你能想象吗，他就这

---

① 鲁滨逊·克鲁佐为英国作家丹尼尔·笛福的长篇小说《鲁滨逊漂流记》（1719）中的男主人公。

样对我说，您的服役记录非常出色，继续签约留下吧。这就是我现在想的。但我也许会回到你们那儿去。经常想象推开家门的场景。当然了，我现在已经是非军事人员了。我想这回我可以喝酒、闲逛了，和姑娘们亲热亲热，以后当然会回想起服役期间的事情，这个，那个的……不，你别想多了，我就是开个玩笑。我说的当然是和莲卡亲热，用的是复数而已。

你转告她，让她多给我写信，不然我好久都得不到她的音讯。还有很快就要给我发奖章了。我在这儿打伤了敌人的一个野战指挥员。这个混蛋，他也伤了我，但很轻。现在我的头被悬赏 1 万美金。战友们甚至开玩笑说，爱丽丝，我们把你的头给卖了吧，然后把钱分掉。

〔急速地刹住轮椅的轱辘。沉默不语。

我被送到军医院来待一段时间，最近几天里就应该让我出院了。给我写信。如果可以的话，给我寄些信封和其他你想寄的东西。这里信封很短缺。

给你寄一张我的照片。是在 72-B 主战坦克旁边照的。可以说，它就是我的战友。它的重量有 42 吨。关于它的其他信息，我什么都不能说，因为这是军事秘密。爱你的下士谢列兹涅夫·叶甫盖尼。（在空中画了一个句号）

〔护士和一位穿着白大褂、有点谢顶的胖男人走进病房。他被倒在门边的拐杖绊了一下，他把拐杖放到屋角。

男人 嗯，各位亲爱的，大家好。今天玩儿的这是哪一出啊？那乃①男孩儿的弓箭射击？谢列兹涅夫，您的腿脚不好使了吗？

这我们可以很快就帮你纠正过来，您可以问问里亚伯采夫②。

  [热尼亚利索地从轮椅上跳下来。

  大家今天的感觉怎么样？

热尼亚 感觉超好，医务少校同志。允许我向您报告吗？

乌瓦罗夫 报告吧，下士。

热尼亚 （走到乌瓦罗夫跟前，喊道）我想继续服役！

乌瓦罗夫 （严厉地）赶紧坐下！

  [热尼亚听话地坐在病床上。

乌瓦罗夫 怎么，您觉得这都是儿戏吗？给您治好了，您爱去哪
  儿去哪儿。顺便说，我不光是以一个医生的身份在跟您说话，
  我是以长官的身份在命令您。小子，您太放肆了，竟敢以下
  犯上。护士，把注射器拿来！

  [热尼亚假装躲进了床铺的后面。

医生 谢列兹涅夫！你这个跳来跳去的混球！把屁股亮出来。

  [护士拿来橡皮止血带和注满药水的注射器。乌瓦罗夫利
 索地用止血带绑住热尼亚的胳膊，把针扎进去。

热尼亚 （平静地）伊戈尔·谢尔盖耶维奇，这是种什么药啊？打
  完这个药后，我总是很想睡觉。

乌瓦罗夫 （干巴巴地）普通的药。您睡吧。

  [医护人员走出病房。热尼亚在病床上翻来覆去，嘴里有

---

  ① 俄罗斯的"那乃人"即中国的赫哲族，他们自称是满族的后裔，在俄罗
斯西伯利亚的那乃人约有2万人。

  ② "里亚伯采夫"是季洪的姓氏。

气无力地说着一些不连贯的话语。

第二节车厢

病房的门被猛然打开，走进来一个头发灰白、面容严厉的男人。白大褂随意地披在他的将军制服上。随从们迈着小碎步勉强跟在他的身后。"我跟你们说，这样的小伙子不能整天被药片拴着，"将军的脸涨得通红，"都被惯坏了，一群庸医、狱医，什么他妈的希波克拉底①呀！"

热尼亚飞快地从床上跳下来，向前跨了三大步。

热尼亚 将军同志！病房值日兵谢列兹涅夫下士报告：执勤期间未发生任何突发事件。

将军 （喊）稍息，孩子，稍息！

〔走到他跟前，像个父亲一样拥抱他。

将军 军官同志们，你们不该在后方的大本营里闲坐着。（对热尼亚）唉，这样的小伙子再多点就好了！我真想跟你一块儿去侦察。只可惜，年龄不饶人了。

热尼亚 （庄重地）我也愿意跟您一起去，将军同志！去侦察。

将军 看来，谢列兹涅夫，我得去张罗张罗，好让你早点出院。趁这些医学混蛋们还没把你给治坏了。

---

① 希波克拉底（约前 460—前 377），被西方尊为"医学之父"的古希腊著名医生，西方医学奠基人，著名的"希波克拉底"誓言已流传 2000 多年，成为一代代医生的共同誓言。

［他笑着，随从中的军官们也讨好地笑。

将军 （威严地）你们这群参谋部的耗子，张着大嘴笑什么？卧倒！

　　　［军官们卧倒在地。

将军 （宽厚地）冉①，你来指挥。

热尼亚 （在病房里走开了）全体小队，听从我的命令。我数一，身体抬离地面，我数二，身体落地，数到一点五，身体悬在空中。身体动作要一致。明白了吗？

　　　［他开始数数，军官们开始做伏地挺身。

热尼亚 （高喊）你们简直像一群怀孕的河马！（加快数数）一二，一二，一二！

将军 （兴奋地）冉，你简直可以指挥一个团！想不想我送给你一个团？

热尼亚 不想，将军同志。我只要能回部队就好……

将军 嗯，你注意，如果有什么需要的……

热尼亚 再多发一些子弹。子弹不够大家用的。

将军 这我们很容易做到。（他递给热尼亚一支自动步枪）给，拿着，这是我私人的。枪托上已经划了100个道道②。（在兜里摸索，拿出一枚柠檬型手榴弹，也递给热尼亚）

　　　［热尼亚把武器藏在床垫下面。

将军 冉，你再指挥他们做点儿什么……

热尼亚 操练结束。（军官们站起身）下面准备演练反辐射和生化

――――――――――

① "冉"是"热尼亚"的简称。

② 意指已经用该枪射杀过100个敌人。

武器部队的训练科目。我提醒大家，戴上防毒面具的标准时间是七秒。全队注意，有毒气！

　　〔军官们开始慌手慌脚地戴防毒面具。其中有几个人没能在规定时间里戴上面具，他们的眼睛开始外突，贪婪地张大嘴巴呼吸，用双手抓住自己的喉咙，倒地。

将军　　哦，你们就这么站会儿，你们这群戴着防毒面具的蠢家伙！冉，我们说会儿话。我来是为了向你详细了解一下你这次所立的功勋。

热尼亚　（不好意思地）算了，什么功勋啊……（在将军目光的督促下又接着说下去）当时正好是五月九号胜利日，我们大家决定一起稍微庆祝一下。我们听见响起了枪声，大家都来不及穿好衣服就从营房里跑了出去。我手里还拿着把叉子呢。我看见有一团东西在动。再一看是个大胡子男人。我就用叉子往他的喉咙戳过去。我后来才知道，这不仅仅是个普通的"黄军 ①"，而且还是他们的指挥官。

将军　（赞叹地）嘿，真他妈的了不起！

热尼亚　但他也用自己的刀刺伤了我，这个混蛋。这不，现在我跑这儿凉快来了。

将军　（庄重地）叶甫盖沙 ②，这可不是个一般的功勋啊。不是用火箭筒干掉了一个"黄军"之类的。这是真正的英雄壮举。因此你很快就会得到奖赏的。这个指挥官是许多外国间谍的头儿。当然，他的尸体没能保存下来，但他的脑袋被装在玻璃

---

① "黄军"在剧中泛指主人公认为的敌军。

② 热尼亚的正式名字叶甫盖尼的爱称。

罐里运去了莫斯科。泡在酒精里。你知道，现在的技术有多发达？简直是宇宙级别的！专家们给脑袋接上全息线路，所有的信息就都扫描出来了。叶甫盖沙，里面竟有一份颠覆我国国家机构的纲要。

　　[一个军官递给将军一个物品袋。将军把它打开。

将军　你看，这就是那个脑袋……（他从袋子里拿出被砍下来的头颅）好吧，对不起，我得去战地视察了。全体小队，立正！向后转！出发，唱歌，正步——走！妈的！！！

　　[军官们开始列队行进，歌声透过他们的防毒面具传出来。他们离开了病房。

　　[渐暗。

第三节车厢

　　还是那间病房。

热尼亚　唉，真无聊，哥们儿，真的……我在这儿会闷死的。年纪轻轻的，这儿有双陆棋吗？

　　[瓦尼亚否定地摇了摇脑袋。

热尼亚　有扑克牌吗？

季洪　（阴郁地）那不，在墙上挂着①呢。

热尼亚　显摆你聪明啊。行，聪明人，那我们来下盘围棋或是象

---

　　① 在俄语中，"扑克牌"和"地图"的拼写相同。

棋也行啊。

季洪 都跟你说了，这里什么都没有。

热尼亚 好吧。你们看。（从衣袋里掏出一篇从报纸上剪下来的文章）红星报。"世界"栏目里有很多逗乐的事。当一个火车站的员工罗伯特·詹姆斯（在美国密苏里州）不小心掉到火车下面时，他觉得这回小命不保了。火车把他的两条腿齐膝碾断了。妻子离他而去，工作也丢了。一天，詹姆斯意外看见一个轮椅残疾人体育俱乐部的广告。两年后，已经成为知名运动员的罗伯特·詹姆斯，在残疾人比赛中赢得了密苏里州杯，并获得了整整一百万美元的奖金。季洪，怎么样，有没有勇气超越一下美国佬？哪怕让你妈妈高兴高兴也行啊。

季洪 她死了。三年前就死了。

热尼亚 不对，老兄，等等。你差不多隔天就给她写封信。原来她早就死了。那你是在给谁写信啊，坦白吧。给女人写的？

季洪 （恶狠狠地）关你什么事？刚一来就指手画脚的。自命不凡，到处出主意，真以为自己是仙境里的爱丽丝了。想把一切都推倒重来。我们原来那样就挺好。就算是在狗屎堆里，也是在自己的狗屎堆里。九点钟正常起床，喝粥，午饭后睡觉，休养生息。我们根本不需要你和你他妈的那些象棋。听明白了吗？

热尼亚 明白了。好吧，混蛋。你们想怎么活就怎么活吧，就是别把臭味传到我这边来。（从兜里掏出一截粉笔，在地板上画了一条界线）看，就这样，你们要过界可得想好了。还别忘了敲门。（走到季洪跟前，在他脑袋上打了一下）敲一下木头。或许得这样说：尊敬的叶甫盖尼·谢尔盖耶维奇，请允许我到您那儿要点儿酒喝。（季洪猛地抓住热尼亚的一只手，拉到自己的身前，狠狠地咬下去）

热尼亚 （喊叫）放开，放开，你这个神经病！

　　［走到一边，看着自己手上不断滴落的鲜血。（停顿）

热尼亚 见鬼，血倒是在流，可一点也不疼。好像咬的不是我，好像事情不是发生在我身上一样。

　　［渐暗。

　　［突然，传来一阵自动步枪的连击声，然后又是一阵，还有爆炸声。

热尼亚 护士，护士！

　　［护士跑进病房。

热尼亚 护士，快接通线路！

　　［护士解开线轴上的野战军军用通讯线，在病房的地板上铺开。热尼亚开始对着话筒高喊。

热尼亚 总机，总机！我是士官谢列兹涅夫。您听见了吗，总机？在第123军医院区域发生枪战。请派一架直升机来。最好是两到四架。不，我们能坚持一个小时。不，一切正常，还……

　　［一个人手脚并用地爬进病房，他有一张明显异于俄罗斯人的脸。看见热尼亚，他立刻举起了双手。

脸[①] 别开枪，兄弟，我是自己人。我是亚美尼亚人……

----

① 原文中以"脸"代指这个闯进来的亚美尼亚人，此处为直译。

015

热尼亚　你身上怎么会有人肉炸弹的腰带？

脸　告诉你，我在路上走时看见躺着一个人肉炸弹。一瞧他身上还有一条腰带。我就想干吗要糟蹋掉这么好的东西呢？你看这腰带，是真皮的，图案多漂亮，对吗？

热尼亚　到这儿来干吗？

脸　冉，要跟你谈谈。你知道吗，热尼亚，你正坐在什么上面？

热尼亚　坐在病床上啊，这很清楚。

脸　不对，尊敬的先生，你正坐在钱上。你以为人们为什么打仗？他们在为争夺石油管道打仗。而这条石油管道恰巧从你病房的下面通过。老兄，我这是在给你提一个靠谱的建议。你我各一股。我一个人不行。我没有户口。而在俄罗斯没有户口就什么都干不成。

热尼亚　是啊，你们这些黄种人就想着要把一切都偷走。连长对我们说过。比如，中国一直都是俄罗斯的领土，曾经是。黄种人用了300年的时间想要把俄罗斯从我们手里抢走，却一无所获。他们什么也没得到，你们也什么都别想得。（神情严正地对亚美尼亚人做了一个轻蔑的手势①）你们干吗一直往我们这儿钻，没完没了的？塔吉克人、乌兹别克人、中亚人②、捷克人？现在正是一个危机的状态。我们的周围都是敌人。希望就寄托在军队身上了。我们的政治部主任给我们讲过这些。

脸　算了，兄弟，算了。很快就要回家了吗？

---

①　将拇指从食指和中指之间伸出，表示轻蔑之意。

②　原文用的是对中亚人及一切非俄罗斯人的蔑称。

热尼亚　秋天复员，还剩 98 天。

脸　噢，那很快了，你需不需要"梅赛德斯"汽车，朋友？

热尼亚　不需要，战友们会用轮式装甲战车把我送回家的。如果需要的话，到时候我们还可以顺路去你们那儿拜访一下。

脸　不必了，谢谢，还是我们到你们这儿来拜访比较好。注意，如果你在病房里抽烟，别把火柴扔到地板上。（打算走）

热尼亚　你干吗把胡子刮掉，混蛋？

脸　（受惊吓地）老兄，我压根儿没胡子。我向真主发誓。

热尼亚　（从桌上拿起一把刀）没关系，阿卜杜拉，别害怕，我现在就让你改信我们的信仰。战士的十字架是剑，剑就是他的信仰。

　　［将军出现在病房门口。伸开的两只手里托着一个大袋子。

　　［渐暗。

第四节车厢

　　洗手间。抽水马桶整齐地排列着，洗手间的中央是一道隔墙，隔墙上安装着洗手池。隔墙的一侧站着热尼亚，另一侧是瓦尼亚。

热尼亚　最重要的是在睡前把两只脚洗洗。不然的话你会得脚气病的。我说得对吗？

〔瓦尼亚没有回答，只是在鼻子里哼了一声，同时不断把凉水撩在自己的前胸上。

热尼亚 嘿，小兵，干吗不吭声？你也想要像那个发神经的瘸子季洪一样逞能吗？一声不吭的，你是在听广播吗？你应该多听听老兵的话。

〔瓦尼亚微笑着。

热尼亚 好，让你笑。你以为我看不见吗？我能用 X 光线看透你。你这个莫斯科的榆木疙瘩。我看你们在这儿是太放松了。那边孩子们生活在脏泥中，而你们却在这里蹲在马桶上拉屎。年轻人，你要是知道抽水马桶意味着什么就好了！这意味着永恒的舒适休息以及我们生活的喜悦。你就像沙皇和上帝一样坐在马桶上，想抽支烟就抽支烟，想思考就思考。到这儿之前，我有一年的时间都是去灌木丛里解决问题的。我的战友用卡拉什尼科夫冲锋枪为我掩护。然后我再掩护他。这就叫真正的军人的相互支援。

〔瓦尼亚继续微笑着。

热尼亚 你笑吧，笑吧，你这个傻笑的家伙。你们在这儿干吗像被冻伤的蚯蚓一样萎靡不振。应当生活，明白吗？生活，而不是插上门躲在毯子底下。生活就是拼搏，这还是一些聪明人说过的话呢。小家伙，我除了这种拼搏没别的事可做。否则我会瞧不起自己。不劳而获地活到死，任何一个傻瓜都会。可你应该试试做点什么。为的是以后人们会带着极大的敬意和满足来为热尼亚·谢列兹涅夫喝一杯，为的是以后人们会称颂爱丽丝是个了不起的男子汉。小家伙，我绝不会用任何其他的东西来交换这种人生。

[瓦尼亚微笑。听得见远处火车的鸣笛声。

热尼亚 哦，听见了吗，汽笛声？在召唤我呢。没关系。谢列兹涅夫下士在你们这儿连一口茶都不会喝的。他在你们的墓地里会觉得无聊。他还急需要把两百个黄军小子打发到莫吉廖夫省① 去呢。

然后躺在包厢里，要躺得像座山似的稳稳当当的，读读书，坐着复员军人列车回家。（向往地）回家之前，我要给自己好好地弄一套制服，最棒的！我要用降落伞的丝线编一条装饰带，用肥皂在裤子上描画出裤线。肩章，你知道吗，我要弄一副什么样的肩章？我要给字母② 涂上磷粉，它们在黑暗中会像星星一样闪亮。好让每个家伙都看到这是一个叫热尼亚·谢列兹涅夫的大人物正在走来。

我一回到家，就要整顿秩序。母亲说，我不在的时候，那儿的人个个都变得没规矩了。又一茬小姑娘长大了，跟她们已经有事可干了。你知道我们斯维尔德洛夫斯克的姑娘们什么样吗？我从未在其他地方见过比她们更漂亮的了，就算是在你们莫斯科也没有。没有，我简直好奇，你们那儿所有人都有病还是怎么的？你就是个终身残疾，这很清楚。而其他人也一样！我不喜欢他们。连喝酒都找不到合适的人。你

---

① 莫吉廖夫省是原沙俄帝国西部的一个行政单位，十月革命后被取消，原行政区划中的大部分面积现归属于白俄罗斯。此处主人公是指要把很多黄军士兵赶得远远的。

② 俄军士兵的肩章上缀的是字母。

知道我是怎么想的吗？就好比这是莫斯科，这是俄罗斯。它们就像是两个不同的国家。我说得对吗？

　　〔瓦尼亚沉默着。

热尼亚　我受够你这种傻笑了。（走到瓦尼亚身边，看着他的脖颈）你脖子上挂的是什么东西？

瓦尼亚　（惊恐地）在哪儿？

热尼亚　脖子上挂的东西。让我看看。

瓦尼亚　（用手挡住）是个十字架。

热尼亚　啊，要是十字架就算了……告诉我，小子，有女人给你写信吗？

瓦尼亚　当然了，每周三封。我甚至都懒得读它们。拆开以后就把它们都放在一边。很无聊。因为每次写的都是同样的东西。爱我，没有我没法活。傻瓜。

爱丽丝　（灵巧地把一根香烟叼到嘴里，漫不经心地在口袋里找火柴）喂，瓦尼①，你有火柴吗？

　　〔瓦尼亚把手从胸前拿开，开始拍打自己的各个衣袋找火柴。

　　〔热尼亚猛地抓住挂在瓦尼亚脖子上的尼龙细线。

瓦尼亚　放开！

热尼亚　你这个滑头，你用十字架糊弄谁呢，啊？这是什么，是十字架吗？

　　〔他拉出细线，上面串着的是一把钥匙。

瓦尼亚　还给我，还给我！

────────

①　"瓦尼"是"瓦尼亚"的简称。

热尼亚 这是什么？

瓦尼亚 这不能说。是别人托付给我的。

热尼亚 什么东西能托付给你啊？滑头。把女浴室的钥匙托付给你？

瓦尼亚 （不易察觉地换了一副表情）下士同志，请你还给我。不然的话……

　　〔热尼亚给了他一个耳光。

瓦尼亚 （哭了）他们不会原谅我了，他们不会原谅我了……

热尼亚 快说吧，滑头先生，来吧，别不好意思。

瓦尼亚 这是拜科努尔①基地的钥匙。是为了防备核战争的。这是主火箭的钥匙。一旦爆发大战，我就应当到拜科努尔去发射火箭。

热尼亚 嗯，你要是早说就好了。我还以为是浴室的钥匙呢。这样的话，你当然就得好好地拿着它了。

　　〔瓦尼亚伸出手来拿，热尼亚一甩手，钥匙飞进了马桶。

　　〔墙里传出抽打耳光的响亮声音。

热尼亚 这一巴掌是为了我们拜科努尔太空基地的荣誉。这一巴掌是为了我们的导弹部队，没有你，他们照样能胜任自己的工作。而这一巴掌是为了让布谷鸟火车②能开到该去的地方。

　　〔瓦尼亚哭泣。

----

　　① 拜科努尔是世界上第一个也是最大的一个太空发射基地，位于哈萨克斯坦，现为俄罗斯租用，租期到 2050 年。

　　② "布谷鸟"是一种不带煤水车、将水和浓缩燃料储存在容器罐里的火车，多为军用列车。

热尼亚　你别难过，小兵，这种事常有。一开始当兵，我也有昏
　　了头的时候。撒过各种各样的谎。这一切都会过去的。你用
　　脑子想想，做做拼字游戏。要明白，没有头脑，家里谁会需
　　要你啊？抱歉打你，除此之外，还有什么办法能让你这个糊
　　涂蛋恢复理智呢？来吧，刮刮胡子，洗洗脸，然后睡觉去。

　　〔他走出洗手间。瓦尼亚跪倒在地，无声地哭泣着。

　　〔就在这个夜里，在洗手间，瓦尼亚上吊了。他的身体静
　　静地摇摆着，就像那把不久前在他细黄的脖子上摇摆的钥匙。

第五节车厢

　　热尼亚和季洪站在瓦尼亚的床边轻轻地说着话。

热尼亚　见鬼，我真不知道，季赫①，他会对自己做这样的事……
季洪　谁能知道啊。
热尼亚　我有罪，我猪狗不如啊，季赫！我用自己的一套准则去
　　要求别人。这真不够哥们儿，我简直就是条野狗。
季洪　这很正常。一切正常。你是好样的，你在这里是想让大家
　　振作。不过都是徒劳无益罢了。别太为万卡②担心。
热尼亚　我过来瞧瞧，一眼看见他挂在那儿。可能总共也就两分
　　钟的时间。唉，感谢上帝，他还活着。（画十字）

---

　　①　"季赫"是"季洪"的简称。
　　②　"万卡"是瓦尼亚的简称。

[季洪惊讶地看着他。

热尼亚 我们要对少校说吗？如果需要的话，我去说。一五一十地说，是我把小伙子弄得心理崩溃的。来吧，你们把我送去关禁闭，用车把我拉去纪律惩戒营吧。

季洪 什么都不要说。对少校和任何人都不要说。（停顿）

热尼亚 你是个真正的哥们儿。西伯利亚人，几乎算是我们的同乡了。以前我还以为你是个疯子，因为你给去世的妈妈写信，对不起。你不忘妈妈其实是件好事。每个人的脑袋里都有蟑螂①。你知道吗，我脑袋里的蟑螂被养得有多肥？他们到处爬，还不断地抖动着自己的胡须呢。（笑）

季洪 你说什么呢？

热尼亚 我想起了我们上学的时候组织过蟑螂赛跑。喂，季赫，你总在练习本里写些什么？就跟中学生似的。（停顿）

季洪 我……我在写诗。

热尼亚 读一读呗？

季洪 还没写好呢，还只是草稿。

热尼亚 快读一下吧，啊？

季洪 （拿起练习本，费力地咳嗽了一会儿）嗯，这首诗是我以军营生活和地方习俗为主题构思出来的。献给柳德米拉·尼古拉耶芙娜，也就是我的妈妈：

   战斗已告结束，陆战队名存实无，

   士官啊，死神已让你肝脑涂。

   是你第一个发起攻击

---

① 这是一句俗语，意为：每个人都有自己的想法和做事原则。

是你把祖国忠诚地守护。

战斗已告结束，可你却将生命付出。
你的连队也牺牲尽数。
谁能知道会有埋伏，
谁知命运的赏赐竟是如此残酷。

妈妈会收到阵亡通知书，
她会坐在一边号啕大哭。
谁也无法把儿子还给她，
心中的悲苦再也无法卸除。

但战争还正如火如荼，
国家还在培养新的陆战队伍。
等待着年轻人的是新一批"赏赐"——
那围在栅栏里的坟墓。

　　[停顿。

热尼亚　这首诗你写得很好。你应该去当个作家。

季洪　我吗？

热尼亚　还能是谁？老兄，你怎么这么消沉？你简直就该去祷告，感谢上帝让你失去的是脚，而不是手。你这双手能写出这样的东西。我几乎都要哭出来了。我听说在莫斯科有一个学院是专门培养作家的。你受过伤，退役后，他们一定会抢着要你的。各种测验你得三分就行了，只要写诗。一切就都好了，以后你会在那儿写出各种各样的东西，会出版书籍。钱多得数不过来，女人们会为爱你而上吊。

季洪　你这么想？

热尼亚　对啊。

季洪　可……

　　〔他把轮椅驶到瓦尼亚的床边，看着他。把滑到地上的毛毯给瓦尼亚盖上。

热尼亚　你知道吗，我也曾梦想过写诗。有一次甚至还想出了一行诗"再见了，艾拉达！"你告诉我，这听上去好吗？

季洪　你知不知道，上作家班需要参加一些什么样的考试？

热尼亚　艾拉达，这是一个国家的名字。现在这样命名国家会觉得很好笑，希腊就是核桃①，这是上历史课时给我们讲过的。那里住着艾拉达人，是一些真正的勇士！也是一群头脑简单的家伙。有人对他们说必须要去攻占类似特洛伊的一个地方，他们就立刻吻别自己的妻子出发了。他们也知道，他们被征召去不是一年两年，而是十年。可他们依然是匆匆地吻过妻子，擦去汹涌而出的泪水，把行装扔到船上就出发了。甚至许多人知道他们必死无疑，但他们还是义无反顾。只有一个人活着回来了。这才是真正的男子汉。

　　〔季洪在自己的轮椅里睡着了。爱丽丝走到他的身边，拿走了写着诗的那页纸。他仔细地把它叠好，放在了自己的枕头底下。然后躺在床上。

热尼亚　这才是真正的男子汉。是啊……再见了，艾拉达！

---

①　"核桃"在俄文中叫"希腊坚果"（грецкий орех）。

〔暗场。水的流淌声，船桨的吱扭声。

〔一男一女两个身影，正在把一具用白布包裹着的尸体放到船上。他们把蜡烛放在手里，然后点燃了它。一个破衣烂衫的流浪汉走到木板平台跟前，他的手里拿着一个喝了一半的酒瓶子，他每喝一口，瓶子里的酒就明显地少下去。

流浪汉 你们这对奇怪的男女，你们用夜幕偷偷包裹的是何人[①]？

第一个人影 我们在为一个人送葬。

流浪汉 你们为什么偷偷地为他送葬？他是自杀的人，还是一个不配入土的恶棍？

第二个人影 这是一个光荣的战士。

流浪汉 您别让我们的上帝发笑了。别的不说，这种事我可是见得多了。那些所谓的战士老是想着揍可怜的流浪汉。所有光荣的战士现在都泡在热腾腾的格罗格酒[②]里呢，他们正躺在那些贪恋他们钱财的女人的怀抱里。如果他们死的话，只可能是因为享乐过度而死。

第一个人影 真正的战士不可能死在男欢女爱的床单里，也不可能死在军医的药水里。他只可能在战斗中死去。

流浪汉 那这位可敬的骑士是怎么死的呢？（喝了一大口酒，用攥着酒瓶的手画十字）

第二个人影 力量不对等。在他没被击中后背之前，他放倒了 50

---

① 此处流浪汉用的是有韵脚的词句，意在强调其微醺而有诗兴的状态。

② 格罗格酒是一种由白兰地或罗姆酒加上糖和热水混合而成的烈性酒。

个人。但就算是被击中后，他也及时进行了复仇。光荣的战士把最后一个敌人淹死在了自己的血泊中。

流浪汉 （带着敬意）真是一位令人尊敬的先生啊！可他胸前怎么没有镶满宝石的耶稣受难十字架，没有用来赞美天上的主时要举起的黄金酒杯？应该把这些东西拿给他带着上路。

第一个人影 战士的十字架是他信奉的剑。战士也无须酒杯，他喝的是敌人爆裂的血管里流出来的鲜血。

第二个人影 此外，他早就清楚地知道，这条船要在哪个码头停靠。因此，他的最后一段旅程开始于夜晚，为的是能与撒旦的力量展开出其不意的交锋，并给予其狠狠的打击。

流浪汉 （带着更大的敬意）这是一位伟大的战士！

第二个人影 我给你钱，请你为他人生旅程的圆满结束而干一杯。

流浪汉 别用自己的铜钱脏了我的手。这种人值得我用自己的钱为他干一杯。

〔船沿河而下，蜡烛的火光慢慢融化在黑夜里。

〔渐暗。

第六节车厢

还是那间熟悉的病房。乌瓦罗夫少校走进来，他看上去既开心又自在。

乌瓦罗夫 嗯，怎么样，我亲爱的各位！等急了吧？

〔爱丽丝、季洪和瓦尼亚都从床上抬起身。

乌瓦罗夫 好，让我们来听一听。（他走到季洪跟前，用听诊器听，心平气和地哼着小曲："心脏啊，你不愿意平静"）多好的小心脏啊，简直是金子般的心脏。（他掏出尺子，从头到膝盖量着季洪的身高）

季洪 （愁苦地）您量到踏板的地方吧。

乌瓦罗夫 不行，我要量纯粹的身高，量假肢干什么用，它们是木头。（又走到瓦尼亚身边，重复做同样的事情）

瓦尼亚 医生，请您告诉我，我会死吗？

乌瓦罗夫 现在？死不了。（看着热尼亚）嗯，看您的样子，好好先生，立刻能看出来，您健康得像头牛呢。好，那就这样，士兵们。晚上，我们就准备出院。所有人都洗洗脸，刮刮胡子，换上干净的内衣。

热尼亚 医生，我对药片当然是知之甚少，但请您告诉我，干吗给我们吃那么多啊？我昨天像头公牛，可前天本来是一头猛犸象呢。

乌瓦罗夫 您等会儿再提问题吧。而且不要给我提。（责备地）年轻人，我的工作很多，非常多。您以为我就您这一个病人吗？（吹口哨）每天一批一批地涌来。一百节车厢，外加一个小推车。

〔乌瓦罗夫走出病房。

热尼亚 （高喊）来啊！万岁！① （他摆出一副隐约有点儿像东方式一对一格斗术的姿势）这就是意志，伙计们！急不可耐，迫

---

① "来啊" "万岁" 这两句原文为日语发音的俄文拼写。

不及待。我想，如果有回家的可能性，我就不会抓住部队不放。我要跟指挥员谈谈，问题是可以解决的。我已经尽完自己的兵役义务了。伙计们，昨天夜里我梦见莲卡了。她还是那么可笑，戴着三角头巾。她向我伸着双手，哭泣着。可能是因为我回家才喜极而泣的。伙计们，我再也受不了了。柴油机车应当能把我送到我家那一站的。

季洪　你小心，别滑一跤，你的骨头会散的。

热尼亚　你笑话我？我的这身骨头什么都不怕，它们是铁打的。伙计们，我感觉自己的身体里有那么一种力量，我能把一座山移开。我一回家，就去煤矿和矿山工作。那里能挣不少钱。买一辆"日古力"，还有吸尘器，再把莲卡娶回家。

季洪　你先把火车票买好，新郎官儿。

热尼亚　去你的，我现在好比已经坐在车厢里了。你们知道我一走进包厢先要做什么吗？我要先跟列车员要一套干净的、熨得平平整整的白被褥。然后立刻铺好睡在上面。我已经有两年没有睡在白被褥上了。要不，我也可以这么做：先买一杯茶。你能想象吗，火车开着，玻璃杯托叮叮当当地响着，邻座们都微笑着。多美啊！

　　［热尼亚把几张病床挪到一起，用方格毛巾把它们连接起来，然后抓住季洪坐着的轮椅。

热尼亚　我任命你，季洪同志，为复员军人列车的司机。（他把轮椅推到临时用病床组合成的列车车头）

季洪　我来上岗了。乘客们，开始上车了，请各位按照所购车票入座。

瓦尼亚 嗨，把我也带上！

热尼亚 瓦尼亚，朋友 ①，你来当乘客。您去哪儿，老爷？

瓦尼亚 去哪儿，去哪儿……首都莫斯科！（他递给热尼亚一张识字卡片，热尼亚煞有介事地撕开一个小口以示检票）

热尼亚 请坐。列车运行期间，在墙上写脏话请用小点的字迹，要想喝大酒只能在严格指定的地方。

　　［季洪用嘴发出列车的开车笛声。

瓦尼亚 （任性地）列车员！亲爱的，沏点儿茶来！

热尼亚 （拿着杯子跑到他跟前）大人，这是找零。啊，万分感谢。

　　［停顿。

　　我一直都想在铁路上工作。当然不是当列车员，而是当火车司机。我记得，那会儿总是逃学，往中央百货商店跑。那儿的橱窗里摆着一套铁路模型，是东德制造的。轨道是环状的，有两组列车，小小的扳道员一动不动地立在车站旁边，他的手里拿着一面小黄旗。这套模型就像是我的一样，你们明白吗？！我每年都恳求圣诞老人：您把那套模型送给我吧，送给我吧，圣诞老人，这对您又不费事儿！可他给我送来的不是冰球帽，就是巧克力糖。

季洪 那套模型后来怎么样了？

热尼亚 还能怎么样？过了两个月，也许是三个月之后，它就被卖掉了。我来一看，没有了。到现在都记得，我站在橱窗前，里面映出一个戴着鸭舌帽、一米高的小男孩儿，他因为愤恨

---

① 原文为格鲁吉亚语的俄文拼写。

而浑身哆嗦，紧握双拳，于是我就哭了。伙计们，如果那时候有人拿着我的铁路模型从商店里走出来的话，说实话，我一定会扑上去咬他的喉咙的。（停顿）

　　唉，算了吧。现在能做什么呢？他们把我的铁路模型给卖了。火车来了——拉汽笛！

　　［季洪发出汽笛声。

瓦尼亚　请问，下一站什么时候到？

热尼亚　旅客们请注意，复员军人列车为直达列车，纳里奇科站、阿尔马维尔站、顿河上的罗斯托夫站、沃罗涅什站均不停车。下一站是我们祖国的首都——莫斯科市。特此告知到达者和首都的客人们……

瓦尼亚　请给我在普希金站停车。我想逛一逛，您知道……

热尼亚　当然了，我们会在那儿停车。请下来吧。（瓦尼亚从床上下来，拥抱了热尼亚）请注意，请注意！给诗人季莫菲·里亚伯采夫①的特别通知。下一站——作家学院。那里正等着您呢……

季洪　够了。

热尼亚　再重复一遍通知……

季洪　我说了，到此为止。这趟车哪儿都不去了。

热尼亚　怎么了，是没汽油了吗？

季洪　是没时间了。我对你感到十分惊讶，爱丽丝。看上去你是个聪明有头脑的小伙子，可我到现在都弄不懂你。当然，我也不是一下子就弄明白的。万卡比所有人都先明白。

---

①　季莫菲·里亚伯采夫是季洪的正式姓名。

瓦尼亚 （笑）当我下到地窖里时，我也有点失控。意思是很吃惊。我看了一下，我躺着，旁边是你，季赫，整个脸上都是碎弹片……

季洪 谁也不会记得我们是怎么到这儿来的。我还记得我走在街上，到处是枪声，爆炸声。我记得，脚踩着的地方开始发热，然后就什么都不记得了。睁开眼睛已经在这里了。而你，爱丽丝，你再想想，你应该记得。

　　〔停顿。

热尼亚 我迎着枪声冲上去。随手抓着卡拉什尼科夫冲锋枪和两个子弹匣。一边跑一边喊，骂着脏话。天很黑。迎面来了一个人，黄色的脸，像具尸体，他脸上在笑。看到一把刀从肋骨下刺了进来。很疼，很黑。我躺在了病床上。太阳照进了窗口，就像是一张面孔，黄色的面孔。（坐在地上，闭上了眼睛）

　　〔渐暗。

第七节车厢

　　瓦尼亚站在窗台上，往通风窗外吐烟。爱丽丝仍旧以之前的姿势坐在地上。

瓦尼亚 弟兄们，快听！他们来了，快听！

季洪 谁来了？

瓦尼亚 他们是为我们而来的。将军，还有军官都站在那儿呢，他们在抽烟。地上放着三具棺材，还有花圈，乐队在奏乐。

季洪 真是为我们来的。

瓦尼亚 显然是为我们来的。他们打算用全套的仪式来送我们一程。（往地上啐吐沫）爱丽丝！你做点儿什么好不好？

　　[热尼亚沉默着。

　　[季洪从轮椅上起身，他站得非常吃力，听得见新假肢因为还不惯于承受人体的重量而发出的咯吱声。

季洪 站起来。（他往热尼亚的方向迈了一步）站起来。（热尼亚还是沉默如旧）季洪摔倒在地上，他从腿上扯下假肢，用它们击打着地板。

　　[一片寂静。

季洪 我们需要你，爱丽丝。

　　[热尼亚从地上一跃而起，他用椅子挡住病房的门。又跑到病床前，从上面扯下床垫，从床垫里掏出"卡拉什尼科夫"冲锋枪，一把刀，手里还握着一枚手榴弹。外面开始撞门了。已经重新坐到轮椅里的季洪，来到热尼亚身边，默默地拿起手雷。

瓦尼亚 伙计们，把刀给我，啊?！（焦虑地）他们马上就要破窗而入了。

爱丽丝 （信心十足地，平静地）我先破了他们……我要狠狠地破了他们。这会儿要是有火箭筒就好了，能狠狠地轰他们一下。把敌人和我们自己都给轰了。所有人一下子都轰掉。（拉动冲锋枪的枪栓）也就是说，要永别了，艾拉达！

〔爱丽丝、季洪和瓦尼亚就像练队列时一样，排成了一个横队。

〔黑暗中他们的身后出现了一群年轻人的身影。有人穿着沾满污迹的军装，有人则穿着绒衣或棉质衣服——绒裤、迷彩色的圆领衫，他们几乎所有人都光着脚。他们的肩上披着军大衣和粗呢上装。这些年轻人在爱丽丝、瓦尼亚和季洪的身后站成第二个横排。他们无声地站着，等待着。

〔空气中回荡着远方火车的汽笛声。死了的和活着的小伙子们，坐飞机、乘火车赶着回家。死者的尸体被锌板从外面严实地包裹起来了，而活人的心则被锌板从里面死死地禁锢住了。复员军人列车飞驰向前，车厢发出哐当声，它们在钢轨上奔驰着，同时用命运和生活的车轮将一切碾为粉末。

——幕落

粉　丝

两幕喜剧

拉基翁·别林兹基　著

杨爱华　译

作者简介

拉基翁·别林兹基（Родион Белецкий，1970—　　），俄罗斯作家，编剧。出生于莫斯科。毕业于全俄国立电影学院编剧系。电影编剧作品有《巴黎古董商》《单身汉》《亲朋好友》等，也是系列剧《基督山式枪》《侍从之爱》《金钱》的编剧。

译者简介

杨爱华，北京化工大学文法学院外语系副教授，近年在《俄罗斯文艺》杂志发表了俄苏文学评论文章《塔马拉·伊万诺夫娜的"双性气质"——从女性主义视角解读小说〈伊万的女儿，伊万的母亲〉》，并曾参加中俄文学互译出版项目《第三次呼吸》的翻译工作。

人 物

卡斯玛纳福特——著名歌星。

伊修姆斯卡娅——歌星的经纪人。

斯维塔·布尔金娜——歌星的粉丝。

维拉——歌星的粉丝。

卡拉尼娜——歌星的粉丝。

柳德米拉·米哈伊洛芙娜——斯维塔·布尔金娜的妈妈。

第一幕

第一场

狂风怒吼，雪花飘飘。粉丝维拉和卡拉尼娜在楼房单元门口踏步取暖。姑娘们被大衣紧紧包裹着，就像被捆绑的法国俘虏。

卡拉尼娜　维拉，犯杀人罪要坐牢很长时间。

维拉　（嘲弄地模仿）"要坐牢很长时间"，你怎么了？你舍不得献出 10 年生命？

卡拉尼娜　15 年到 20 年。

维拉　你不打算为自己的偶像奉献 20 年？

卡拉尼娜　我下定决心了，但是如果偶像并不需要我这样做呢？

维拉　（似乎没在听）朋友，如果你害怕，可别待在这里，滚回家去吧，去亲吻照片吧。

卡拉尼娜　你这话真愚蠢，一点也不可笑。我爱他一点不比你少。

维拉　那请你倒着数出他的所有唱片。

卡拉尼娜　《大象芬达》《铅笔不简单》《现金为王》。

维拉　还有《日尔特列斯特和伊作里德》呢？你忘记了？

卡拉尼娜　三首歌不能算唱片。

维拉　如果你头上只有三根头发难道就不能说你有脑袋？

卡拉尼娜　你的玩笑真无聊，毫无意义。我清楚地记得他所有的歌曲。

维拉　这还不够。我们应该帮助他，我们要杀了这个泼妇！

卡拉尼娜　我不懂，你是说真的？

维拉　嘘，小声点。

　　　　［斯维塔·布尔金娜出场。她穿一件紧身大衣，头发短短的，像个男孩。她站在一旁。难道她们发现了她？她在这里悄悄溜达有半小时了。

卡拉尼娜　也许，她很冷。

维拉　你认识她还是怎么着？

卡拉尼娜　不。

维拉　那为啥可怜她？

卡拉尼娜　我也有件像她那样的大衣，很薄，只适合春秋穿。

维拉　你看，她磨磨蹭蹭向单元门口走来了，你知道这意味着什么吗？

卡拉尼娜　我今天可不想打架，我刚做了美甲。

维拉　你想让我们三个一起排队等着见他吗？

卡拉尼娜　（无可奈何地）我很容易被说服，我就是这种软弱的性格。

〔维拉和卡拉尼娜向斯维塔走过去。

维拉　朋友，你在这里干什么？

卡拉尼娜　（像维拉的回声一样）是啊，你在这里干什么？

斯维塔　晚上好。

维拉　别装模作样的，你在这里干什么？

斯维塔　我等人。

维拉　从这里滚开！他是我的。

卡拉尼娜　我们的。

维拉　是的，他是我们的，你明白吗？

斯维塔　我只是想看他一眼。

维拉　谁都想看他一眼。你滚开！

卡拉尼娜　（不是那么自信地）是的，快滚！

〔维拉推了斯维塔一把。斯维塔没有反抗。

斯维塔　求求你们啦！让我在这里站着吧，到时候我站旁边还不行吗？

维拉　有你好看的，会让你付出代价的！

斯维塔　什么代价？

维拉　怎么了？你有病还是怎么地？

斯维塔　求求你们！

维拉　不行，你快走吧。（斯维塔转身离开）你想想看，她还想见他，跟他说话，去她妈的！先过了我这一关再说。任她怎么如花似玉，到时候一样鼻涕眼泪一把抓，只有躺地上哭的份儿！

卡拉尼娜　哎，是不是有点过分呀，她眼睛都哭红了。

维拉　这还算哭红了？你忘了他去堪察加的时候，我眼睛有多红吗？像被烧碱泡过一样。她不过是化妆的时候用手揉过了头。

[斯维塔又向姑娘们走过来。

斯维塔　我再次求你们了，让我就站在旁边看他一眼，就一眼。

维拉　你怎么回事？听不懂我说的话?！（用手抓住斯维塔的大衣领子）

卡拉尼娜　（试图阻拦维拉）维拉，你放开她，就让她站那里吧！

维拉　（放开斯维塔）你给我记住，他是我们的。

斯维塔　好的，我记住了。

维拉　瞧，就站那边。到时候不准伸手，不准出声，只准远看，听明白了吗？

斯维塔　明白了。（她挪到旁边）

维拉　（对卡拉尼娜）你怎么回事，很欢迎她吗？

卡拉尼娜　没有的事。你不觉得，你之前也跟她一样吗？回忆起你刚到这里来的情景了吧？如果我当时这样对你呢？

维拉　我会把你的鼻子咬下来。

卡拉尼娜　理智点吧，维拉！你没本事咬下来。（转过身去）

维拉　够了，你可真有同情心呢！

卡拉尼娜　（生气地）关键时刻叫你醒醒神。

维拉　（对斯维塔）哎，你叫什么名字？

斯维塔　斯维塔。

维拉　姓什么呢？

斯维塔　布尔金娜。

维拉　我没听清，到我跟前来。

斯维塔 （顺从地走近）布尔金娜。

维拉 你爱卡斯玛纳福特吗？

斯维塔 爱。

维拉 为什么爱他？

斯维塔 我说不上来。

维拉 你自己都不明白为什么爱他？

斯维塔 （反感地）我不想说这个。

维拉 （突然愉快起来）好样的！你回答得好。你没有义务对其他人说出你的爱情。我是维拉。她也是维拉，但我叫她卡拉尼娜。

卡拉尼娜 卡拉尼娜是我的姓。

维拉 谢谢你回答我的问题。（把保温杯递给斯维塔）喝点热水暖和暖和。你从哪里搞到这个地址的？

斯维塔 买的。

维拉 花了多少钱？

斯维塔 500卢布。

维拉 傻瓜！我300卢布就卖给你。你大约还没有他的电话吧？

斯维塔 没有。

维拉 他在街上什么都不会跟你说，而在电话里有时候倒可以说几句。

卡拉尼娜 现在是向对手剖白心事了。

维拉 （对卡拉尼娜）别自作聪明了。（对斯维塔）我可以把电话号码卖给你，500卢布。如果现在就给钱，只要200卢布，我先说三位数。有了电话号码，你天天可以打给他。快做决定吧!

　　〔传来汽车驶近的声音。一个穿长大衣的身影快速从姑娘们面前走过。

卡拉尼娜　（呆住了片刻）这是他。

维拉　上帝呀,上帝! 我要晕倒了!

卡拉尼娜　很遗憾,我是不会扶你的。

维拉　你看见了吗? 他是多么苍白消瘦啊! 都是因为那个下流女人。她折磨他,她真卑鄙。

卡拉尼娜　反正我们已经准备杀死她。禽兽!

维拉　你怎么把什么都说了?

卡拉尼娜　也许,她也能参加进来。

斯维塔　她是怎么折磨他的?

维拉　跟你说折磨就是折磨。（一阵汽车的嘈杂声传来）如果现在看到她,我会用双手掐她!

　　〔车门砰的一声关上了。伊修姆斯卡娅向单元门走来。她是一个干练的女人,穿着昂贵的貂皮大衣。维拉张着大嘴,呆立不动地目送着她。停顿。

卡拉尼娜　你怎么不掐她呀?

维拉　闭嘴!

卡拉尼娜　我只是好奇。

维拉　我说过了,叫你闭嘴!

卡拉尼娜　如果你不敢,早告诉我呀,那样我就动手了。

维拉　闭嘴,别逼我!

第二场

　　卡斯玛纳福特的家。卡斯玛纳福特坐在沙发上。他连衣服都没脱，还穿着大衣，围着围巾，头上戴个大大的耳机。他在听音乐，轻轻地晃着头。伊修姆斯卡娅走进来，边走边脱下貂皮大衣。卡斯玛纳福特摘下耳机。

卡斯玛纳福特　我 17 岁的时候，中学刚毕业就到百货公司工作，我被分到食品杂货部。我把小米、大麦等各种粮食拖到售货厅。是的，那时我挣得不多，但我被允许在售货厅里吃东西，这就是共产主义。来吧，午饭想吃什么就吃什么。

伊修姆斯卡娅　你怎么突然跟我说起这个？

卡斯玛纳福特　我的意思是说，目前我可能要改行了。

伊修姆斯卡娅　他可没说过这个。

卡斯玛纳福特　难道还用说吗？他已经表示了这个意思！

伊修姆斯卡娅　上帝呀，你凭什么说这些贬低自己的话？

卡斯玛纳福特　他给我脸色看，还用轻蔑的眼神暗示助手，仿佛在说："瞧，这个肥胖的傻瓜，也就是我，又在絮叨地唱些灰心丧气的歌，这也算排练？"

伊修姆斯卡娅　这只是你的错觉。再说，你一点也不胖。

卡斯玛纳福特　你错了，我很胖。

伊修姆斯卡娅　你根本不胖，还要我跟你说几次呢？

卡斯玛纳福特　（脱下大衣，换上毛衣）你瞧瞧我肚子上的肥肉。

伊修姆斯卡娅　肥肉在哪儿？你的体格就是这样的。你骨头架子大。

卡斯玛纳福特　报纸上是这样写的，"臃肿的"，还有"肥肉抖动的"。

伊修姆斯卡娅　求你啦，别读这些报纸。走吧，人家在等我们。

卡斯玛纳福特　我是不会去排练的，除非他向我道歉。

伊修姆斯卡娅　他道过歉了。

卡斯玛纳福特　我不相信你说的。

　　〔伊修姆斯卡娅从貂皮大衣口袋里掏出个录音机，举得高高的，并打开了它。

录音机里的声音　您好，我是"泼妇梦想"俱乐部的音响师德米特里·伊兹斯科。尊敬的卡斯玛纳福特先生，请原谅我！事实上我说的是自己的祖父，他五音不全并且还吃花盆里的泥土。再次请您原谅！

伊修姆斯卡娅　这下总可以了吧？

卡斯玛纳福特　这还不够，这不过是嘴上说说，我要他给我跪下！

　　〔伊修姆斯卡娅再次打开录音机。

录音机里的声音　尊敬的卡斯玛纳福特先生，还是我，"泼妇梦想"俱乐部的音响师德米特里·伊兹斯科。我给您跪下了。（木地板闷响一声）是的，我现在正跪着呢！您的经纪人可以证明。并且您自己也应该记得，我们俱乐部的地板有些地方会发出响动。就这样，求您了，我给您跪下了，（木地板又闷响一声）……再次求您原谅！

卡斯玛纳福特　你是怎么强迫他的？

伊修姆斯卡娅　是他认识到了自己的罪过。现在走吧！

卡斯玛纳福特　好的，走吧！不，我哪儿也不去！我那么平庸，就像块抹布似的！我没什么可对公众说的！

伊修姆斯卡娅　你知道，我是不喜欢夸人的。但我现在没别的办法了。你有数百万粉丝，他们正眼巴巴地等着你的新歌，甚至天上的宇航员也在听你的歌。①

卡斯玛纳福特　你怎么知道？

伊修姆斯卡娅　除了你的歌，他们在天上还能听谁的歌？你自己想想看！

卡斯玛纳福特　也是，那走吧。不，等等。

伊修姆斯卡娅　还有什么事？

卡斯玛纳福特　你觉得巴卡克长什么样？

伊修姆斯卡娅　听着，你没时间开玩笑了。

卡斯玛纳福特　（突然发火了）如果你不回答我，我哪里也不去！

伊修姆斯卡娅　好，我明白了。（她坐下来）请耐心告诉我，巴卡克是谁？

卡斯玛纳福特　巴卡克是个怪物，他是我童年时常常梦到的人物。

伊修姆斯卡娅　我想，他一定很可怕。

卡斯玛纳福特　具体点说。

伊修姆斯卡娅　他该什么样呢？也许他满身长毛，犄角弯曲，发出可怕的嚎叫声。还有什么呢？当然，他吸人血。

卡斯玛纳福特　真叫人伤心，你说得一点都不沾边。

伊修姆斯卡娅　是吗，对不起。我也很遗憾。我只是有些累了。

卡斯玛纳福特　这就是说，我们不能相互理解。

---

① 卡斯玛纳福特的名字正是宇航员的意思。

［停顿。两人都沉默了。

伊修姆斯卡娅　音乐会已经开始 10 分钟了。

卡斯玛纳福特　你什么意思？

伊修姆斯卡娅　也许，我们该动身了？大家都在等我们呢。

卡斯玛纳福特　你不明白，从我们的对话来看，我们完全不能相互理解！

伊修姆斯卡娅　我知道，我要努力变得细腻些。

卡斯玛纳福特　咱们说好啦？

伊修姆斯卡娅　我保证。

卡斯玛纳福特　看着我的眼睛。

伊修姆斯卡娅　（看着他的眼睛，然后站起来）好啦，我们走吧。

第三场

　　　斯维塔·布尔金娜家。斯维塔·布尔金娜的妈妈柳德米拉·米哈伊洛芙娜穿着家常罩衣，坐在镜子前化妆。斯维塔走进来。

斯维塔　你好！

　　［柳德米拉·米哈伊洛芙娜没有任何回应。

　　你怎么啦？不跟我说话吗？

柳德米拉·米哈伊洛芙娜　我刚跟你说过话，不过，也许你没有听到。

斯维塔　你的事情都还顺利吗？

柳德米拉·米哈伊洛芙娜　你一出现，事情就变糟了。

斯维塔　准备去上班？

柳德米拉·米哈伊洛芙娜　去骑自行车。

斯维塔　妈妈，你听着，我想和你谈谈。

柳德米拉·米哈伊洛芙娜　要钱我是一分也没有的。

斯维塔　妈妈，我不是要跟你要钱，我要跟你说件重要的事情。妈妈，我决定不上学了，你可别难过啊。（停顿）你怎么没反应呢？

柳德米拉·米哈伊洛芙娜　为什么没反应？这太叫我伤心了！我正绝望着呢！我自己先平静一下，然后拿枪毙了你，再毙了我自己。

斯维塔　为什么要枪毙了我？

柳德米拉·米哈伊洛芙娜　问得好，闺女！

斯维塔　别发火呀，妈妈！我会去找工作。

柳德米拉·米哈伊洛芙娜　你去干什么？

斯维塔　能干什么就干什么吧。

柳德米拉·米哈伊洛芙娜　会有好工作？

斯维塔　妈妈，你别忘了，我现在正是过渡年龄，叛逆期。

柳德米拉·米哈伊洛芙娜　你又来了，你打算过渡到哪里去？

斯维塔　现在还很难说。但我不能在老师侮辱学生的地方上学。老师在全年级同学的面前侮辱我，妈妈！他当众夺走了我的相机。

柳德米拉·米哈伊洛芙娜　他做得对，谁叫你在课堂上照相呢？

斯维塔　我没照。我是想用相机砸涅尔娜斯卡娅。

柳德米拉·米哈伊洛芙娜　为什么要砸她？

斯维塔　这不关你的事。

柳德米拉·米哈伊洛芙娜　如果你不想学习，那你想干吗？

斯维塔　我想恋爱。

柳德米拉·米哈伊洛芙娜　有意思。

斯维塔　别用笤帚打我，这方法早过时了！

柳德米拉·米哈伊洛芙娜　呵，如果有用，还真要打。说说看，他
　　是谁？

斯维塔　卡斯玛纳福特。

柳德米拉·米哈伊洛芙娜　就是那个你老往他身上花钱的主？还
　　骗我说是租房花了钱。

斯维塔　我就是给他买了几束花，他配得上更昂贵的花束。他是
　　当代文化领域，这个黑暗的天空中最耀眼的星星。

柳德米拉·米哈伊洛芙娜　谁教你这么说的？文绉绉的。

斯维塔　是现实生活教我的。当然，你一定也不了解目前的现实
　　生活。

柳德米拉·米哈伊洛芙娜　（非常小心地）跟你差不多大的男孩就
　　没有你看得上眼的？让他来喝喝啤酒也好啊……我记得你有
　　过一个不错的男朋友，就是偷我手表的那个。

斯维塔　我们分手了，妈妈。

柳德米拉·米哈伊洛芙娜　你难过吗？

斯维塔　这不关你的事。

柳德米拉·米哈伊洛芙娜　你知道吗，我认识个年轻人。他每天
　　到我们部门来。年轻的恶棍，简直坏透了。我把他介绍给你

吧。（充满希望）我知道你就喜欢这样的。

斯维塔 不，我爱卡斯玛纳福特！

柳德米拉·米哈伊洛芙娜 你这女孩真是没救了。你设想过你们未来的关系吗？

斯维塔 这不关你的事。

柳德米拉·米哈伊洛芙娜 哎，也许，一切都会过去。

斯维塔 你别这么想。我与他之间的一切都将以悲剧结束！但你别害怕。我知道你心里难过。为了你，我还是继续上学吧。不过，我得提个条件，那就是给我 500 卢布。

柳德米拉·米哈伊洛芙娜 这样啊，钱是没有的，学还得继续上。谈话结束。

斯维塔 你想让我去当妓女吗？

柳德米拉·米哈伊洛芙娜 你要钱干什么？

斯维塔 这是我的事。你给不给？

柳德米拉·米哈伊洛芙娜 不给。

斯维塔 那我今天晚上去当妓女，出卖自己挣钱！！

柳德米拉·米哈伊洛芙娜 你不会去的。你的短皮衣送去干洗了。

斯维塔 别说废话了，妈妈！如果你不给我钱，我就去犯罪。叫你在同事们面前抬不起头来。

柳德米拉·米哈伊洛芙娜 自从你那次在我们部门歇斯底里发作之后，我再也没什么不好意思的了。

斯维塔 妈妈，如果你不给我钱，我就告诉所有的人，你戴假发。

柳德米拉·米哈伊洛芙娜 去说吧，这事谁都知道。我还当众摘下过几次。

斯维塔　那我就告诉他们，你害怕淋浴头。

柳德米拉·米哈伊洛芙娜　我并不害怕淋浴头。

斯维塔　你害怕，我洗澡的时候，你都不敢往浴室看。

柳德米拉·米哈伊洛芙娜　从童年起，我就有这种特殊恐惧。连这你也要嘲笑，真不害臊！

斯维塔　我不会嘲笑，只是，你们部门的所有同事都会嘲笑，还有你周围的所有男人。

柳德米拉·米哈伊洛芙娜　女儿，这很卑鄙。

斯维塔　我知道，妈妈。但，我没办法。

柳德米拉·米哈伊洛芙娜　谁教你这么干的，女儿？

斯维塔　是生活，妈妈，是你根本不了解的生活！请给我钱吧！

柳德米拉·米哈伊洛芙娜　是目前的商业大潮教会了你？

斯维塔　是的。

柳德米拉·米哈伊洛芙娜　显然是。（她脱掉家常罩衣，露出短裙和衬衫。她从衣柜里拿出警服套上，别上手枪，从口袋里掏出钱来）

斯维塔　谢谢妈妈！你穿上制服真精神！

柳德米拉·米哈伊洛芙娜　假发看起来怎么样？

斯维塔　非常好！

柳德米拉·米哈伊洛芙娜　你想想看，我生了你，你小时候，我每天夜里起来给你喂奶好多次。更可恨的是，你还经常把奶吐到我的肩膀上。那时真没想到你会变得这么无情！

斯维塔　妈妈，我的父亲是谁？

柳德米拉·米哈伊洛芙娜　斯维塔，我们可是说好了的，别跟我谈这个话题。

斯维塔 我想了解自己的父亲，这有错吗？你知道自己的父亲是谁。他是格里戈里爷爷，爱学猫叫，很幽默，声音很大。格里戈里爷爷也知道自己的父亲是曾祖父德米特里。曾祖父还送我个冰球，在那次名为"俄罗斯和瑞士"的比赛中我摔倒了，这球还硌坏了我的下巴。我也想知道我父亲是谁！

柳德米拉·米哈伊洛芙娜 这不可能，千万别问为什么。

斯维塔 （她热泪盈眶）那我就不告诉你，今天谁给你来过电话！这是很重要的电话，跟你的工作有关。

柳德米拉·米哈伊洛芙娜 斯维塔，别做傻事！

斯维塔 不，我就是不告诉你！你打我也没用！

第四场

　　卡拉尼娜和维拉又站在那个单元门口。卡拉尼娜拿着保温杯。维拉拿着保温杯盖子。斯维塔向姑娘们走来，她穿着短皮衣。

斯维塔 你们好！

维拉 （把盖子递给她）想喝吗？

斯维塔 不，谢谢。

维拉 别怕！这不是毒品，拿着。

斯维塔 （小心地拿起盖子喝了一口）是香槟？

维拉 正确！我们正在庆祝。他把那个泼妇赶出去了。

斯维塔　你们怎么知道的?

卡拉尼娜　我亲眼看见她收拾行李,往出租车里装了有半小时。

维拉　现在好了,一切都跟以前一样了。你不知道吧,他跟她
　　交往之前,和现在完全不一样。那时,他还和我们打招呼,
　　聊天。

卡拉尼娜　他还两次叫过我"亲爱的"呢!

维拉　就一次,并且,还有可能是你自己编出来的。

卡拉尼娜　不对。他甚至还邀请过我去他家。

维拉　你怎么没去呢?

卡拉尼娜　他当时喝了酒,好像认错人了,不知道把我当成谁了。

维拉　自从那个泼妇出现后,他在音乐片里就开始衣着暴露。你
　　们还记得歌曲《小心冰激凌》吗? 有鳄鱼的那个音乐片?

斯维塔　我记得。

维拉　他几乎是全裸的,只是关键部位略微遮盖了一下。真下流!
　　你们还想看到他那样吗?

斯维塔　不,谢谢。我带来了买电话号码的钱。

维拉　(一把夺过钱)好样的。(拿钱的同时递给斯维塔一张纸片)

斯维塔　(看着纸片)为什么给我个复印件?

维拉　亲爱的,这是生意。(她仰起头突然大声喊叫)卡斯玛纳福
　　特,我爱你!!

卡拉尼娜　你小声点,邻居又要叫警察了。

维拉　呸! (又开始喊叫)卡斯玛纳福特,我要跟你在一起!!

　　　　　[传来小汽车的声音。卡斯玛纳福特向姑娘们走来。

卡斯玛纳福特　你们好,姑娘们。你好,维拉。(维拉看着他,呆

呆地张着嘴）维拉，晚上好。

[维拉没回答。

卡拉尼娜 她失去了语言能力。

维拉 （对卡拉尼娜）闭嘴！（对卡斯玛纳福特）您好！您知道我叫什么名字？

卡斯玛纳福特 当然，我们还交谈过两次呢。

维拉 那还是在很久以前。

卡斯玛纳福特 我记性很好。

维拉 我激动死了。您正看着我，而我只觉得天旋地转。

卡拉尼娜 （对卡斯玛纳福特）我给您写了首诗，可以读给您听吗？

维拉 （对卡拉尼娜）行了，你听着，别折磨他了！

卡斯玛纳福特 不，为什么不读，我很有兴趣。

卡拉尼娜 （微微闭着眼睛读）

您宇宙般深邃的内涵

带给我痛苦。

痛苦中包含着欣喜，

那是当我在舞台上看到您的时候。……

这是序言的第一部分，还可以继续读吗？

卡斯玛纳福特 不，今天就读到这里吧，下次有机会再说。

维拉 （对卡拉尼娜）叫你别读吧！（对卡斯玛纳福特）我感兴趣的是，您从来不失眠？

卡斯玛纳福特 你为什么问这个？

维拉 您就说吧，有没有过失眠？

卡斯玛纳福特 稍微有点。

维拉　我知道一些特别的穴位。（一步步靠近卡斯玛纳福特）如果温柔地按揉……

卡斯玛纳福特　这是谁在那里静悄悄地站着，你们的朋友吗？

卡拉尼娜　是的。

维拉　不，她不是我们的朋友，她总是缠着我们。您知道吗，这些特别的穴位在我们的身体上。

卡斯玛纳福特　姑娘，您叫什么名字？

斯维塔　斯维塔。

维拉　她的姓很可笑，叫"布尔金娜"。

卡斯玛纳福特　姑娘，为什么您看起来这么忧伤？

斯维塔　为什么这么说？我挺开心的呀。

卡斯玛纳福特　您的眼睛告诉我的。您有一双漂亮的眼睛。

维拉　她戴隐形眼镜。

卡斯玛纳福特　（对斯维塔）您喜欢我的歌吗？

斯维塔　您自己喜欢这些歌吗？

卡斯玛纳福特　（他专注地看着斯维塔的眼睛）不是所有的都喜欢。

维拉　喂，我的朋友还给您写了一首诗呢！

卡拉尼娜　什么诗？

维拉　随便什么诗，快读呀！

斯维塔　您比我想象的要高得多。

卡斯玛纳福特　我穿着高跟鞋。

斯维塔　长得高的人总是很难注意到周围其他人。

卡斯玛纳福特　您是在说我吗？

斯维塔　我只是心里想什么，嘴上就说什么。

卡斯玛纳福特 您不过是害羞罢了。看见了自己喜欢的演员，您却因为害羞而表现得无礼。

斯维塔 我还并没有说什么让您生气的话呢。

卡斯玛纳福特 您是在威胁我吗？

斯维塔 不。

卡斯玛纳福特 您想到我家看看吗？

斯维塔 想。

维拉 我们也想去。（对卡拉尼娜）是吧？

卡拉尼娜 我不知道。

维拉 （对卡拉尼娜）你怎么啦！

卡斯玛纳福特 （对维拉招招手，看着斯维塔）跟我走吧。

维拉 您说谁？说我吗？

卡斯玛纳福特 你，就是你。

维拉 不，我现在真要晕过去了！（对卡斯玛纳福特）真想和您去滑旱冰。

卡斯玛纳福特 不，你自己去滑吧。

维拉 好吧，我自己去。我只是想牵着您的手。（她抓起卡斯玛纳福特的手，而他并没有拒绝）

　　　　〔他们离开了。

卡拉尼娜 当我很小的时候，如果尿了床，我就会非常害臊。所以，我总是想方设法憋住尿。但往往事与愿违，梦里总有小鬼跟我说"咱们尿床吧"，于是我就又尿了。但，似乎小鬼没尿。

斯维塔 为什么跟我讲这个？

卡拉尼娜　不过是觉得这个很好笑。

斯维塔　明白了。

　　　　［卡斯玛纳福特回来了，他拉起斯维塔的手。

卡斯玛纳福特　我们走。（他把她带走）

　　　　［维拉出现。

维拉　他怎么不理我了？

卡拉尼娜　他变卦了？

维拉　你看看！她这个坏蛋，跟在他后面撒欢！

卡拉尼娜　她这么做没用。过分靠近偶像是危险的。

维拉　的确，我们会杀了她！你会帮助我吗？我听不清。

卡拉尼娜　别喊。你的喊声震得我的耳环直晃动。

维拉　不。（可怕的喊声）我想出要怎么对付她了！！

第五场

　　　　卡斯玛纳福特的家。门开着。斯维塔和卡斯玛纳福特走
进来。卡斯玛纳福特把灯扭亮。

卡斯玛纳福特　我预先告诉您，我不会和您上床。您想和我上床吗？

斯维塔　您想做什么，我都会配合您。

卡斯玛纳福特　无论我想做什么都可以？

斯维塔　是的。

卡斯玛纳福特　那您请记住，我不会和您上床。

斯维塔　为什么？

卡斯玛纳福特　您几岁了？

斯维塔　我成年了。

卡斯玛纳福特　身份证给我看看。（斯维塔迅速掏出身份证，她似乎早知道对方会有这个要求，并为此做好了准备。他看完，把身份证还给斯维塔）的确，您成年了。不过，我反正不会和您上床的。我希望见到一个女人时，她感兴趣的是我的灵魂，而不是性。您懂吗？

斯维塔　我懂。

卡斯玛纳福特　（坐到自己心爱的沙发上）您过来。（斯维塔坐在他附近，不是特别靠近，坐在沙发的另一头）好吧，跟我聊聊您自己。

斯维塔　我刚刚买到您的电话号码。

卡斯玛纳福特　可以给我看看吗？（从斯维塔手里拿过纸片，看着）您知道吗，这个号码我早就不用了。（他把纸片还给她）

斯维塔　您能让我看看您收藏的香水吗？

卡斯玛纳福特　（大声而激烈地）不！（小声地）不。我们一起喝茶好吗？就像您在其他人家做客那样。您喜欢茶吗？

斯维塔　喜欢。

卡斯玛纳福特　太好了！（他快速从沙发上站起来，走开。回来时端来两杯茶。他把其中一杯递给斯维塔，然后坐在之前的位子上）我刚放了茶叶，这里只有一个泡茶壶。您喜欢用泡茶壶吗？

斯维塔　非常喜欢。（为了证明自己的话，她喝了一大口）

卡斯玛纳福特　好的。现在我们把称呼改成"你"吧。

斯维塔　好的。

卡斯玛纳福特　你看看，我就住在这里。（停顿）你不是特别爱说话。

斯维塔　您有歌曲吗……

卡斯玛纳福特　不要称呼"您"了！

斯维塔　你有一首歌，名字叫"收缩压"。对，就是这首。歌词很复杂。我觉得，像是男人在讲述自己的伤痕。我理解得对吗？

卡斯玛纳福特　（稍微靠近斯维塔一些）你最好跟我说实话，斯维塔，你有男朋友吗？

斯维塔　有过，但不久前我刚被他甩了。

卡斯玛纳福特　给我讲讲他。

斯维塔　他是个奇怪的人。他偷了我妈妈的手表，他什么都偷，还偷过我的钱。他总是偷之后道歉，道歉之后再偷。有一次我和他去做客，大家一伙人在房间里坐着。但当我们准备离开，一起通过走廊时却看见他坐在一个打开的包包旁边，正往里装别人的东西。我大声喊叫，但人家还是打了他，好在并不严重。后来他离开了。

卡斯玛纳福特　为什么？

斯维塔　不知道。我还去给他道过歉，虽然我不知道我错在哪儿，而他，还打了我。第二天，我开始到您家单元门口等你。

卡斯玛纳福特　他打了你哪儿？给我看看。

斯维塔　就是这里。（她指着自己脸颊上的某个点）

卡斯玛纳福特　（为了看清楚，更靠近一些）什么都看不到了。

斯维塔　是的，一切都过去了。

卡斯玛纳福特 你明白吗，如果我不是今天这个身份，我会替你出头，找他算账。但现在我不能，你理解吗？

斯维塔 是的，我理解。

卡斯玛纳福特 （更靠近斯维塔）你的第一次是怎么发生的？

斯维塔 什么第一次？啊，明白了，那是在我的品德和心理学老师的家里发生的。你别以为这很下流。实话说，一切都很美好。为了我的到来，他在他家的所有地方都挂上了红色灯笼，甚至卫生间也不例外。我当时感觉很是温馨浪漫。我们还用精致的高脚杯喝香槟，一起听音乐，就是你的歌。安德烈·安德烈耶维奇怎么会猜到我喜欢你的歌呢？我不明白。播放完你的歌《大耳朵小人》后，还放了些《铅笔不简单》专辑里面的其他歌曲。在你的音乐伴随之下我很快就失去了自我……

卡斯玛纳福特 （动了动身子）不应该跟你说这些。不应该！我们最好说点新话题。（他把身子移开，明显有点神经质）我正在准备新晚会的节目单。

斯维塔 新晚会叫什么名字？

卡斯玛纳福特 还没想好。我们现在一起想想。

斯维塔 不，我担心我没什么好想法。

卡斯玛纳福特 别担心。你会有好提议的。说吧，说个你喜欢的名字。

斯维塔 晚会将有什么新元素吗？

卡斯玛纳福特 嗷呜，晚会上会有些令人激动的东西！！你坐着。

（他跑到另一个房间）

斯维塔　（站起来张望）我之前以为，明星的家会是很特别的。

卡斯玛纳福特　（在另一个房间里）你什么意思？

斯维塔　房间里应该又脏又乱，像酒鬼住的。或者还有些什么不
　　寻常的东西。

卡斯玛纳福特　（回到这间房里）什么不寻常的东西，举个例子？

　　　　〔卡斯玛纳福特穿着厨师服：雪白的制服，金色的钮扣，
　　高高的帽子，一手拿着大汤勺，一手拿着菜刀。

斯维塔　（坐下）乌拉！

卡斯玛纳福特　喜欢吗？这是我的新造型。卡斯玛纳福特已经过
　　时了。现在我是厨师！！（像说广告词一样）七音符水果羹。
　　喜欢吗？

斯维塔　喜欢。

卡斯玛纳福特　而她却说，这很愚蠢。（他取下高帽子，一屁股坐
　　到墙边）你认为巴卡克是什么样的？

斯维塔　巴卡克是谁？

卡斯玛纳福特　是个怪物。我童年时经常梦到它。

斯维塔　我童年时也经常梦到一个怪物，它没有眼睛，在该长眼
　　睛的地方长着个大嘴巴，嘴巴里面长满尖牙。

卡斯玛纳福特　这不可能！

斯维塔　什么不可能？

卡斯玛纳福特　巴卡克长得就是这样。好吧，就这样。你想看看
　　我收藏的香水吗？

　　　　〔斯维塔点点头，卡斯玛纳福特跑向另一个房间。

斯维塔　（对着他的背影）请原谅我的好奇心！但谁让你每次接受

采访时都说到香水收藏呢。

　　[卡斯玛纳福特托着个大大的木头盘子出来了，盘子上摆满了带气泡的香水。

卡斯玛纳福特　这就是我的收藏。你闻闻看。（他打开一瓶香水，在手腕上喷一点，递给斯维塔）怎么样？

斯维塔　青苹果香味？

卡斯玛纳福特　不，这是春天的味道。在又空又闷的房间里待了好几个月，你终于出得门来。阳光照耀，积雪消融，湿润的风吹到你的脸上。你吸一口气，出乎预料的温暖、欣喜之情油然而生。这就是这款香水的感觉。（他又往自己的另一个手腕上喷点香水）闻闻看，这是夏天的味道。黄昏降临，一场急雨溅起滚烫的尘埃，深绿色的草甸被雨水洗得干干净净，你站在将草甸一分为二的弯弯小道上，抽一抽鼻子，那一刻，你闻到的就是这种味道。（他拿起另一款香水，喷在手上，递给斯维塔）

斯维塔　这是秋天的味道。当你徘徊在秋天的公园，一排排长椅空空荡荡，树木落光了叶子。那感觉就是这种味道。对吗？

卡斯玛纳福特　不。这不过是一款不怎么样的波兰香水。（他拿起另一瓶）瞧，这是我的顶级收藏。不可分离的爱之香氛。（他想往自己的手腕上喷）

　　[斯维塔小心地从他手里拿过瓶子，往自己的脖子上喷了一点。卡斯玛纳福特目不转睛地看着斯维塔，然后亲吻她的脖子，同时用脚敲敲沙发。沙发自然展开，传出音乐声。

斯维塔　（在最后一刻）也许，泡茶壶里的茶早就烧开了。

第二幕

第一场

还是卡斯玛纳福特的家。沙发被展开了。椅子上是斯维塔的衣服和卡斯玛纳福特的厨师制服。他躺在沙发上。斯维塔·布尔金娜走进来，她穿着浴袍，正用梳子整理湿漉漉的头发。

卡斯玛纳福特 过来，坐下。我要跟你说件重要的事。你有思想准备吗？

斯维塔 有。

卡斯玛纳福特 我爱上你了。请等等，请让我说完。见到你之前，我的心是死的，它像一块粘在鞋跟上的小石头，是你激活了它。

斯维塔 小时候，有一次我抓了很多瓢虫，整整一大把。你瞧，就有这么大一把。然后，我从六楼阳台上同时放飞它们，为的是我所有的愿望一起实现。可你怎么都想不到，我有多可怜：居然一只瓢虫也没飞走，它们全都掉到沥青路上摔得粉碎。

卡斯玛纳福特 你给我讲这个干吗呢？

斯维塔 我所有愿望都不会这么快实现。这样的事情从未发生过。

卡斯玛纳福特 怎么，你不相信我？

斯维塔 我很想相信。

卡斯玛纳福特 请看着我的眼睛。我爱你，你相信吗？

斯维塔 我相信。

卡斯玛纳福特 好！我的个性是这样的，我会完成我爱人的所有愿望。你有哪些愿望？

斯维塔 我像个傻瓜。我有时会想，要是突然有几百万美元那该多好啊……不，我不是要你的钱。只不过我的心里有各种傻傻的计划。比如说，和心爱的人双双待在一个小岛上。我们想要什么，就有什么：比如图书馆、各种视频电影、各种唱片等，还有健身馆、游泳池，以及各种美食。就这样，我们在那里生活得非常满意。我头脑里总有这样的画面：我和他在山路上一边大笑，一边骑自行车。唉，其实我自己也不知道想要什么。你发现你浴室里的浴巾环脱落了吗？要不要我给你缝上？

卡斯玛纳福特 你会嫁给我吗？

斯维塔 你知道，今天是个奇怪的日子。我今天总是碰到乱弹琴的人。

卡斯玛纳福特 一切都很简单，我喜欢你，并且我正好单身。我向你求婚，你同意吗？

斯维塔 我感觉我似乎陷入了某个外国科幻小说。

卡斯玛纳福特　我不喜欢这个回答。你同意还是不同意？

　　〔斯维塔还没来得及回答。门开了，伊修姆斯卡娅进来了。她穿着貂皮大衣，手里提着皮箱。她看了一眼斯维塔和卡斯玛纳福特，然后进了另一个房间。顺路用脚敲敲沙发，音乐响起，沙发背升起来。卡斯玛纳福特受到挤压，只得坐起来。伊修姆斯卡娅再次进来，她已经脱了貂皮大衣，皮箱也放好了。

伊修姆斯卡娅　（对卡斯玛纳福特，似乎什么都没发生过）祝贺我吧，我终于找到了对付日达诺维奇的办法。你不知道，我为此付出了多少，我还被迫成为他妻子的闺密。现在我知道了他的几个小秘密，尽管这秘密没什么意义，但却迫使我们的这个老对手在伴侣的压力下投降了。这意味着，这个月20号，"流星"宫殿的纪念日，表演的将是你！怎么我在你脸上没有看到欣喜呢？

卡斯玛纳福特　我很高兴。

伊修姆斯卡娅　（发现了厨师制服）你还没有放弃这个想法？

卡斯玛纳福特　什么？

伊修姆斯卡娅　我不想给你压力，但我似乎觉得，在"流星"宫殿穿这个表演不合适。

卡斯玛纳福特　好，我不穿。

斯维塔　（对伊修姆斯卡娅）早晨好！

伊修姆斯卡娅　（对卡斯玛纳福特，似乎没看到斯维塔）我们一秒钟也不能浪费。接下来你的日程是这样的：每天两次新闻发布会，这你必须忍受，还要每天排练。对不起，但我必须解雇别尔瓦马伊斯基·艾卡力特。我知道，他是一个优秀的伴舞，但真不能用他了，他每天只会和小姑娘胡闹。我们再也不能忍受他在你身边炒作自己。

斯维塔 （对伊修姆斯卡娅）我跟你说过一遍了！早晨好。

伊修姆斯卡娅 还要解雇你的牙医。我都明白。这很难过，并且很不愉快，令人反感，但不这样也没别的办法。

斯维塔 哎，姑娘！（她迎着伊修姆斯卡娅走过去）我想，你没看到我，但我在这里，我不是空气。

伊修姆斯卡娅 当然，我看到你了。早晨好。

斯维塔 你好！我叫斯维塔·布尔金娜。

伊修姆斯卡娅 收拾自己的东西，斯维塔，离开这里。

斯维塔 他爱我。

伊修姆斯卡娅 你说什么？

斯维塔 我知道你听清楚了。他爱我，他自己说的。

伊修姆斯卡娅 小姑娘，我不想让你难过，但我还是要告诉你，他只爱他自己。劳驾，请把梳子和浴袍还给我。

斯维塔 别叫我小姑娘！

伊修姆斯卡娅 你没病吧？我希望你清醒一点。

　　［斯维塔生气地叹息一声，脱下浴袍，身体裸露了一瞬间，她立刻拉过沙发上自己的衣服穿上。伊修姆斯卡娅在房间里走来走去，顺手收拾着一些小东西。之后我们会知道，她为什么这么做。

卡斯玛纳福特 哎，哎，姑娘们，不久前一个相熟的女孩给我讲了个故事，的确很好笑。她当时急着赶车去做客，于是她决定叫出租车。她要去做客的地方在先知以利亚教堂附近，那里有个圣像叫"意想不到的快乐"。也就是说，这个圣像是大家熟悉的地标。就这样，她截停了出租车，司机放下车窗。她把头伸到司机面前，温柔地微笑着说："意想不到的快乐。"司机睁圆眼睛，打着火就开跑了。这姑娘脑袋都差点来不及缩回来。好笑吗？

伊修姆斯卡娅　很好笑。（对已经穿好衣服，坐在椅子上的斯维塔）我不明白，您是打算在这里常住？

斯维塔　（对卡斯玛纳福特）我同意！

卡斯玛纳福特　同意什么？

伊修姆斯卡娅　劳驾你专心一点，她在跟你说话。

斯维塔　（对卡斯玛纳福特）我同意嫁给你。

伊修姆斯卡娅　大声点，他似乎没听到。

　　〔停顿。卡斯玛纳福特突然大声唱起歌来。他唱的是音阶。

卡斯玛纳福特　bi-ba! wa-wa! ge-ga! di-da!（他用宣叙调唱）练功时间，请理解，这无论如何不能错过。（他提高声音边唱边走出房间）

伊修姆斯卡娅　（走近斯维塔，手里拿着很多小东西）在离开前，请帮我办件事。请把这些东西还给那些女孩们，这都是她们在你之前忘在这里的。我这里可没地方放！很遗憾，我这地方太小了。（她一件接一件地递东西）给您，很漂亮的发夹，米老鼠形状的。很可惜，老鼠掉了只耳朵。穿红大衣的女孩留下的。还有这个黄色的音乐播放器，真是特别的东西，机身上还有刻字："这里卷带了"。是谁落下的？我还真没看清。这姑娘跑得可真快，她似乎有只腿是瘸的。瞧，还有国家建筑技术学校的毕业证书，名叫索比丽尼克·维克多利娜·德米特里耶夫娜。也许它主人正着急得要死呢！毕竟这是有关她事业前途的证书……

斯维塔 （把东西一股脑扔到地板上，对伊修姆斯卡娅）别烦我！

伊修姆斯卡娅 好好看看周围，别落下什么东西。

斯维塔 （大声向卡斯玛纳福特喊叫）哎，你娶我当老婆吗?！

　　〔卡斯玛纳福特出现在房间里。他穿着体操紧身衣。边走边扭腰。

卡斯玛纳福特 嗓子出麻烦了。我决定练习一下舞蹈。（他走近斯维塔，扶住她双肩）让我们单独谈谈，我们得离这里远一点。

（他俩离伊修姆斯卡娅远一些）对不起，我忘了，你叫什么？

斯维塔 你说什么？

卡斯玛纳福特 请提醒我一下，你叫什么名字？

斯维塔 斯维塔。

卡斯玛纳福特 对，想起来啦，是斯维塔。斯维塔，你现在最好还是离开吧。

斯维塔 但是你自己说过呀，你说爱我，要跟我结婚……

卡斯玛纳福特 对不起。

　　〔斯维塔呆立了一瞬间，然后就转身出门了。

伊修姆斯卡娅 （对着她的背影）我希望你没落下什么东西。

第二场

　　通往卡斯玛纳福特家的单元门。楼梯间。维拉和卡拉尼娜手拿各种气球站着。

卡拉尼娜　我似乎觉得，这惩罚太残酷了。

维拉　你知道什么叫残酷吗，小女孩？

卡拉尼娜　我比你大。

维拉　那又怎样？那你又有什么生活经验要跟我分享？你甚至不知道怎么正确地打开一瓶牛奶。我想破脑袋也不明白，他怎么会选择了她？

卡拉尼娜　很简单。我和你太可怕，而她很可爱。

维拉　她并不可爱，我们也没什么可怕。如果我们可怕，那人们就会躲着我们。你说，有人躲着我们吗？

卡拉尼娜　没人躲着我们。

维拉　就是呀！

卡拉尼娜　但人家总是把目光躲开。

维拉　傻瓜。

卡拉尼娜　你带给别人的伤害，反过来也会伤到你自己。

维拉　怎么，你不想干了？

卡拉尼娜　我今天梦见自己买了各种窗帘环。有蓝色的、白色的、咖啡色的，甚至还有方形的。

维拉　根本没有方形窗帘环。

卡拉尼娜　所以我才认为梦得奇怪呀，或许是不好的预兆。

　　　　〔斯维塔出现。她看起来像被抽空了气的玩具娃娃。维拉和卡拉尼娜扑向她，逼她坐到墙角。她没有反抗。

维拉　请一点点讲清楚，在他家发生了什么？

卡拉尼娜　事实上，我们想知道所有的细节。

维拉　他家真有个小矮人？你说呀。我们两个刚才为你赶走了三百多粉丝，你明白吗？

　　　　〔斯维塔默不作声。

卡拉尼娜　（对维拉）维拉，你看着她的眼睛。

维拉　我看了，怎么啦？

卡拉尼娜　她像梦游一样。她看起来就像阿赫玛托娃诗里的人物，与现实完全脱节。

维拉　（对斯维塔）哎，我们要作弄你哟！

卡拉尼娜　（对维拉）依你看，作弄她还有意义吗？

维拉　我们要侮辱她。（对斯维塔）你有什么可激动的？站着别动！卡拉尼娜，请告诉我，你一生中受到的最大侮辱是什么？

卡拉尼娜　当你叫我"拖布"时。

维拉　我不是让你说这个！你是真笨吗？我都用眼睛给你暗示了，我指的是气球！

卡拉尼娜　请原谅，我没搞懂。（对斯维塔）看看我们给你准备的这些气球吧！这真是残酷。

维拉　你，朋友，你会知道什么是百分之百的侮辱！你要把这些气球都吃了！！

卡拉尼娜　维拉，我想了想……这太没人性了。也许，我们打她
　　一顿算了？

维拉　不。

卡拉尼娜　（充满希望地）狠狠地打一顿，可以吗？

维拉　不，就是要她吃气球！先吃这个红色的大气球。

斯维塔　等等！你们要我做什么都可以，只是，先听我把话说完。

维拉　你还有什么可说的！

卡拉尼娜　（对维拉）我每次都听你把话说完，哪怕你经常说蠢
　　话，这些蠢话连电视里都没听到过。

斯维塔　求你们仔细听，非常仔细地听。

维拉　如果是在军队里，就该听你指挥了。

斯维塔　我只是想让你们知道，世界上有一些男人，他们满脸皱
　　纹，虎背熊腰，他们总会莫名其妙地出现在卡车后面，并且
　　对司机喊叫。你能把他们怎么办？司机被搞糊涂了，卡车熄
　　火了，而他们则满足地离开了；还有这样的人，他不明白人
　　们为什么不和他交往。其实很简单，他身上总有一股油烟味。
　　奇怪的是，关于这一点，谁也不会告诉他；有一些人特别喜
　　欢同时做几件事情，比如说边走路边读杂志，还吃糖。但有
　　一点让人觉得很奇怪，上面说到的这些人都过得很好。尽管
　　总有一些人表现得跟常人不一样。比如说，有个妇女，她不
　　能平静地走过花丛。看到玫瑰，她总会扑上去吃掉离她最近
　　的那朵花的嫩芽。但她并不是疯子。也许，她的体内缺乏某
　　种维生素；有一个男人，喝醉酒后，总会在别人想不到的地
　　方醒来。有一次他在蒸汽锅炉顶上醒过来，那时，蒸汽锅炉

正在蒸薄饼呢；有一个小伙子，跟我分享了他的秘密：他每次脱下裤子都要往天上扔，如果裤子正好落到他头上，他就认为这天很成功；我还认识一个妇女，她不敢笑，因为一笑就发出猪一样的哼哼声，她自己无法控制……

维拉 （大喊）闭嘴！鬼知道你说些什么。

卡拉尼娜 我也不明白她说些什么，虽然很想弄明白。

维拉 哎，你到底说些什么？

斯维塔 我的意思是世界上什么样的人都有，我们是不一样的人。

维拉 你要说的是，你跟我们不一样？

斯维塔 这并不意味着我比你们好。

维拉 不，你就是想说你比我们好。

斯维塔 我并不比你们好，我只是幸运。请让我走吧，我心里难过。

维拉 你还想要什么！

卡拉尼娜 我不能……当有人求我，并且还说了些疯话……（她放开斯维塔）

维拉 （大骂几声后也放了斯维塔）今天算你幸运！

卡拉尼娜 我们不应该争吵。我们这样的傻瓜这个世界上已经很少了。（对斯维塔）请平静一下。然后按顺序告诉我们你看到的，还有你经历的，以及你感受到的一切。所有细节我们都有兴趣知道。

维拉 开始吧。有什么难开口的？

斯维塔 好。我们来谈谈他。

卡拉尼娜 他有几双冬天穿的鞋子？

斯维塔　你为什么说到鞋子？

卡拉尼娜　愚蠢。鞋子最能说明人品。

维拉　谁更愚蠢？

卡拉尼娜　（对斯维塔）继续说，你跟他谈了些什么？

斯维塔　我们谈到了一切。

卡拉尼娜　请详细一点，我们对一切细节都有兴趣。

斯维塔　我们谈到了世上的一切。

维拉　你脑子被挤扁了吗？都跟你说了，说细节。你说说他家的床单是什么颜色的。快说呀！我们等着呢。

　　　　〔停顿。

斯维塔　你们再催我，我就什么也不告诉你们了。

维拉　说！

　　　　〔斯维塔默不作声。

卡拉尼娜　我看，今天想要愉快地交谈是做不到了。

维拉　（再次扑向斯维塔把她逼到墙角）你怎么回事，你以为我们在跟你开玩笑？

卡拉尼娜　我认为，她当然知道我们不是在开玩笑。但她不知为什么对待我们还是不够严肃。（对斯维塔）我们说真的，知道吗？

斯维塔　让我们做个游戏吧。规则是这样的："是"就是"不是"，"不是"就是"是"，"不知道"也是"是"。开始吧？

维拉　不。

斯维塔　"不"就是"是"。

维拉　我不明白，你不能像正常人那样求情？（斯维塔沉默）别跟她废话。（对卡拉尼娜）还是上气球吧。

卡拉尼娜　请原谅。我心太软，下不了手。

〔维拉从卡拉尼娜手里拿过气球，凑到斯维塔的嘴边。气球一个一个爆裂的声音。

第三场

斯维塔·布尔金娜家。斯维塔坐在椅子上。柳德米拉·米哈伊洛芙娜走进来，她心情很好，手里拿着装满生活用品的购物袋。

柳德米拉·米哈伊洛芙娜　（把购物袋放在桌子上，与斯维塔并排坐下）过去去一趟商店，简直像打仗：人山人海，总用肘关节保护自己。现在则是用推车竞赛，在商品间越野跑。每个超过我的人，都要往我的推车里看看，这真让我生气。每个人都盯着我看，看我买了些什么便宜货。刚开始我很生气，后来我发现，我自己也喜欢往别人的推车里看。并且，根据推车里有些什么还能推断主人的身份。大多数人推车里的内容都很平庸无聊，无非就是面包、鸡蛋、牛奶等。但你知道的，有些人推车里的商品组合很奇怪。比如矫形器、热熏鲟鱼、昂贵的象棋。或者还有染发剂、两包尿不湿和一瓶酱油。我们周围奇怪的人真是越来越多，你发现过吗？（停顿）女儿，你怎么啦，不跟我说话？你怎么气鼓鼓的，像个气球？

斯维塔　别跟我提气球！

柳德米拉·米哈伊洛芙娜　为什么？

斯维塔　这不关你的事！

柳德米拉·米哈伊洛芙娜　你有什么不开心的事？

斯维塔　可以认为你发自内心地想知道。

柳德米拉·米哈伊洛芙娜　怎么不是真想知道呢？或许我能帮上什么忙。

斯维塔　你帮助我获得了中等职业教育。不能说我还要因此感谢你吧！

柳德米拉·米哈伊洛芙娜　我是认真的。你需要帮助吗？

斯维塔　不！也就是说，是的，你能帮助我。我想让你把那两个人，不，是三个人关进监狱。

柳德米拉·米哈伊洛芙娜　也许，是要立即关进整个足球队那么多人？

斯维塔　我恨你！

柳德米拉·米哈伊洛芙娜　（似乎什么也没有发生）我们继续谈话。

斯维塔　我想让您保护我。我想让您在这一生中为我做点什么，哪怕就这一次！

柳德米拉·米哈伊洛芙娜　我每天都替你放洗澡水就够了吧。谁惹你生气了？

斯维塔　这不重要。我要报复他们！

柳德米拉·米哈伊洛芙娜　复仇的确能得到最大的心理满足，但也要因此付出代价。可惜，我和你并没有什么可以付出的东西。他们犯罪了吗？

斯维塔　他们得罪了少校警官的女儿。这还不够吗？

柳德米拉·米哈伊洛芙娜 你要知道，我们现在正在反腐。上校苏玛拉科夫的岳母被流氓混混们在喷泉里淋得像落汤鸡，他却什么都不能做。

斯维塔 也就是说，你也什么都不能做？

柳德米拉·米哈伊洛芙娜 对不起。在这个街区真的不行。你饿了吗？

斯维塔 你真让我感到吃惊，你怎么可以算我的母亲？！你对我来说陌生得很，我们之间充满敌意，你完全像个男人婆！

柳德米拉·米哈伊洛芙娜 这么多恭维话在警局都没人对我说过。

斯维塔 谁是我父亲？

柳德米拉·米哈伊洛芙娜 你又来了？

斯维塔 我问你谁是我父亲。这可是个最简单的问题。你不用为我做什么，只不过给我提供一点我感兴趣的信息。我希望你能同意，我有权利知道谁是我父亲。

　　　　[停顿。

柳德米拉·米哈伊洛芙娜 好。我告诉你，他曾经是个好人。

斯维塔 他死了？

柳德米拉·米哈伊洛芙娜 上帝保佑，他没死。我重复一遍，他曾经是个好人。我们刚认识的时候，我和一个奥廖尔市来的两米高的女人合住集体宿舍。他每次送我回家时，都会让我坐上出租车，并且记下车号。他家的糊墙纸上写满了一串串车号。你出生的时候，他感到非常幸福，为了纪念这事，他甚至还学会了织毛衣。但是，这之后他就变了。他有太强的上进心，他全心全意地追求上进。最后他犯了可怕的事儿，他成了罪犯。

斯维塔　他干了什么，他杀人了吗?

柳德米拉·米哈伊洛芙娜　比这还坏。他企图沿着克里姆林宫的宫墙绕过红场。

斯维塔　为什么?

柳德米拉·米哈伊洛芙娜　当局也对他提出了同样的问题。你知道他是怎么回答的吗?（很大声的）"要知道我是第一个这么做的人"!白痴!我为他到处托人，最后判了个最低刑期。但他，像他通常擅长的那样，又把一切都毁了。在12月31日新年夜他组织囚犯暴动，囚犯们忙着打砸抢，而他却站在旁边唱国际歌。这会儿我就什么忙也帮不上了，他当然被加了刑。

斯维塔　那你为什么这么长时间要对我隐瞒?

柳德米拉·米哈伊洛芙娜　我想永远忘记有关他的一切。

斯维塔　但是，也许，他身上还有某种人性?

柳德米拉·米哈伊洛芙娜　未必。听说，他继续做一些可怕的事情。还听说，在牢房里他不让任何人睡觉，整夜大声朗诵涅克拉索夫的小诗。

斯维塔　难道他一直都这么不正常吗?

柳德米拉·米哈伊洛芙娜　我说过了，女儿，我们刚认识时，他跟现在完全不一样。忘了他吧，对于你来说，他已经死了。

斯维塔　我一点也不想忘记!

柳德米拉·米哈伊洛芙娜　你的父亲是个不正常的人!为了体会盲人的感受，他一个月不睁眼。我忍受不了，离开了他。

斯维塔　你真不该这么做，妈妈。如果你不离开他，他就不会犯下那些大事。

柳德米拉·米哈伊洛芙娜　你懂什么，小女孩！

斯维塔　别叫我小女孩！

柳德米拉·米哈伊洛芙娜　再对我喊一次，我就不客气了。

斯维塔　你怎么回事，不能救他？

柳德米拉·米哈伊洛芙娜　不能，你要知道，他对社会有危险。

斯维塔　你还算我的母亲？！

柳德米拉·米哈伊洛芙娜　是的，我是你的母亲。我甚至可以把身份证给你看。你还吃晚饭吗？

斯维塔　吃你个鬼！我先吃掉所有的拖鞋！然后吞下电话机！！再对沙发狼吞虎咽！！最后让你什么也剩不下！！

　　〔斯维塔出去了，狠狠地摔门。

柳德米拉·米哈伊洛芙娜　我可以用烤箱把拖鞋加热一下。

斯维塔　（大力推开门）我恨你！

　　〔斯维塔再次大力打开门。

柳德米拉·米哈伊洛芙娜　你去干什么？你有办法吗？

斯维塔　不用你管！

第四场

　　在后台。卡斯玛纳福特穿着飞行服，腋下夹着飞行帽。伊修姆斯卡娅进来了，她看起来很精干。

伊修姆斯卡娅　你准备好了吗？

卡斯玛纳福特　我很热，我想喝水，想写字，想吃东西，还想吸烟。让所有人都见鬼去吧。我没睡好觉，隐形眼镜还丢了，总之，我要死了。

伊修姆斯卡娅　录音片会开始数数："四，三，二，一，开始。"说到"开始"时你就出场。在回答问题前请你不用思考。求你啦，直接回答，千万别思考。这对所有人都好些。（她亲吻卡斯玛纳福特的脸颊，然后出去了）

　　　　〔过了一秒钟，斯维塔进来了。卡斯玛纳福特飞快地把带有玻璃面罩的飞行帽戴到头上。斯维塔站在那里看着卡斯玛纳福特。停顿。

卡斯玛纳福特　（生气地取下飞行帽）是的，是的。我很羞愧。是的，你是对的，是对的。我自己也明白。我评价人的时候，总是只看到外表。如果一个人外表不怎么样，那无论他怎么表现，我也认为他不是好人。不久前我照过镜子，因为我眉毛有点问题，看起来也是个外表不怎么样的人了，于是我整个人看起来没有一点像好人。怎么会这样呢？我想。瞧我这鼻子，完全就是坏人的鼻子。本来我的鼻子与我父亲的鼻子分毫不差。你想想看，外表出点问题，能出多大的事啊！

斯维塔　不会的。你不用证明自己。我还像之前一样爱你。而你爱我吗？

卡斯玛纳福特　当然，我很爱你。只是目前的现实使得我们没法在一起，你最近怎么样？

斯维塔　我想剃个光头。

卡斯玛纳福特　为什么？

斯维塔　我心情很糟。

卡斯玛纳福特　可怜的女孩。像我这样毫无用处的人可能给你带来多少痛苦！听着，娜塔……

斯维塔　斯维塔·布尔金娜。

卡斯玛纳福特　对，斯维塔，也许你可以帮我拉一下这里，飞行服紧得受不了。

斯维塔　这里？（她扯他后背的衣服）

卡斯玛纳福特　往下一点。啊哦，谢谢。

斯维塔　我有话对你说。我有了你的孩子，你打算怎么办？

卡斯玛纳福特　我有什么打算？我觉得太幸福了！这太棒了！上帝，你真了不起！现在，一切都会不一样！周围的一切都将改变！我们将改变一切！一切，毫无例外！（他抱起斯维塔，转圈）

　　　　［舞台那边响起音乐。一个声音传来："我们要开始了，四，三，二，一，开始！"

斯维塔　等等。（卡斯玛纳福特放下斯维塔）你该出场了。

卡斯玛纳福特　是的，我走了，你哪里也别去。等我回来，我将做出一生中最重要的决定。等着我。（他走出去）

　　　　［传来疯狂的尖叫和掌声。

主持人的声音　欢迎卡斯玛纳福特！

　　　　［一片欢呼声。就这样，第一个问题来了。

男人的声音　您的新专辑会叫什么名字？

卡斯玛纳福特的声音　我会把它叫作"粉丝"，为了纪念那些喜欢我的歌迷。

女人的声音　请告诉我，您有孩子吗？

卡斯玛纳福特的声音　我没听清楚。请把问题重复一遍。

卡斯玛纳福特的声音　不，瞧您说的，我现在连女朋友都没有。所以，姑娘们，我旁边的位置还空着呢！我还在寻找爱情！

主持人的声音　下一个问题，请……

　　〔问题还在一个接一个地被提出来，但斯维塔和观众们几乎已经听不见了。伊修姆斯卡娅进来。

伊修姆斯卡娅　你爱卡斯玛纳福特吗？

斯维塔　关于孩子的问题他撒谎了。我已经怀上了他的孩子。

伊修姆斯卡娅　他目前的处境挺复杂。我不能告诉你一切细节，但你要知道，他需要新的成绩。你要理解，现在有好多事情让他分心。请相信我，即便是你生下孩子，你也不能和他共同生活。

斯维塔　这不关你的事！

伊修姆斯卡娅　随便说一句，曾经，我也跟你一样。不知道你是否还记得歌星尼古拉·杜社伟。留小胡子，戴蝴蝶领结，一只耳朵似乎比另一只大一点。你还记得吗，在一次电视直播中他裤缝裂开了。这件糗事后他就淡出了人们的视线。就是他。年轻时，愚蠢的我也曾扑闪扑闪着大眼睛去找他。而他剪下我美丽的长辫子……我过去有辫子，到现在也还有。（她让斯维塔看她的辫子）他剪下我的辫子，用来装饰自己的吉他。他几乎榨干了我。但当我得知他完全不会阅读时，我下决心离开了他。卡斯玛纳福特的事情也不是看起来那样简单。

这个人眼里没有别人，除了他自己。

斯维塔 我只是认为，你不适合他。

伊修姆斯卡娅 你知道，很多年前，我也有崇拜者，他每天早晨带着一杯咖啡来看我。我打开门，他手拿一杯热咖啡等着我。他从哪里弄来的咖啡，我不知道。也许，他把保温杯藏在某个地方，我没有发现。就这样，他第一次出现，我吃了一惊。这招数似乎非常有效！而第二次、第三次、第四次……我简直烦透了他，以及他悄悄递过来的咖啡。

斯维塔 你说些什么？我不懂。

伊修姆斯卡娅 我说的是，就算是争取了一生才得到的东西，也会很快让人厌倦。

斯维塔 别在我面前抛售你廉价的人生哲学。

伊修姆斯卡娅 好的，小女孩。（语调改变）我同你母亲谈过了。

斯维塔 那又怎样？

伊修姆斯卡娅 我们和她谈过了。我觉得，我们已经解决了所有问题。她没就这个话题跟你交流意见？那你等着吧，她会和你谈的。现在我警告你，如果你继续给我们打电话，继续编造怀孕的神话，那么你的母亲将在工作中遇到大麻烦。现在请你离开，或者我叫保安。

男人的声音（舞台那边）在目前这个生活阶段，您感觉怎么样？

卡斯玛纳福特的声音 也许，这么说不太谦虚，但我的确感觉很幸福！绝对幸福！

　　［舞台那边又是一阵狂欢。斯维塔离开。

第五场

在舞台上，大厅里一片黑暗。黑暗中传来电话铃声。已经摘下听筒的声音。

柳德米拉·米哈伊洛芙娜 喂。

斯维塔 你怎么可以背着我跟她谈判?!

柳德米拉·米哈伊洛芙娜 你在哪里?

斯维塔 就是说，你解决了我所有的问题?

柳德米拉·米哈伊洛芙娜 我问你在哪里? 我有麻烦了。

斯维塔 不可能，我一切都很好。

柳德米拉·米哈伊洛芙娜 我再次严肃地告诉你，我有大麻烦。电话里没法给你说，快放下手头的事情，赶到我这里来。

斯维塔 我又不是你的警察巡逻队! （挂了电话）

柳德米拉·米哈伊洛芙娜 斯维塔，喂，斯维塔……

[只传来电话的嘟嘟声。

第六场

通往卡斯玛纳福特住宅的单元门口。维拉和卡拉尼娜在单元墙壁上用红笔书写:"**贱货，别缠着卡斯玛纳福特!!**"

维拉换了新发型。

卡拉尼娜　请告诉我，维拉……

维拉　别跟我说话。

卡拉尼娜　请告诉我，你是怎么理解爱情的？

维拉　跟你说了，别想阻止我。

卡拉尼娜　请跟我描述一下你对爱情的感觉，这感觉是什么样的？

维拉　就像被热茶烫到了。

卡拉尼娜　甜蜜的热茶？

维拉　是，甜蜜的。还有就是，很想吼叫，感觉氧气不足，憋闷得慌，恨不得昏过去。

卡拉尼娜　的确。这感觉就是内心疼痛又痛苦，有时还感觉到无法忍受的忧伤。但没有爱情简直无法生活。你同意吗？

维拉　这倒未必。科学家说，所有的人都要吃肉，因为肉里含有人体必需的物质。但是，我们周围还是有许多素食主义者。

卡拉尼娜　你知道吗，你改变发型后明显变聪明了。

　　　　［斯维塔进来。她手拿购物袋，就是第三场柳德米拉·米哈伊洛芙娜从商店回来时拿过的那个购物袋。

维拉　（迎着斯维塔）你怎么来了？怎么每次都少不了你呀？

斯维塔　女孩们，你们等等。别碰我，我是来道歉的。

维拉　但你的脸色怎么这么可疑呀？搬来救兵了？

斯维塔　不，我说的是真话。

维拉　（对卡拉尼娜）我不相信她。她嘴唇涂得像鸡屁股。（对斯维塔）你袋子里装着什么东西？

斯维塔　这是我给你们带的礼物。

维拉　你变得这么善良，简直叫我吃惊。你到底带来了什么，我倒是很好奇!

斯维塔　你自己看吧!

　　〔维拉走近斯维塔。斯维塔打开袋子给维拉看里面的

东西。

维拉　(往后退)你是傻瓜吗?

斯维塔　我才不傻。

维拉　她有神经病。

卡拉尼娜　(对斯维塔)我可以看看吗?

斯维塔　请吧。

卡拉尼娜　(往袋子里看一眼,立刻往后退)对不起,这是什么?

　　这是手枪?

斯维塔　是的。

卡拉尼娜　是真的?

斯维塔　不相信的话就检查一下吧。

卡拉尼娜　您要手枪干什么?

斯维塔　你对我的称呼怎么突然变成了"您"?

卡拉尼娜　我觉得该尊重您。

维拉　(对卡拉尼娜)她是疯子。(对斯维塔)看在上帝的分儿上,

　　原谅我们吧!放我们走吧?

斯维塔　不行。

维拉　别摧毁我们罪恶的灵魂。

卡拉尼娜　理论上来说,可以把她的购物袋夺过来,但在实践中

　　我却不敢。

维拉　(对斯维塔)怜悯我们吧。我家里有个小妹妹。没有我,谁

　　教她吸烟呢!

卡拉尼娜　有一种可能，手枪是坏的，没法射击?

维拉　是好的，是从她妈妈那里拿来的。(对斯维塔)哎，很遗憾，没有气球。要有的话，我立刻吃了。我发誓，我一定会吃。对，我这里有人造革的钱包。也可以吧?

斯维塔　那我们就做个游戏吧。

维拉　或者，不要做了吧?

斯维塔　这是个古老的游戏。每个人一生中或早或晚都要玩一次。游戏规则很简单:"不"就是"是"。"是"就是"不"。"不知道"也代表"不"。开始吧。

卡拉尼娜　您不觉得游戏次序对我们不利吗? (斯维塔把手伸进购物袋)玩吧! 我真受不了。

斯维塔　想要命吗?

维拉　是。

斯维塔　"是"就是"不"。

维拉　我们想要活着。

斯维塔　"是"还是"不"?

维拉　不知道。

斯维塔　"不知道"就意味着"不"。

维拉　(就要哭了)不要，请不要……

卡拉尼娜　(对斯维塔)我觉得您这样做很不仗义。您在我们面前已经占据绝对的优势，却还要对我们苦苦相逼。人都会犯错误，有时难免作恶，也难免残酷。有人衣服穿得不漂亮，有人一管唇膏两人用。但这个世界上没有完美的人，只有博物馆里的雕像才是完美的。而说到……

斯维塔　那就请你们相互拿口红在对方脸上和身上涂抹吧。

维拉　为什么？

斯维塔　（把手放进购物袋）我可以再让你们做游戏。

第七场

　　卡斯玛纳福特的家。门铃响了。伊修姆斯卡娅穿着浴袍去开门。

伊修姆斯卡娅　是谁？

斯维塔　（在门后）我是斯维塔·布尔金娜。对不起，我把手套忘在您家了。

　　〔伊修姆斯卡娅打开门。斯维塔手拿购物袋走进来。

伊修姆斯卡娅　我还提醒过你别落下东西吧？

斯维塔　您提醒过。对不起。那次我太着急了。

伊修姆斯卡娅　手套在哪里？拿了就赶紧走吧。（斯维塔站着不动）你把手套放哪里了？

斯维塔　我购物袋里有手枪。

伊修姆斯卡娅　听着，别瞎扯。

斯维塔　我购物袋里有手枪。

伊修姆斯卡娅　我怀里还有火箭装置呢。

　　〔斯维塔把手伸进袋子。发出震耳欲聋的射击声。

斯维塔　（对伊修姆斯卡娅）跪下，小女孩！

[伊修姆斯卡娅顺从地跪下。卡斯玛纳福特走进来。他此刻穿着水兵服：海魂衫，无檐帽，宽腿裤。

卡斯玛纳福特　（对伊修姆斯卡娅）你怎么了，摔倒了？（看着伊修姆斯卡娅和斯维塔）你们好！你们在玩什么游戏？

伊修姆斯卡娅　（对斯维塔）请放他走。

斯维塔　怎么，你们都想从我这里逃走？没什么想跟我谈的？

伊修姆斯卡娅　（对卡斯玛纳福特）她有手枪。刚才还射了一枪。（对斯维塔）您想要我们怎么样？

斯维塔　请道歉！

伊修姆斯卡娅　请原谅我所做的一切。只是请你放了他，别把他拖进来。

斯维塔　不，我想和他谈谈。（对卡斯玛纳福特）请看着我的眼睛。你往哪里看？

卡斯玛纳福特　（无忧无虑的）我在看子弹飞哪里去了。有意思……

伊修姆斯卡娅　（对斯维塔）怎么，你看不出来吗，他的心完全不在这里。他的心在某个遥远的地方。他总是这样的。你想要他跟你说什么？说他爱你？他会说的。这对他无所谓。他从不对自己的话负责。你要知道，他就像个孩子，连他的袜子在哪里都不知道。

卡斯玛纳福特　不对，袜子总在一个地方，汗衫在另一个地方。

斯维塔　请顺便对我说些什么。请告诉我，你对我的真实感觉！说！（她拿着购物袋推搡他的胸部）

卡斯玛纳福特　我怕你。

斯维塔　说完了？

卡斯玛纳福特　说实话？没完。我还正努力记住自己的感觉，以便将来在舞台上可以更好地表达这种感觉。

伊修姆斯卡娅　我跟你说过，他就是个傻瓜。让他走吧。

斯维塔　不。（她从袋子里拿出手枪，对准卡斯玛纳福特）请原谅，我不能这么简单地放了他。

伊修姆斯卡娅　斯维塔，求你别做傻事！

斯维塔　（对伊修姆斯卡娅）你怎么了，也是傻瓜吗？你以为我会打死他？我爱他。（她拿手枪对准自己的太阳穴）顺便说一句，我爱他，所以，我恨我自己。别把眼睛躲开！请看吧！这将是美妙的感受！

　　　［柳德米拉·米哈伊洛芙娜悄悄地潜入住宅。

柳德米拉·米哈伊洛芙娜　（小声地请求）女儿，把手枪给我。

斯维塔　不，妈妈，你最好离开。

柳德米拉·米哈伊洛芙娜　（后退）好。我离开。请告诉我，你要做什么？

伊修姆斯卡娅　她已经在这里开了一枪！

柳德米拉·米哈伊洛芙娜　（对伊修姆斯卡娅）闭嘴。（对斯维塔）女儿，请告诉我，你要做什么？

斯维塔　我想要你们听我的话，哪怕一生就听一次。

柳德米拉·米哈伊洛芙娜　（非常温柔）好，我们听。

斯维塔　我想给你们讲个童话故事……

伊修姆斯卡娅　童话故事?！

柳德米拉·米哈伊洛芙娜　（对伊修姆斯卡娅，非常严厉）闭嘴！不叫你开口什么也别说！（对斯维塔，很温柔地）我们认真听你讲。

卡斯玛纳福特　我可以坐下吗?

斯维塔　可以。

卡斯玛纳福特　(坐到椅子上)谢谢。

斯维塔　(非常激动地攥着手枪不松手)这是关于一只大狗的童话。有一只个头非常大的狗,大家都怕它。而它则见谁都非常害羞。正因为如此,它好几年没去上厕所,因为担心上厕所会被别人看到。你们理解吗?

柳德米拉·米哈伊洛芙娜　我们理解,女儿,别激动,继续讲。

斯维塔　也许,刚开始它忍着不便便是因为周围没有一棵大树。然后它找到了一棵大树。本来,一切问题都解决了,但大狗突然想去上厕所了,它不再怕别人看见了。故事就是这样。

柳德米拉·米哈伊洛芙娜　你讲完了吗?女儿?

斯维塔　不,还有故事的寓意:这样的事情经常发生。如果有了一件事情,就不会有另一件。相反,道理也一样。你们明白吗?

柳德米拉·米哈伊洛芙娜　当然,我们明白。

卡斯玛纳福特　这狗是什么品种?

斯维塔　(用手枪指着伊修姆斯卡娅)她什么都没明白。

柳德米拉·米哈伊洛芙娜　因为她是傻瓜。女儿,求你把手枪给我。

斯维塔　如果他不需要小孩,那么,我也不会有小孩。我没有什么小孩。你明白吗?怎么样,我变得更坏了吗?!啊?!请回答我!

伊修姆斯卡娅　求你对她说点什么吧!老天爷!

卡斯玛纳福特　我很难过。我无话可说。

柳德米拉·米哈伊洛芙娜　斯维塔，请你相信，对我来说，你任何时候都是最棒的女孩。而现在，这件事不会让你变得更好。

　　〔斯维塔眼看就要放下手枪了。门突然开了，卡拉尼娜和维拉走进来。她们的脸和头发，还有衣服上都被涂得乱七八糟的。

卡斯玛纳福特　你们好，女孩们！

　　〔斯维塔拿枪对着刚进来的粉丝。

卡拉尼娜　请对我们开枪吧！

维拉　对，我们决定了，我们要替他挨枪！

柳德米拉·米哈伊洛芙娜　你们来干什么?!　叫你们回家去的。

卡拉尼娜　不。我今年刚考上大学，我没什么可失去的。我愿意替卡斯玛纳福特去死！

维拉　不，我想第一个为他死！开枪吧！

　　〔两个粉丝都眯起眼睛。

柳德米拉·米哈伊洛芙娜　斯维塔，你不觉得这很可笑吗?

斯维塔　（停顿一下）是，妈妈，也许……

柳德米拉·米哈伊洛芙娜　我们走吧。

　　〔停顿。

斯维塔　好。（她放下手枪，慢慢走向大门）

伊修姆斯卡娅　（在她身后说）你们一起来真是太好了！

柳德米拉·米哈伊洛芙娜　斯维塔，别理她。

　　〔斯维塔转过身，重新走向伊修姆斯卡娅和卡斯玛纳福特。在这之前一瞬间，伊修姆斯卡娅已经快速爬到他边上，斯维塔抬起手，用手枪对着他们。

维拉和卡拉尼娜 （大声尖叫）不!!!

伊修姆斯卡娅 有人制止她吗?!

柳德米拉·米哈伊洛芙娜 斯维塔，别这样!!

斯维塔 （对卡斯玛纳福特）你能给我签个名吗?

卡斯玛纳福特 你说什么?

斯维塔 你能给我签个名吗?怎么样?我们似乎认识过了，但我还没有你的签名。（她从口袋里掏出明信片和钢笔）就在这里签。

卡斯玛纳福特 好的，我当然给你签。（在明信片上签好名递给斯维塔）

斯维塔 谢谢。

　　〔她收起明信片，向大门走去，边走边把手枪递给母亲。之后，她出门了。柳德米拉·米哈伊洛芙娜跟在她后面。

伊修姆斯卡娅 （从地上爬起来，对卡斯玛纳福特）快报警。（他没动）你聋了吗?没有听到我的话?我说了，快报警!!

卡拉尼娜 知道吗，我们在楼下墙上写着:你是贱人。看来，我们是对的。

第八场

　　办公室。斯维塔坐在桌子后面。门被大力地打开。柳德米拉·米哈伊洛芙娜走进来。她走到桌子前，正对着斯维塔，然后把录音机放到桌子上。就是伊修姆斯卡娅录制道歉词的那个录音机。

斯维塔　要录音机干什么？

柳德米拉·米哈伊洛芙娜　她想要你道歉。我录下你道歉的话，拿给她，她就会撤诉。

斯维塔　我不会道歉。

柳德米拉·米哈伊洛芙娜　斯维塔，别犯傻。

斯维塔　打死我也不道歉。

柳德米拉·米哈伊洛芙娜　斯维塔，你要知道，她本来是要让你坐牢的，我跟她说了一整天好话，还给她装修房子的钱，她才改口的。

斯维塔　我会把所有的钱都还给你!! 包括我上学时你给的午餐费！但，你听着，我永远不会在她面前低头！

柳德米拉·米哈伊洛芙娜　你要不要先吃点东西？（停顿）我们可能会有大麻烦。她有可能到法院告我们。

斯维塔　那又怎样？我不怕，我会去坐牢。你会帮我的，不是这样吗？要知道，你有这方面的经验。

柳德米拉·米哈伊洛芙娜　斯维塔，你想想。坐牢时可不让用电吹风。

斯维塔　那又怎样！我想坐牢。我见过刑事犯。我在这里过过夜，我喜欢牢房的味道！我还喜欢这里墙面的颜色！我甚至还喜欢这里的监狱黑话，清楚又明白！

柳德米拉·米哈伊洛芙娜 （她走近一些，大力打开门）出去！

斯维塔 真搞不懂你的意思。

柳德米拉·米哈伊洛芙娜 回家吧！

斯维塔 但是，你会有麻烦的。

柳德米拉·米哈伊洛芙娜 这是我的事，不劳你操心。

〔停顿。

斯维塔 不，我不能这样。（她迫使自己拿起录音机）我该说什么？

柳德米拉·米哈伊洛芙娜 斯维塔，我也不愿意强迫你。你随便说点什么吧，别忘记保证一句，说你再也不会去他家了。

斯维塔 好的。（她打开录音机）您好，我叫斯维塔·布尔金娜。请原谅我，我不该用手枪威胁你们，也不该撒谎说自己怀孕了。我保证，再也不会打扰你们了。（语气突然一变）够了吗，卑鄙的禽兽？！

柳德米拉·米哈伊洛芙娜 女儿！

斯维塔 后面那句你可以删掉，妈妈。（她关掉录音机）

柳德米拉·米哈伊洛芙娜 好的，乖女儿，可以回答我一个问题吗？

斯维塔 之前你向我提问从不征求我的同意。

柳德米拉·米哈伊洛芙娜 为什么你这么年轻，这么愚蠢？难道你不明白，我在你这个年纪时，跟你完全一样？你怎么就不知道我们完全能相互理解呢？

斯维塔 未必能吧？如果我告诉你我真的怀孕了，你能理解吗？

柳德米拉·米哈伊洛芙娜 是这样啊，我正好在百货商店看见了一个非常棒的婴儿车。

斯维塔　请原谅我，妈妈。

柳德米拉·米哈伊洛芙娜　没什么大不了的。

斯维塔　我可以问你一个问题吗？

柳德米拉·米哈伊洛芙娜　之前你向我提问从不征求我的同意。

斯维塔　在你一生当中碰到过一些稍微正常一点的男人吗？

柳德米拉·米哈伊洛芙娜　女儿，你怎么会问这个问题，这样的男人我一直在找。

斯维塔　妈妈，我简直是你的粉丝。

柳德米拉·米哈伊洛芙娜　我还是你的粉丝呢。

斯维塔　我们现在可以回家了吗？我快饿死了。

柳德米拉·米哈伊洛芙娜　你等等，我已经跟人家说好了……简单地说，现在他们会把你父亲带来。

斯维塔　真的，不是开玩笑吗？

柳德米拉·米哈伊洛芙娜　不，现在你会让他大吃一惊。（她走向大门，打开它并大声冲着走廊喊）巴维尔，你个死鬼，你过来！（用法语）

斯维塔　他在这里？

柳德米拉·米哈伊洛芙娜　是的，是我提前安排好的。总的来说，他被放出来了。乖女儿，现在你能见到自己的父亲了。只是，我要警告你，他现在又有了新的古怪行为：他学过法语，谁要不懂法语，就不能跟他说话。

斯维塔　那怎么办，妈妈？

柳德米拉·米哈伊洛芙娜 没什么可怕的，乖女儿，我们现在做些准备吧。这样，他一进来，就会对你用法语说：Bonsoir, ma fille, comment ça va?[①] 你就这样回答：Ça va bien。[②] 你记住了吗？我们先练习一下。"Bonsoir, comment ça va?[③]"

斯维塔 Ça va bien。[④]

柳德米拉·米哈伊洛芙娜 太好了，女儿。我感觉你已经准备好了。

——幕落

---

① 晚上好，我的女儿，你好吗？
② 很好。
③ 晚上好，你好吗？
④ 很好。

同　盟

五幕黑色喜剧

维多利亚·尼基福罗娃　著

刘娜　译

作者简介

维多利亚·维塔利耶夫娜·尼基福罗娃（Виктория Витальевна Никифорова，1971—   ），俄罗斯剧作家、记者、编剧。其代表作品有《隐性消费》《虚拟极少数》《奢侈品》《双座自行车》等。

译者简介

刘娜，天津师范大学讲师，多次在《俄罗斯文艺》《外国文学动态研究》《世界文学》等期刊发表论文和译文，代表作有《新世纪中国陀思妥耶夫斯基译介与研究》《21世纪仍旧是陀斯妥耶夫斯基的世纪——2016年陀学新动态述评》《漫步莫斯科》等。

人　物

尼古拉·卡尔马诺夫——设计师，近30岁，高高瘦瘦，胆汁质的人，很容易精神振奋，也容易陷入悲观失望。穿着考究时尚，打扮总是十分合宜。发型得体，美甲精致，皮肤微黑。

亚历山大·沃尔科夫——设计师，近40岁，个子不高，微胖，慢性子，理智正派。衣着时尚高档，打扮总是十分合宜。发型得体，美甲精致，皮肤黝黑。

秘书一、秘书二、杜尼娅·谢利瓦诺娃、医生——都近25岁，她们长得很像，一个女演员能同时扮演这几个角色。

O.、服务员、保洁员、希拉里·克林顿——60岁左右，她们长得很像，一个女演员能同时扮演这几个角色。

阿纳托利·塔拉修克、德米特里·普利瓦洛夫、哈姆雷特、爱德华·阿尔图罗维奇——在40—50岁之间，他们长得很像，一个男演员能同时扮演这几个角色。

第一幕

第一场

舞台描述——陈设极简的现代办公室，家具很少：一张桌子，两把椅子，灰色的墙壁，左面的门通往大厅，右面的门与领导的办公室相连，正对面是一扇硕大的窗子，卡尔马诺夫站在窗边，看起来想要把一个人掐死。受害者背贴窗台，大声喘息，绝望地反抗着。卡尔马诺夫将一团绳子套到对方的脖子上，想要把他推出窗外。但事情进展得并不顺利，这时，沃尔科夫从左面推门而入。

沃尔科夫　（咧嘴笑着，好像在接受面试一样）您好！我是亚历山大·沃尔科夫……（当他环顾四周，发现并没有什么面试时，脸上的微笑渐渐消失了）

卡尔马诺夫　（大声低语）小点声！你一个人吗？

沃尔科夫　好像是的。

卡尔马诺夫　帮帮我！

　　〔沃尔科夫一边观察着事态的进展，一边走向窗子。受害

100

者继续反抗着。

（拉扯着绳子）你拉着另一头，赶紧！

沃尔科夫 在哪儿？

卡尔马诺夫 在他衣领下面。

沃尔科夫 没有啊。

卡尔马诺夫 是不是挂在大衣的胸翻领下面了？你磨蹭什么呢？

沃尔科夫 谁叫你自己把绳子的另一头弄掉了的？不太专业吧。

卡尔马诺夫 那你来教教我。

沃尔科夫 什么？让我教你……这儿呢，找到了……你瞧，就是
    缠在纽扣上呢。

卡尔马诺夫 用力拽！

　　［沃尔科夫和卡尔马诺夫往两个方向拉绳子，过了一会
    儿，丝毫没有成效。

沃尔科夫 真是壮啊。

卡尔马诺夫 可不是。

沃尔科夫 可能快死了吧？

卡尔马诺夫 根本没有。我都跟他耗了十分钟了。

沃尔科夫 我觉得我们做法不太对。

卡尔马诺夫 怎么会不对呢？

沃尔科夫 可不是呢。比如说，你从一开始就没能弄断他的脊柱，
    否则立刻就能整死他。但现在我们连他的喉咙都掐不住。好
    像大衣挡住了……该试试他的脉搏。

卡尔马诺夫 你疯了？使劲儿拉啊！

沃尔科夫 这么拉着有什么用？完全没用。这样吧，你来拿着我

这一端。

卡尔马诺夫　你要去哪儿?

沃尔科夫　我找找他的颈动脉在哪儿。

　　〔卡尔马诺夫抓起绳索，竭力拉着。沃尔科夫朝门口走去。

卡尔马诺夫　你去哪儿?!

沃尔科夫　去警察局。(出门离开)

　　〔卡尔马诺夫惊慌失措。

　　(沃尔科夫很快返回，手里拿着一个价值不菲的公文包)害怕了吧? 我开个玩笑而已。(在公文包里摸索了一会儿，拿出一本厚厚的书)

卡尔马诺夫　你还有闲工夫看书吗?

沃尔科夫　我跟你说过了，我要找他的颈动脉在哪儿。

卡尔马诺夫　从书里找?

沃尔科夫　这是医生指南。

卡尔马诺夫　你是医生?

沃尔科夫　怎么，不像吗? ……嗯，等一等，我明白了。(手里拿着书走向卡尔马诺夫，一边对照着书里的图示)嗯，颈动脉要再往上半厘米。来，再来拉绳子。

卡尔马诺夫　围巾碍事儿。

沃尔科夫　(把围巾从受害者身上拿下来)这绸缎质量不错，是吧? 这肯定是日本大和的货，一定没错。给我另一头，稍微往上一点，再往上一点，好咧! 现在再拉!

　　〔两个人一起猛拉绳子，受害者不再出声了。停顿。

卡尔马诺夫　终于呀!

　　　[把受害者拖过窗台，绳子还没有拿下来。

沃尔科夫　不懂就别说。我们给他松绑吧?

卡尔马诺夫　等一下。

沃尔科夫　为什么?

卡尔马诺夫　我只是不太确信。万一他突然又……那个……他是
　　不是又动了一下?

沃尔科夫　"又动了一下"……你太幼稚了，像是个还穿开裆裤的
　　孩子。拿着绳子，我来试一下脉搏。

　　　[卡尔马诺夫拿着绳子，沃尔科夫试脉搏。

卡尔马诺夫　怎么样?

沃尔科夫　好了。

卡尔马诺夫　行，松绑吧。

沃尔科夫　等一下。

卡尔马诺夫　怎么了?

沃尔科夫　把他扔到哪里去?

卡尔马诺夫　那儿有个垃圾集装箱。

沃尔科夫　果然是，就在窗子下面，太方便了。

卡尔马诺夫　你以为呢? 我花了大半夜才把它挪过来的。

沃尔科夫　哦，愿主保佑。

卡尔马诺夫　愿上帝同在。

　　　[卡尔马诺夫和沃尔科夫给受害者松绑。传来尸体掉落
　　到垃圾桶里的声音——从不太高的地方，大概三层楼那么高。
　　沃尔科夫朝窗外看着。

（仔仔细细地将绳子卷起来，然后拉起沃尔科夫的手，咧嘴一笑）我叫尼古拉·卡尔马诺夫。

沃尔科夫 （笑得更灿烂）我是亚历山大·沃尔科夫，很高兴认识你。（用头指了一下窗户）那个人是谁？

卡尔马诺夫 阿纳托利·塔拉修克。

沃尔科夫 哦，他是什么人呢？

卡尔马诺夫 鬼才知道呢。我也是第一次见他。

沃尔科夫 怎么会？

卡尔马诺夫 嗯，他推门而入……跟你一样……咧着大嘴笑。"您好，"他说道，"我叫阿纳托利·塔拉修克。"

沃尔科夫 哦，就因为这个杀了他。当然了，是可以的。

卡尔马诺夫 知道吗，根本不应该胡扯什么道德。

沃尔科夫 是的，我……

卡尔马诺夫 这么说吧，是谁找到了他的颈动脉？没有你我根本杀不死他。

沃尔科夫 是，我不跟你争论。只不过很感兴趣，你到底为什么要杀他？

卡尔马诺夫 "为什么?!"你还是在争论谁做的，是谁的罪。不要再提这些该死的问题。为什么，为什么？不为什么！

沃尔科夫 好吧，我不问了。

卡尔马诺夫 你不相信我？

沃尔科夫 听着，你的上衣价值近 3000 美元，对吧？

卡尔马诺夫 对呀。

沃尔科夫 皮鞋差不多 1000 美元。

卡尔马诺夫　990。

沃尔科夫　公文包我看不出来。是"路易威登"的吧？

卡尔马诺夫　猜高一点儿。六个月的羊羔皮，纯手工制作。这样的包，整个伦敦只有三只。

沃尔科夫　美元？

卡尔马诺夫　英镑。

沃尔科夫　我就说吧。这么一位阔绰体面的人，简直是创造的光环、超级智人。这种人是不会随随便便就杀人的，所以我才问起其中的原因。您要知道我是有权知晓缘由的，因为没有我，你的确也杀不了他。

卡尔马诺夫　难道你还不明白吗？

沃尔科夫　嗯，我这儿有个主意……（往窗外看，认真注视着下面的垃圾箱）如果我没看错的话，在塔拉修克先生身下还有一条腿，顺便说，还穿着巴利的靴子。

卡尔马诺夫　你说得对极了，福尔摩斯[①]先生。

　　　　［沃尔科夫小心翼翼地看着卡尔马诺夫，开始往后退。卡尔马诺夫慢慢走向他，慢慢解着绳子，他们开始下一场对话前，这一动作继续进行着。

沃尔科夫　尼古拉，我并没有看到您佩戴"月光"公司的胸牌，这说明您并不是此地的员工。

卡尔马诺夫　您真是天才，波洛[②]先生。

沃尔科夫　按照您的说法，您是夜里把垃圾箱移过来的。然后一

_____

①　福尔摩斯是英国作家 A. 柯南道尔所著系列侦探小说中的主人公。

②　波洛是英国作家阿加莎·克里斯蒂所著系列侦探小说中的主人公。

大早又来到这里。这是为什么？当然，您是来参加面试的。今天爱德华·阿尔图罗维奇要来面试应聘"月光"公司首席设计师的人。您第一个到了这儿。

卡尔马诺夫 不错不错，马普尔小姐①，我的小鸟！（慢慢将沃尔科夫逼进一个角落）

沃尔科夫 我猜，尼古拉，您是想要杀死所有的应聘者。

卡尔马诺夫 聪明！（手持绳子扑向沃尔科夫）

　　〔沃尔科夫快速退到桌子后面，敞开大衣。在大衣里子的扣眼上挂着一把磨得锋利的小斧头。

沃尔科夫 （拿着斧头）您知道吗，我也不能容忍竞争者。

　　〔卡尔马诺夫退后了一步，沃尔科夫挥舞着斧头走向他。卡尔马诺夫慢慢后退。

　　你已经解决了多少人了？

卡尔马诺夫 四个，三个应聘者和一个保安。

沃尔科夫 杀死保安干什么？

卡尔马诺夫 他让我打开包，问我为什么要带绳子，我也不知道如何回答。他还坐在那儿吗？

沃尔科夫 对，跟活着一样。

卡尔马诺夫 我把他绑在凳子上了。

沃尔科夫 好样的。为什么你没有杀我？

卡尔马诺夫 还没来得及，后来……

沃尔科夫 后来怎样？

---

① 马普尔小姐是《马普尔小姐探案》电视剧的主人公，该剧由阿加莎·克里斯蒂创作的《玛普尔小姐》以及她的其他凶案推理小说改编而成。

卡尔马诺夫　我喜欢你做事的方式。讲究科学，随身带着医生指南，分工合理，是一个真正的顶尖经理人，看做事就知道是文化人。

沃尔科夫　得了吧，谢谢。

卡尔马诺夫　你又为什么帮我呢？

沃尔科夫　起初我以为你是职业杀手。我总想着要找个职业杀手做朋友，领教一下他们的本事，找个地方一起坐坐。我很尊重他们，他们做的事情最精彩。

卡尔马诺夫　我不是职业杀手。

沃尔科夫　我发现了。(已经将卡尔马诺夫逼进了一个角落，要用斧头砍他)

卡尔马诺夫　等一下。

沃尔科夫　不要怕，很快的。

卡尔马诺夫　你也不是职业杀手。

沃尔科夫　没关系，我可以做到。

卡尔马诺夫　如果做不到怎么办？如果我不在了，谁来帮你？

沃尔科夫　医生指南啊。

卡尔马诺夫　哈哈，我想象一下，你会跟对方说："朋友，等一下，别跑呀，我到666页上查一查，看看你的颈静脉在哪里。"你这样不行的。

沃尔科夫　那又怎样呢？

卡尔马诺夫　"独木难支"，这还是海明威说的呢。

沃尔科夫　你认同？

卡尔马诺夫　非常有道理，"一个人什么都做不成。"

沃尔科夫　你未必会帮上什么忙，就看看你处理这个塔拉修克时费了多大的劲。

卡尔马诺夫　他是第四个了！第四个啊！我已经两夜没合眼了，神经紧绷。前三个人我处理得很快，他们没流血，没喊叫，也没呻吟。

沃尔科夫　的确是，你解决得很干净。

卡尔马诺夫　咱们一起把他们所有人都……哈？

沃尔科夫　然后呢？

卡尔马诺夫　然后我们就一对一比试，像日本武士一样。

沃尔科夫　爱德华·阿尔图罗维奇会赞成吗？

卡尔马诺夫　我觉得会的……会的。我相信，他会赞成的。

沃尔科夫　（放下斧头，退后一步，陷入沉思）有趣的主意，不过……

　　　　　［传来脚步声。

卡尔马诺夫　快藏起斧头，过来这边！

　　　　　［沃尔科夫和卡尔马诺夫把绳子和斧头藏在身后。

　　　　　［门开了。门口站着一个穿着昂贵西装和雅致大衣的男子，咧嘴笑着。

男子　您好！我是德米特里·普利瓦洛夫。

　　　　　［卡尔马诺夫和沃尔科夫慢慢走向他。

第二场

　　　　　同一间办公室，薄暮时分。窗外渐渐暗下来。被肢解的手臂、腿和砍下来的头横七竖八地摆放在地板上。沃尔科夫在读医生指南。卡尔马诺夫在办公室里踱着步，伸了个懒腰，活动活动腿脚。

卡尔马诺夫　哎呀呀呀！这一天啊，我跟您说……

沃尔科夫　行了吧，闭嘴。

卡尔马诺夫　是啊，你已经筋疲力尽，累成狗了，你往周围看看……这一切都是为了什么？我们这么拼命是为了什么？啊？……（停顿；在房间里走着，小心翼翼地挪动地上的胳膊、腿和头）我今天一早就起床了，天蒙蒙亮就起了，提前来到这里好做好准备工作。把垃圾箱拖过来，太阳升了起来，小鸟唱着歌表示感恩。我精神焕发，好像什么都能胜任。收拾头三个人的时候我自己什么感觉都没有。那时我相信一切都好，前途明亮。好像我不仅仅会成为一个设计师，而且具有了某种价值。但是后来……

沃尔科夫　后来怎么样了？

卡尔马诺夫　全都是墨守成规，一切都一模一样。你瞧瞧，我们弄得多么乱七八糟。血气刺鼻，我从小就怕血……腰都断了，手上磨出了老茧，小拇指指甲也断了，我昨天刚做了美甲啊。日式的呢……（试着要从地板上拿起一个人的头颅）我都记不起来这一切都是怎样发生的了。

沃尔科夫　（放下书本）这好像是普利瓦洛夫吧。

卡尔马诺夫　不是，普利瓦洛夫好像是个肤白金发碧眼的人，而这个人……鬼才知道呢。你看，曾经有这么一个人在世上学习、工作，后来，一下子就没有了。这就是为什么……

沃尔科夫　（把书啪的一声合上）出去！

卡尔马诺夫　嗯嗯，我走。如果我走了，你就是唯一一个应聘者了吧？见鬼。

沃尔科夫　既然你知道，那就别问为什么了。

卡尔马诺夫　安静！有人来了。

沃尔科夫　会是谁啊？工作时间都结束了。

　　　　　〔沃尔科夫和卡尔马诺夫带上武器，站在门两边，秘书一手持托盘走了进来。沃尔科夫和卡尔马诺夫看到她把茶碗放在桌子上。

秘书一　请用茶。

沃尔科夫　爱德华·阿尔图罗维奇呢？

卡尔马诺夫　他什么时候会来啊？！

沃尔科夫　他今天还会来吗？

卡尔马诺夫　我们从早上就在等面试……在这儿。

　　　　　〔停顿。

秘书一　（倒茶）爱德华·阿尔图罗维奇晚些时候会来。

沃尔科夫　几点？

卡尔马诺夫　确定会来吗？

　　　　　〔秘书微笑着走了出去，沃尔科夫和卡尔马诺夫兴奋地喝着茶。

沃尔科夫　你听说过爱德华·阿尔图罗维奇是怎样创业的吗？

卡尔马诺夫　杀死了 49 个顶级经理人？谁知道呢！

沃尔科夫　你知道他怎么获得启动资金的吗？

卡尔马诺夫　把他的亲戚打发走了，卖了他们的房子。

沃尔科夫　听说过"九一一"的事吗？

卡尔马诺夫　嗯，其实我不完全相信这事。

沃尔科夫　你还怀疑？！

卡尔马诺夫　不是，等一下，要怎么想呢？在世贸大楼里有爱德华·阿尔图罗维奇的竞争者，所以他就把它撞飞了？是这样吗？

沃尔科夫　嗯？

卡尔马诺夫　这不是他的风格。那儿还有一些幸存者呢。如果是爱德华·阿尔图罗维奇策划了这次恐怖袭击，我告诉你，整个纽约都会成为一片废墟的，片甲不留。

沃尔科夫　的确是，大概是……这么说吧，一个伟大的人。

卡尔马诺夫　先生，他什么时候会来？

　　　　　［停顿。

沃尔科夫　你知道我想了些什么吗？

卡尔马诺夫　嗯……嗯……嗯……

沃尔科夫　你难道不觉得所有这些都有些奇怪吗？

卡尔马诺夫　你指的是什么？

沃尔科夫　看，这儿到处都是尸体，但那个秘书完全没有留意，谁都没有报警。

卡尔马诺夫　哎呀，我求你了。这么一个公司，这么一个空缺！为了一个好职位而展开的正常竞争而已。一年前我在"夜间的和风"任职，那里也曾发生过流血事件，对……而这算什么？都在规定之内。

沃尔科夫 不对，等等。（指着天花板）你看到摄像头了吗？我知道怎么回事了。我觉得我们所做的这些都是一种考验。爱德华·阿尔图罗维奇……

卡尔马诺夫 他在看着我们?!（谄媚地盯着摄像头，讨好式地慢慢走近，整理头发和衣服）

　　　　〔沃尔科夫手持斧头扑向他。

　　　　（成功地在最后一秒做出反应）站住，白痴!

沃尔科夫 我们这就来看看到底谁是白痴!

卡尔马诺夫 他不会录用你的。

沃尔科夫 我会是唯一一个幸存的!

卡尔马诺夫 傻瓜，这就是问题所在! 你把我砍死，成为唯一一个留下来的，爱德华·阿尔图罗维奇会因为这个原因选你吗?

沃尔科夫 对啊……

卡尔马诺夫 你破坏了他的面试，杀了其他竞争者，就没有选择的问题了。你知道他会怎么处置你吗?

沃尔科夫 （放下斧头）好像有些道理，也就是说，你也不能杀我……

卡尔马诺夫 见鬼，确实是这样。

沃尔科夫 那怎么办?

卡尔马诺夫 要不查查医生指南?

　　　　〔停顿。

沃尔科夫 我觉得这也是一种考验。我们应该做点什么，爱德华·阿尔图罗维奇就会出现。

卡尔马诺夫 而且会做出选择。

沃尔科夫　而且会做出选择。那我们该做点什么？

卡尔马诺夫　我们按照逻辑想一想。爱德华·阿尔图罗维奇需要的是什么？是忠心。也就是说，应该证明自己的忠心。对，我们该牺牲点什么。

沃尔科夫　不是随便牺牲点什么，而是应该牺牲我们最宝贵的。

卡尔马诺夫　那是什么？

沃尔科夫　呃，我也不知道。你有孩子吗？

卡尔马诺夫　没有。

沃尔科夫　我也没有。

卡尔马诺夫　有妻子吗？

沃尔科夫　也没有，有老娘。

卡尔马诺夫　谁都有老娘。我倒是很乐意把我家那位给掐死。

沃尔科夫　不对，这不是我们说的"牺牲"。顺便说一句，我发现你戴的是"劳力士"。

卡尔马诺夫　你戴的是"卜列格"怀表，你可别藏，别藏，多好的货色！

沃尔科夫　别动！

卡尔马诺夫　啊哈！害怕了！大家看看啊！（直接在摄像头前把他那贵重的手表扯下来，摔到地上，用脚后跟踩）

　　〔沃尔科夫毫不保留地完全按照卡尔马诺夫的做法照办了。他们把领带和西装都撕成了碎片，身上只剩一条短裤。他们看着摄像头，但什么都没有发生。

　　〔沃尔科夫闷闷不乐地坐着。

　　（抱着双臂开始来回踱步取暖。他踢到一个人的脑袋，把它抱了起来端详，突然惊恐万分）快看！

沃尔科夫　啊，天啊！

卡尔马诺夫　是爱德华·阿尔图罗维奇！

沃尔科夫　我们怎么会这么丢人?!

　　[停顿。卡尔马诺夫跳上桌子，在吊灯上把绳子打了个绳圈。这时，沃尔科夫从大衣口袋里取出一张照片，做沉思状，冥思苦想着什么。卡尔马诺夫把绳圈套到脖子上，从桌子上跳下来，但绳子断了。他又爬上桌子，想要加固一下绳索，但这次还是没有成功。

　　需要帮忙吗？

卡尔马诺夫　谢谢，我自己来。

沃尔科夫　行，由你吧。

　　[卡尔马诺夫弄了一会儿绳子，从桌子上跳下来，走到窗边，往下看。

　　不行，这儿不够高。

卡尔马诺夫　要不是你，我就会认出他来，你这个笨蛋窝囊废。

沃尔科夫　你才是笨蛋窝囊废。

卡尔马诺夫　你耍什么威风？坐在那儿像个弥勒佛，他妈的……

　　（走向沃尔科夫，从他手中抢过照片，僵在那儿。停顿后，一片安静）你从哪儿弄来的？

沃尔科夫　从《花花公子》①上剪下来的。挺漂亮，对吧？

卡尔马诺夫　你在对着照片冥想？

沃尔科夫　我没在冥想，我在想象。

---

　　①　*Playboy*，美国杂志名。

卡尔马诺夫　怎么想象?

沃尔科夫　长时间地盯着一个事物看，想象它是你的。日复一日，
　　年复一年地坚持。

卡尔马诺夫　然后呢?

沃尔科夫　最终它就会是你的了。

卡尔马诺夫　也就是说，如果我每天早晨想象安吉丽娜·朱莉①，
　　一年后她就会扑向我，对我说:"科里亚，我是你的吗? "

沃尔科夫　我对这些蠢事不感兴趣。我不需要安吉丽娜·朱莉，
　　我关心的是海边的别墅。

卡尔马诺夫　别墅很漂亮。

沃尔科夫　当然了! 看，这里的白灰上再涂一些蓝色颜料，采用
　　地中海渔村风格，门廊就用正宗卡拉拉大理石②建成。

卡尔马诺夫　为了它死了也值。

沃尔科夫　别人的都是最好的。(拿起照片放到自己大衣的口袋
　　里，拉着卡尔马诺夫的手)哎，我猜啊，由于不可抗因素，
　　面试要被迫取消了。很高兴认识你。

卡尔马诺夫　(握住对方的手)很遗憾最终成这样。

沃尔科夫　嗯，职位不错。或许现在他们该发布爱德华·阿尔图
　　罗维奇职位的招聘启事了……

卡尔马诺夫　那还等什么呢?

---

　　①　好莱坞电影明星，1998 年到 2000 年朱莉连续三年凭借《乔治·华莱士》
《霓裳情挑》《移魂女郎》获得 3 次金球奖及 2 次艾美奖提名，以及第 72 届奥斯卡
最佳女配角奖。2009 年凭借《换子疑云》获得第 81 届奥斯卡最佳女主角提名。
　　②　卡拉拉大理石为意大利 Carrara 城附近产的优质大理石。

沃尔科夫　你的意思是？

卡尔马诺夫　我们不如现在就举办这么一场比赛吧……（拿着绳子扑向沃尔科夫）

　　　　［沃尔科夫轻松地挥舞斧头自卫，但一不小心，在一汪血泊中滑倒了。

　　　　（坐在他的身上，用绳子勒住他的脖子）的确是啊，很高兴认识你。

　　　　［秘书一走入。

秘书一　你们被录用了。

沃尔科夫　（用嘶哑的声音说）谁？

卡尔马诺夫　（稍微松开了勒紧的绳子）是我吗？

秘书一　你们两个。你们两个人都通过了考验。

卡尔马诺夫　怎么会……爱德华·阿尔图罗维奇呢？他在这儿……在这儿躺着呢。

秘书一　（看着被割下的头）哦，这个吗？哈哈哈，请你们注意看，这只不过是个替身，在复杂的面试中，我们总是只用替身。

沃尔科夫　（卡尔马诺夫绳子完全松开了）就这么结束了？

卡尔马诺夫　考验结束了？

秘书一　考验永远不会结束。请跟我来，爱德华·阿尔图罗维奇在等你们。

　　　　［右边的门缓慢地打开了，一束明亮的光照了过来。沃尔科夫和卡尔马诺夫一边慢慢地向门走去，一边整理面容和头发。

第二幕

第一场

"月光"公司，卡尔马诺夫的办公室。卡尔马诺夫坐在桌子旁，在用电脑办公。传来一阵小心翼翼的敲门声。卡尔马诺夫没有应声。敲门声再次响起。沃尔科夫小心翼翼地探过头。

沃尔科夫　　抱歉打扰，可以进来吗？

　　　　[卡尔马诺夫没有应声。

　　　　对不起，有人告诉我，您叫我……

　　　　[卡尔马诺夫没有说话。

　　　　拉丽萨说……

卡尔马诺夫　（停顿了一会儿，低声冰冷地说）请进。

　　　　[沃尔科夫走了进来，四周看了一圈，没有他可以坐的地方。他不自信地走向办公桌，卡尔马诺夫没有抬头看他，继续工作着，桌子上的电话铃响了。

　　　　（拿起话筒）喂，好，帮我跟他接线。（停顿）汇报一下情况吧，安东·谢苗诺维奇。（长时间的停顿）说简短一点。（停顿）再简短一点。（短暂的停顿）好，我明白了。您被解雇了。（按电话机上的键）拉丽萨，马上起草一份解雇安东·谢苗诺维奇的文件。你自己交一份罚款。为什么？因为你那些该死的问题！"为什么？"要不然，你再来问问怎么办，谁之罪吧。（放下话筒，继续工作，完全没有留意坐立不安的沃尔科夫）您刚才说什么来着？

沃尔科夫 没……没……没什么。

卡尔马诺夫 那您准备一直不说话？

沃尔科夫 不……我……我……

卡尔马诺夫 您已经浪费了我整整七分钟的时间了。

沃尔科夫 可……我不太清楚，您为什么叫我过来……

卡尔马诺夫 想你了呗。

　　[沃尔科夫试图笑一下，但没能笑出来。

　　明天您的试用期就满了。您在一个月里提出了三个设计方案，但一个都没通过。沙发打不开、窗框跟周围的环境不协调、椅子立不住。而您却站在这儿不说话。

沃尔科夫 第……第四个方案……我已经发给您了。

卡尔马诺夫 您连话都不会说了？

沃尔科夫 我昨天……早上很早的时候……也就是前天晚上很晚的时候……我又给您发了一个方案。扩展名为 gif 的。在您的"收件箱"里。

卡尔马诺夫 什么在"收件箱"里？

沃尔科夫 方案。

卡尔马诺夫　什么方案？

沃尔科夫　电插头的。

卡尔马诺夫　简短点说。

沃尔科夫　嗯……嗯……嗯……这是一款电器配件模型……俚语叫插头或插座，设计豪华节能，让人联想到海洋和度假，模仿了海藻的造型，严密的罩子可以有效防止儿童和孕妇触电。原创设计，外形好像海绵。

卡尔马诺夫　（盯着电脑里的邮箱）为什么是海绵的形状？

沃尔科夫　嗯……它们之间还是有相关性的。

卡尔马诺夫　怎么，您还做过澡堂服务员？

沃尔科夫　不是这样的，它源自一部动画片，或许您知道，名字叫《海绵宝宝》①。这个罩子是海绵宝宝，接线盒是派大星，这是一只海星。它们就好像拥抱在一起一样……

卡尔马诺夫　您是同性恋？

沃尔科夫　您说什么呢？！

卡尔马诺夫　那您这么紧张干什么？

沃尔科夫　我很喜欢这部动画片，想要纪念它，我对这个方案寄予厚望。

卡尔马诺夫　（身体向后靠向椅背）您是喜欢您的工资，而不是这部动画片吧。至于这个方案，就别指望了。

沃尔科夫　为什么？！

---

　　①《海绵宝宝》是一部由舍曼·科恩、沃特·杜赫、山姆·亨德森、保罗·蒂比特等导演，汤姆·肯尼、比尔·法格巴克、罗杰·布帕斯等配音的美国喜剧动画，于1999年7月17日在尼克国际儿童频道开播。

卡尔马诺夫　因为我的"收件箱"里没有。

沃尔科夫　不可能，绝对不可能！我发给您了的！每一个地址我都发过一遍，办公邮箱我发了，Gmail 邮箱我也发了，还有……请您再检查一下，看在上帝的分儿上！

卡尔马诺夫　我为什么要这样做？

沃尔科夫　可是……

卡尔马诺夫　好吧好吧，那你得求我。

沃尔科夫　请求您……

卡尔马诺夫　有谁会这样求人？

沃尔科夫　但是……

卡尔马诺夫　跪下。

〔沃尔科夫犹豫不决、踌躇不定地跪到地上。

爬过来。

〔沃尔科夫爬向桌子。

（看着他）如果您趴到地上会怎样呢？

〔沃尔科夫看着卡尔马诺夫。

我喜欢您的眼神，好像木木看着格拉西姆一样[1]。

〔沃尔科夫垂下眼睛，趴到地上。

好吧，我在"收件箱"里找一找……哦，找到了，就是它，亲爱的！插头和插座。

（埋头研究方案）

---

　　[1]　木木和格拉西姆是屠格涅夫短篇小说《木木》中的主人公，格拉西姆是一名哑巴农奴，木木是格拉西姆收养的一条西班牙良种狗，性情温良，聪慧绝顶。格拉西姆将"木木"视为自己的养女。

〔沃尔科夫趴在地上，努力调整姿势，想要尽可能地体面一点。

我从前轻看您了啊，我的朋友。

〔沃尔科夫抬起头来，满怀希望地看着他。

老兄，恐怕您自己也不明白您到底设计了什么。这东西可能比浮士德还厉害呢。

〔沃尔科夫怯生生地笑了一下。

天才，简直是天才，"用海星和海绵宝宝的造型……带珍珠的豪华设计……"

〔沃尔科夫微微欠起身。

老兄，您的这个插座有几个孔？

沃尔科夫　两个。

卡尔马诺夫　您的插头有几个头，不对，有多少个接触点？

〔沃尔科夫沉默，停顿。

卡尔马诺夫　三个，狗东西！你的插头有三个头，但只有两个孔。第三个头你要往哪儿插？往你的屁眼里吗?!

〔电话响了。

（拿起话筒）喂，拉丽萨，帮我连线吧。（停顿）您好，爱德华·阿尔图罗维奇！很抱歉，我……没有没有，我没有为自己辩护……当然，我们有了一个新的方案……这款方案非常具有现实意义，是一款电器配件模型，综合了最新的潮流元素——节能环保、赛博朋克① 和动画片《海绵宝宝》……

---

①　赛博朋克（cyberpunk），又称数字朋克，科幻小说的一个分支，以计算机或信息技术为主题，小说中通常有社会秩序受破坏的情节。

当然，爱德华·阿尔图罗维奇……明天？您说了算，爱德华·阿尔图罗维奇……祝您一切顺利，爱德华·阿尔图罗维奇。（放下话筒）

沃尔科夫 如果需要修改……

卡尔马诺夫 住嘴，白痴！明天我们要把这个方案提交给总经理。我先考虑一下，您过来舔舔我的皮鞋！（向后仰向椅背，把脚伸出来）

　　〔沃尔科夫想了一下，向他的脚爬去，张开了嘴巴。

第二场

　　当天晚上。虐待狂俱乐部的一间办公室。右面是桌子和椅子，再远处是沙发。O.身体倚向椅背坐在椅子上，这是一位上了年纪、身体健壮的女人，少言寡语，沉着镇静，精明能干。身着皮衣、穿着细高跟长靴，膝头放着一根短鞭。卡尔马诺夫趴在她面前。他的穿着跟上一场景中一样，只是将上衣挂在了门把手上。

O.（看着自己的靴子）畜生，你的脏舌头舔得还蛮干净，它干这活儿还行。你那舌头不该到处乱嚷嚷，而要给你的女士舔靴子。这双便宜的土耳其人造革靴子，我奴隶的眼泪和鲜血弄脏了的靴子，小流氓，还有血呢，你闻到鲜血的味道了吗？

卡尔马诺夫 我闻到了，女士，我全身都在颤抖。

O. 你想要挨鞭子吗？

卡尔马诺夫　我害怕。

O．你抖得莫名其妙!

卡尔马诺夫　我害怕,求求您,女士,不要,不要!

　　〔O.挥动着鞭子,卡尔马诺夫三次用手敲地,这是一种暗号,然后站起来,疲惫地揉着腰,往自己的外套走去,拿出烟来。

　　(抽着烟,喃喃地说)两个孔,三个头,两个孔,三个头……

O．我们到此为止?

卡尔马诺夫　(看了一眼表)还剩二十分钟。

O．好,请吧,给我一根烟。

卡尔马诺夫　(递给她一根烟)一分钟前,有个什么东西一闪而过,我百思不得其解。

O．是我挥的鞭子吧。

卡尔马诺夫　不是,是脑子里有个什么想法一闪而过。

O．这是常有的事。

卡尔马诺夫　当然啦!我来这儿就像上班一样,站在这儿,主意就来了,这就是灵感,懂吗?

　　〔O.点头。

　　你是个聪明的女人,我早就发现了。从不乱说话,对你的顾客也不造谣中伤。这一点做得很棒。你先休息,让我思考一下,好吗?从前有几个世纪曾完全是寂静的。(抽着烟,在房间里踱步)

　　〔O.脱下一只靴子,涂上鸡眼膏。传来电话铃声。

O. （拿起电话筒，沉默地听着，捂上话筒）听着，有个顾客来找我了……

卡尔马诺夫 怎么，难道你疯了?! 我还有……

O. 会给您退钱的。

卡尔马诺夫 见鬼吧!

O. 这可是个难缠的主儿!

卡尔马诺夫 到底是什么人?

O. 说了你也不认识。

卡尔马诺夫 他总该有个名字吧?

O. 跟你说又有什么用呢，好吧，他叫爱德华·阿尔图罗维奇，他很少来找我……站住，你要去哪儿?

〔卡尔马诺夫抓起外套，向左面的门跑去。

O. （拦住他）等一下，你这样会碰到他的，来这儿。

〔卡尔马诺夫想要往衣柜里藏。

（把他拖出来，指向右面的门，朝话筒喊道）让他进来吧。

〔脱下第二只靴子，往脚上涂上一层厚厚的鸡眼膏，穿上高跟鞋，整理着装，用牙咬着短鞭，趴到地上，往门口爬去。

〔沃尔科夫走了进来。

第三场

同一间办公室，半小时后。O.往自己被鞭子抽伤的肩膀上擦着过氧化物，斜眼看着镜子里的自己，牙缝里发出咝咝的响声。折了的鞭子在地上乱扔着。

沃尔科夫　（敲着自己手提电脑的键盘，从牙缝里说）去你的狗屁
　　权威，狗东西！对新趋势一窍不通，连我们这个时代最基本
　　的神话题材元素，括号，比如海绵宝宝都不懂……不会有善
　　终的！哎，下流胚，想把你活埋了吧？好，好，好！这就埋
　　了！无法忍受，不能忍受，不能，不能了！对少数性别取向
　　野蛮的、全球性的、残忍的歧视！括号。他觉得"同性恋"
　　是骂人话吧?! 你怎么能这样，畜生?! 你就以泪洗面吧，败
　　类！括号结束！（满足地伸伸懒腰，从桌子旁走开，瞥了一
　　眼 O.，看着她的后背）听着，我今天有点用力过猛了……给
　　我块棉花，我替你擦擦。

O.　不用。

沃尔科夫　原谅我，今天实在是糟糕的一天。明天要重新作方案，
　　这倒没什么。如果这个恶棍再出现，我就写他一篇报告，哦
　　呦呦，宝宝睡着了，好好写写他的知识浅薄、心胸狭窄。我
　　会像起草欧洲委员会议宣言一样斟酌每一个字句，真的。其
　　实在这儿工作还是蛮不错的，头脑中不时就会出现一些大胆
　　的想法……你叫什么名字？

O.　O.。

沃尔科夫　这我知道。你的真名是什么？

　　　〔O. 摇摇头。

　　　不能说，是吗？这是规矩？O. 是奥莉加的意思？或者是
　　奥克萨娜？我的启蒙老师就叫奥克萨娜……她很严厉……很

漂亮……你不恨我吗？

O．不恨。

沃尔科夫 为什么？

O．你出价高。

沃尔科夫 我坦白跟你讲，O.，我几乎把所有的工资都花在这儿了。我在这儿，怎么说呢，我在这儿感觉很好。只有在这里，我还能感觉到自己是个人。一切都在我的手掌中燃烧。心里有些想法、要作决定的时候，在别处我总是需要伪装，但在这里完全不需要。在这儿实在太好了。跟你在一起太好了。其实，我并不是这么专横的人。我其实不叫爱德华·阿尔图罗维奇。

O．我知道。

沃尔科夫 你知道？

〔O.点点头。

沃尔科夫 你怎么知道？

〔她摇摇头。

难道他也来找你？

〔还是摇头。

是？还是不是？他来找你吗？去他妈你们的规矩。好吧，我走了。

O．你还有七分钟。

沃尔科夫 无所谓，无所谓。（抓起笔记本电脑，离开）

第四场

第二天早晨。爱德华·阿尔图罗维奇的办公室。O.坐在他的桌子旁，身着正装，在电脑旁工作。迟疑的敲门声响起，沃尔科夫和卡尔马诺夫的头从门外探进来。

卡尔马诺夫 哦……哦……哦……

沃尔科夫 请问可以进来吗？

O. 请进。

〔他们走进办公室，两个人都惊呆了。O.不动声色地继续工作着。

〔停顿。

卡尔马诺夫 （清了一下嗓子）我想跟爱德华·阿尔图罗维奇谈谈。

〔O.慢慢抬起头，盯着他看，没有说话。

（害怕地）我的意思是……他想跟我谈谈……是他叫我今天来的……说是十点……他命令我来……

沃尔科夫 我也是。

卡尔马诺夫 他说话总是这么不合时宜。你醒醒吧，沃尔科夫！

O. 爱德华·阿尔图罗维奇今天不来了。爱德华·阿尔图罗维奇让我看你们的方案，我是副总经理。

卡尔马诺夫 什么?!

沃尔科夫 怎么会这样？

O．别浪费我的时间了。你们只剩下四分钟半的演示时间了。

卡尔马诺夫　但昨天晚上……

沃尔科夫　住嘴吧！

O．还剩四分钟。

卡尔马诺夫　（精神抖擞地打开笔记本电脑）那么，在我们面前的是一款极其现代化的插座与插头模型，结合了一些不可结合的元素，具有鲜明的形象和深刻的哲学内涵，与此同时，这款设计还表现出我们的设计理念——后现代主义元素是通过对一部动画片的戏仿体现出来的，这部动画片叫，呃……啊……《海绵宝……》……

沃尔科夫　很显然，这位同事对这部动画片的名字并不熟悉。

卡尔马诺夫　你竟敢？！

沃尔科夫　这位同事对于最新潮流不止一次地体现出惊人的无知。

卡尔马诺夫　我不是您的同事！

沃尔科夫　那么，请您说一说，我们进行戏仿的那部动画片全名是什么？

卡尔马诺夫　你这个畜生！

O．我要叫保安了。

卡尔马诺夫　但他……

沃尔科夫　他自己……

O．不要吵了。你们的插头有几个电触点？

沃尔科夫　两个！

卡尔马诺夫　三个！

O．那你们的插座上有几个孔？

卡尔马诺夫　三个!

沃尔科夫　两个!

O．很好……简直好极了……你们对这次方案展示准备得十分充分。你们的表现堪称卓越! 以你们的才能, 这个"月光"公司恐怕没有合适的职位……

沃尔科夫　可是……

卡尔马诺夫　我……

O．什么?

卡尔马诺夫　(绝望地) 我要跟总经理谈谈, 爱德华·阿尔图罗维奇应该会听我解释的。

O．爱德华·阿尔图罗维奇谁的也不该听。把你们的通行证交到保安室, 把手机交给秘书。

沃尔科夫　对这一切, 对此……有没有赔偿?

卡尔马诺夫　是的, 应该给我们退职金!

O．你们的行为给公司造成了损失。

沃尔科夫　我做出了四个方案。

O．但没有一个可行。

卡尔马诺夫　但我们努力了! (朝向沃尔科夫) 我们努力了啊……

沃尔科夫　竭尽全力了!

O．小伙子们, 你们对于新潮流一窍不通, 你们不了解最近的商业逻辑。这很让人遗憾, 小伙子们……你们还按照老一套的想法, 认为商业就是做点什么, 就是作方案, 就是努力。不, 这一套已经行不通了。感谢上帝, 对我们来说这一套已经行不通了! 按照最新的商业逻辑, 雇佣工人就只应该去舔自己的雇主，而不用工作。因为工作会分散他从事这项重要活动的精力。整整一个月了，你们还不明白这个简单的道理。你们整天忙着作什么方案，互相揭发。其实，你们只应该舔，舔，舔。

卡尔马诺夫　当然了，这一点您更清楚。

O.　别想侮辱我。是的，爱德华·阿尔图罗维奇过去是我的客户，所以今天我才成为他的副手。而你们，你们失业了。好自为之吧！

　　〔卡尔马诺夫准备往出口走去。

沃尔科夫　（停在 O. 的办公桌前）昨天我有话没跟你说完。

O.　我知道。

卡尔马诺夫　他撒谎！他虐待你！我都看到伤疤了！我舔过它们！我会舔你，不管白天黑夜都会舔你，只要别开除我！不要啊，我的女士！不要！（跪着爬向 O.，在桌子底下爬着，想要亲吻 O. 的脚）

O.　（嫌弃地皱起眉头）呸，真会演戏！

沃尔科夫　像是在莫斯科艺术……①我是真的爱你。

O.　我知道。（看了一眼桌下）卡尔马诺夫！卡尔马诺夫，你在哪儿？舔吧。新商业最主要的原则是在任何情况下都保持尊严。不管你是舔人还是性交，都要保持尊严、真诚和高尚的节制。卡尔马诺夫，您的尊严在哪里？没有了！拿开，我不是指这个。

卡尔马诺夫　（哭着）我会学的。我……求您不要赶我走！

_____

　① 主人公想说莫斯科艺术剧院，但没有说完。

沃尔科夫　他撒谎。

O．　我知道。

沃尔科夫　（安静地）或许，我们可以……我不知道……我们可以
重新开始吗？

O．　走开。

　　〔沃尔科夫和卡尔马诺夫走出。

第五场

　　沃尔科夫和卡尔马诺夫走到舞台上。

卡尔马诺夫　怎么办？

沃尔科夫　谁在提这些该死的问题？

卡尔马诺夫　你恨我吗？好吧，杀了我吧。反正现在我活着也没什
么意思。

沃尔科夫　的确如此，我们坐在这儿全都是因为你。

卡尔马诺夫　你要明白，沃尔科夫，我并不是出于一己私利。是的，
我教育过你，像对待一个年轻同事一样，但这都是为了你好。
我磨炼了你的性格，不是吗？并不是为了自己的利益。如果
你在我的位置上，你也会这样做，不是吗？

沃尔科夫　好像是的。

卡尔马诺夫　就是！我说什么来着?！沃尔科夫，别怪我啦！（拉
起他的手，而沃尔科夫沉默地盯着手看）你生气了？小东西，
你知道吗，你也教会了我很多东西……（在衣袋里摸，找到

131

一张照片）你看。爱琴海。柏树。两层带阁楼的别墅。

沃尔科夫　一个游泳池？

卡尔马诺夫　对，一个。但卫生间有三个。还有一个小按摩浴缸。

沃尔科夫　经济型。

卡尔马诺夫　对，但我很喜欢它，每天都在想象。我觉得如果我们两个人能一起去想象，它就是我们的了。一定会的。说不定那里会有两个游泳池呢。

　　　　[停顿。两个人都看着照片。

沃尔科夫　你知道吗？我喜欢她。

卡尔马诺夫　你是说别墅吗？

沃尔科夫　我是说 O.。

卡尔马诺夫　她啊……是的……她身上有一种……

沃尔科夫　看起来不像是那种衣着时髦的姑娘，对吧？

卡尔马诺夫　怎么会呢?!

沃尔科夫　你去……（停顿）行了，我们去吃东西吧。我想到了一个主意。你还有钱吗？

　　　　[离开。

第三幕

第一场

一个月后。在南方海域航行的一艘豪华客轮。左面可见甲板，甲板上有几个躺椅。右面是冥想室，这是一个极端简约空旷的空间，只有几张草席。沃尔科夫在其中一张草席上盘腿坐着。在他面前的墙上贴着几张照片。冥想室有两扇门，左面的门通往甲板，右面的门在侧幕旁。左面的躺椅上坐的是杜尼娅·谢利瓦诺娃，这是一位并不漂亮的忧郁姑娘，眼睛永远满怀抱怨。她在读书。

卡尔马诺夫走进甲板，他手里也有一本书，在不远处的躺椅上坐下，模仿杜尼娅的姿势。他们坐了一段时间，谁都没有说话。卡尔马诺夫故意模仿杜尼娅的每一个动作，甚至杜尼娅每翻一页书，他就跟着翻一页。他慢慢把自己的躺椅往杜尼娅那边挪动，杜尼娅被打扰了，她抬起头看着他。卡尔马诺夫咧开嘴朝她笑。杜尼娅哆嗦了一下，按了下呼叫按钮。服务员走了进来。

服务员 您要菜单吗?

杜尼娅 不用,请给我来一杯茶,绿茶加人参。

卡尔马诺夫 劳驾,也请给我来一杯茶,绿茶加人参。

　　　〔杜尼娅看了他一眼。卡尔马诺夫笑得嘴都歪了。服务员离去。杜尼娅把腿搭到椅子上,卡尔马诺夫照样学着。杜尼娅把腿盘了起来,卡尔马诺夫想要照学。

　　　〔服务员端来了茶。杜尼娅从容地拿起茶碗,卡尔马诺夫努力完全模仿她的样子,却很难做到。

杜尼娅 (呷一口茶)听着……那个……

　　　〔突然卡尔马诺夫一阵痉挛,书和茶碗都掉落到地上,他想要俯身去捡,结果从躺椅上摔了下来,但他始终傻笑着。

　　　你病了,是吗?(停顿)有人告诉我,我有孤独癖,但我不信。我明明是可以跟别人交流的呀。(停顿)你有什么病?或许,是阿斯伯格综合征吧?

卡尔马诺夫 或许是阿斯伯格综合征,是的。

杜尼娅 也可能是施特恩贝格 - 罗泽征吧?

卡尔马诺夫 (附和道)对,也可能是施特恩贝格 - 罗泽征吧,你说得对。

杜尼娅 你总是跟在人后面学话吗?

卡尔马诺夫 我总是跟在人后面学话。(突然急匆匆地说)我们去看电影吧。(恢复了平常的语气)我总是跟在人后面学话。

杜尼娅 真有趣。(急匆匆地说)我不想去看电影。(恢复平常的语气)真有趣。

卡尔马诺夫 你也很有趣。(急匆匆地说)喝点酒去。(恢复平常的语气)又有趣又完美的姑娘。

杜尼娅　（急匆匆地说）我不喝酒。（恢复平常的语气）你为什么
　　说话这么奇怪？

卡尔马诺夫　我说话很奇怪，你说得对。

杜尼娅　好玩儿。

卡尔马诺夫　非常！非常好玩儿！（急匆匆地说）我们去做爱吧。

杜尼娅　确实好玩。（急匆匆地说）去你妈的，去你妈的，去你妈
　　的！（退场）

　　　　［卡尔马诺夫走进冥想室，来到沃尔科夫旁边。

沃尔科夫　怎么样？

卡尔马诺夫　就是一只愚蠢的母狗！

沃尔科夫　我教了你两个兴趣，训练了好几天，你怎么还是傻
　　子吗？！

卡尔马诺夫　我都照做了啊。

沃尔科夫　啊哈。

卡尔马诺夫　我一直在模仿她，按照你教我的。（急匆匆地说）
　　"我们去做爱吧，我们去做爱吧。"（恢复平常的语气）像傻子
　　一样笑着。

沃尔科夫　她笑了吗？

卡尔马诺夫　没有。

沃尔科夫　对，你就是傻子。

卡尔马诺夫　可是，按照卡耐基①的理论，笑容……

---

①　戴尔·卡耐基（1888—1955），美国著名人际关系学大师，美国现代成人
教育之父，西方现代人际关系教育的奠基人，被誉为20世纪最伟大的心灵导师和
成功学大师，代表作为《人性的弱点》。

沃尔科夫 你说什么?!

卡尔马诺夫 嗯,戴尔·卡耐基。人们都追捧的……

沃尔科夫 为什么人们都追捧他?! 我教你的可是神经语言程序设计,而不是这种没用的东西! 畜生才需要卡耐基,而神经语言程序设计是联邦调查局的秘密武器!

卡尔马诺夫 但这秘密武器没用。我们这儿天上没有"布拉瓦"火箭,水里没有"库尔斯克"潜艇。神经语言程序设计不管用了。你自己试试看。

沃尔科夫 被你搅和成这样,我还怎么接近她?!

卡尔马诺夫 听着,要不我们去勾引亚历山德拉·彼得罗芙娜吧!

沃尔科夫 谁?

卡尔马诺夫 亚历山德拉·彼得罗芙娜,住豪华间 11 号,做走私生意的,俄罗斯各地都有她的网点。72 年生,但看起来还很不错。咱们两个人干她,她还得给我们赚头呢,这么个放高利贷的老太太。

沃尔科夫 你怎么知道她的事?

卡尔马诺夫 这儿人人都知道她的事。

沃尔科夫 那你知道她那儿的竞争有多激烈吗,你明白吗?! 但杜尼娅·谢利瓦诺娃不一样,只有我们知道她。我竟然能记得在哪里见过她的照片,真是奇迹。我有恺撒大帝一般对人脸的记忆力。她不是那种嬉皮士的女孩。

卡尔马诺夫 她就是一个傻子。

沃尔科夫 傻子才好呢,富有的傻瓜简直无价。你是白来这里了。(指着照片)她有彼得格勒州最大的农场,里面养满了小猪仔、小雏鸡、小牛犊，M-10公路沿线都是她的咖啡馆连锁店，还有最大的饲料厂。这还不是她所有的不动产，你难道就不动心？

卡尔马诺夫　但这些都是她爸爸名下的，她爸爸谢利瓦诺夫·瓦西里·米哈伊洛维奇。

沃尔科夫　哎哎哎，别说了，不是任何时候都丁是丁，卯是卯的。他完全可能会把这些都送给他唯一的爱女，我们稍微搞她一下，到时候她的钱就全是我们的了。

卡尔马诺夫　一座房子够吗？

沃尔科夫　也不只是房子啦，如果我们能进到饲料厂里的话……啊哈哈，前途一片大好。她的爸爸不简单，我在网上查过了，博布鲁伊斯克市荣誉公民、自由式摔跤健将候选人、农业博士、飞碟学研究院院士，近日博布鲁伊斯克市修士大司祭还亲手为他颁发了"光荣与信仰"荣誉奖。

卡尔马诺夫　修士大司祭？

沃尔科夫　是的，你知道这个奖有多么重要吗？

卡尔马诺夫　那谁来勾引她？

沃尔科夫　这个无所谓，重要的是，我们得说好了，所有的收入一人一半。

卡尔马诺夫　我不想上，她会反抗的。

沃尔科夫　你还是不是男人？

卡尔马诺夫　不是男人是什么。我想要房子，但不想要她。

沃尔科夫　没关系，你就把自己想象成是瓦西里·米哈伊洛维奇，他身材魁梧，蓄着胡须。让自己看起来强势一点，会很容易得手的。

［他正说着，杜尼娅走进了冥想室，在草席上坐定。沃尔科夫和卡尔马诺夫快速捡起照片，准备往甲板走去。

杜尼娅 （变换语调朗读着自我训练疗法的课文）我很美丽，我是最美的，我的眼睛像星星一样闪闪发光，我的笑容可以照亮整个世界。人们爱我，被我吸引，我也爱他们，给他们光亮和温暖……（突然使劲把课文撕成两半，哽咽着说）狗……东西！母狗！哼，我恨！"给他们光亮和温暖！"我又不是萨彦 - 舒申斯克发电厂?!（安静地哭泣）

［卡尔马诺夫和沃尔科夫在甲板上低声快速交谈着。

卡尔马诺夫 既然你聪明，你行你上啊。

沃尔科夫 我去了。

卡尔马诺夫 快去快去，我们的恺撒大帝，去吧。

沃尔科夫 我……我不太确信……

卡尔马诺夫 去吧去吧。你要是跟她胡说八道，她也不会介意的，她以为我们是躁狂症患者，还跟保安发牢骚呢。

沃尔科夫 镇静，镇静……

卡尔马诺夫 我很镇静！

沃尔科夫 安静一点！

卡尔马诺夫 我可把自己所有的积蓄都花在这该死的海上航行上了，如果还钓不到一只有钱的母狗，我都不知道接下来该怎么办了。

沃尔科夫 住嘴！我有个计划。

杜尼娅 （冷静下来，再次陷入沉思）我是完美的、是不可取代的。我有一双明亮的大眼睛、迷人丰润的嘴唇、柔软粉嫩的面颊、完美无瑕的身材，所有人都欣赏恋慕我。在这个世界上我最爱自己。我是完美的……

沃尔科夫　等一下，等一下，等一下。

卡尔马诺夫　怎么了？

沃尔科夫　但愿我能有兴致去做……

卡尔马诺夫　做什么？

沃尔科夫　等一等。

卡尔马诺夫　她准备走了。

　　［沃尔科夫深呼吸了几次，边走边从裤子里把腰带抽出来，毅然决然地走进冥想室。

第二场

　　一个小时后。卡尔马诺夫在甲板的躺椅上打盹儿。沃尔科夫从冥想室里走出来，满头大汗，面带倦容。

卡尔马诺夫　（从躺椅上醒来）几点了？！你怎么样了，已经……？

沃尔科夫　这是什么煳味儿？

卡尔马诺夫　几点了？！

沃尔科夫　快两点了。马上吃午饭，享受猎物。

卡尔马诺夫　怎么样？

　　［沃尔科夫耸耸肩。

　　都是按计划进行的吗？

沃尔科夫 鬼才知道……你也看见了，我给她编了整整一套"爱经" ① 啊！一场剧烈的、浪漫的、怛陀罗式的性爱……

卡尔马诺夫 那她呢？

沃尔科夫 她完全没有兴致……好像是个性冷淡，真的，我费力地干她，感觉自己像是在义务劳动。什么东西这么臭？

卡尔马诺夫 可能是排气管。现在该做什么？

沃尔科夫 不知道，她甚至连我叫什么都没问……不对，好像是有什么东西烧焦了。

卡尔马诺夫 烤肉串吧。

沃尔科夫 船上有什么肉串？

卡尔马诺夫 你最好把她拉到这儿来。

沃尔科夫 为什么？

卡尔马诺夫 我有个计划。

沃尔科夫 什么计划？

卡尔马诺夫 计划代码是"泰坦尼克"。

沃尔科夫 我们这儿可没有犹太佬。

卡尔马诺夫 我要把这艘船烧了。

沃尔科夫 你？！你不会……

卡尔马诺夫 （谦虚地）我会努力的。

沃尔科夫 可为什么呢？

卡尔马诺夫 我在那儿（点头示意左面）准备了一艘小船。我们如果救了这个傻瓜，她就会对我们产生好感。在极端危险的情况下浪漫地出现两个救星，还有什么不明白的吗？

---

① "爱经"为印度 8 世纪时一部有关性爱和性技巧的著作。

沃尔科夫　但这船上可有三千乘客呢。

卡尔马诺夫　那又怎么样？你是又想来给我上道德教育课吗？

沃尔科夫　不是……不是……但三千……

卡尔马诺夫　啊哈啊哈，我们再来谈谈"孩子的眼泪"吧！

沃尔科夫　我们现在在印度洋上，你没忘了吧。

卡尔马诺夫　跟在红场上一样。这儿有很多岛屿，船也不少，天上飞着大大小小的飞机，假如恰好遇到一个岛，而那里……

沃尔科夫　（从口袋里掏出印度洋地图，在地上展开，开始计算方位）南纬 28.19 度，东经 57.34 度……加上今天所航行的……现在几点了？听着，我们已经来不及吃饭了，我真想吃一口东西。

〔杜尼娅走了进来。

杜尼娅　什么东西的煳味儿？

卡尔马诺夫　（抓起她的胳膊，往左面拉扯）我们来救你了！

沃尔科夫　要不我们先跟其他人通报一声吧？

卡尔马诺夫　让他们见鬼去吧。

〔沃尔科夫收起地图，跟在他们后面小跑。

第三场

　　一个热带岛屿。丛林、沙子、大海。卡尔马诺夫在棕榈树下睡觉。香蕉皮在地上乱扔着。沃尔科夫和杜尼娅相拥出场，他们手中拿着烤肉串。

卡尔马诺夫 （醒来）有肉味！真的吗，有肉吃？

沃尔科夫 （递给他一串烤肉）吃吧，兄弟。

卡尔马诺夫 嗯……嗯……嗯……真是美味……

沃尔科夫 你知道吗，我们在这儿竟然遇到了土著。

卡尔马诺夫 真的？然后呢？

杜尼娅 很可爱，像一朵棕色的花儿，一直笑盈盈的，牙齿又白又亮。

沃尔科夫 再让你说他们"可爱"！

杜尼娅 哎呀，我怕了，不敢了！

卡尔马诺夫 （吃完一串烤肉）再给我一串。

杜尼娅 给你。

卡尔马诺夫 也就是说，这座岛上是有人居住的。

沃尔科夫 嗯，怎么说呢……

　　　　〔杜尼娅嘿嘿笑着。

卡尔马诺夫 他们怎么与外界交流呢？

沃尔科夫 内置导航的信鸽、装在瓶子里的电子邮件、节能环保的篝火冒出的烟雾……

杜尼娅 （笑着说）萨申卡①真幽默！

卡尔马诺夫 萨申卡？哦，你们关系进展不错，我真高兴。

杜尼娅 萨沙特别喜欢谈论健康饮食。

卡尔马诺夫 哦，是吗？

杜尼娅 你吃完了？还要吗？我再给你拿一串。

_____

① 萨申卡、萨沙、萨涅奇卡都是亚历山大的爱称。

卡尔马诺夫　你简直是天使，杜霞[①]！

　　　　[杜尼娅起身去拿肉串。

　　　　你真行啊沃尔科夫！怎么搞定她的？

沃尔科夫　我不是跟你说吗，我们遇到了一个土著。他看起来很快乐，有一堆篝火，他就给我们烤香蕉吃。

卡尔马诺夫　很美味吧？

沃尔科夫　很香！昨天我在船上没来得及吃饭，这些香蕉对我来说不过是毛毛雨。我盯着那可怕的烤香蕉，幻觉中好像看到了牛排。杜尼娅也伤心地坐着。而这个黑屁股一边嘴里自言自语地嘟哝着，一边笑着，瞥了一眼杜尼娅。我忍啊忍啊，感觉终于忍无可忍了。我往后退了几步，看到地上有块石头，我捡起它，从背后走向这个呆子，对着他的后脑勺砸了过去，他都没来得及喊出声，就……我和杜尼娅一下子失去了控制，向他扑过去……

卡尔马诺夫　等一下……我听不明白……我吃的是什么？

沃尔科夫　别紧张，杜尼娅也吃过了，你该看到了吧，她高兴着呢！我在路上向她传授了健康饮食的理念，她都五体投地了。

卡尔马诺夫　这就是你说的健康食品？

沃尔科夫　当然了！这的确是最新潮流。只吃自己亲手猎杀的动物。

卡尔马诺夫　也可能是人……

沃尔科夫　对，这不过是细节问题。我告诉你，我真的像打了肾上腺激素一样兴奋。撕成几块，烤一烤，然后一起吃，这简直是……绝佳的体验！难得的挑战！瞧你，脸都白了，好像

————————
① 杜霞是杜尼娅的爱称。

从没干过这种事儿似的！你自己刚烧死了好几人呢，别在这儿假惺惺的了！

卡尔马诺夫　我不是……我只是觉得恶心。

沃尔科夫　卡尔马诺夫，别扫我的兴，不然的话，我可就撕毁我们的合同了，关于我们和杜尼娅的，你知道这关系到什么吧？

（唱道）"杜尼娅—杜尼娅—杜尼娅—娅，我的小心肝！"

〔杜尼娅手拿肉串走了进来。

杜尼娅　（害羞道）哎呀，瞧瞧你，萨申卡，真是激情四射……

（把肉串塞给卡尔马诺夫）

〔卡尔马诺夫把肉串瓣成两半跑了出去。

他怎么了？

〔沃尔科夫还没来得及回答，就听见空中传来直升机的声音。沃尔科夫和杜尼娅一边跳着一边挥手叫喊。从发动机的声音可以听出直升机慢慢降落下来。

第四幕

第一场

　　一所豪华房子的宽敞厨房——餐厅里。春天。窗子打开着。沃尔科夫对照着一本厚书，用一口大锅烧饭。卡尔马诺夫坐在桌旁，用着电脑。杜尼娅头戴耳机在走道里跑来跑去。

卡尔马诺夫　不错不错，移民村风格的别墅，六个卧室，六个卫生间，两个游泳池，园圃。

沃尔科夫　离海边远吗？

卡尔马诺夫　没写。

沃尔科夫　那就是挺远的。

卡尔马诺夫　但是却有六个带按摩浴缸的卫生间呢。

沃尔科夫　多少钱？

卡尔马诺夫　七十万。

沃尔科夫　欧元吗？他们疯了吧！现在是世界经济危机，欧元贬值、美元贬值、人民币也在贬值，他们竟然敢要七十万。

卡尔马诺夫　行了，你傻了吧，看来你已经把所有的柠檬都记在自己名下了。

沃尔科夫 无所谓。付账单是需要钱的，现在得骗点钱藏起来。

卡尔马诺夫 （看了一眼杜尼娅）你小点声。

沃尔科夫 她听不到。再给我一点硝酸钾，不对不对，这是砷制剂。对对，一点点，一小勺就行，很好。（在锅里搅拌）爸爸还什么都没留下来。如果杀死她，我们就得藏起来，这需要钱，更别惦记什么花园洋房、按摩浴缸了。

卡尔马诺夫 即使藏起来，也得保证日子舒舒服服的。

沃尔科夫 你没有这种魄力，卡尔马诺夫。你是个聪明人，想法也很正常，但最多有六个卫生间，不能再多了。

杜尼娅 （取下头上的耳机）萨涅奇卡，你在搞什么鬼呢？臭死了！

沃尔科夫 煮汤的味道，杜申奇卡，你别分心了。

杜尼娅 我今天早上已经听了十一首曼特罗① 了。

沃尔科夫 不妨再听听第十二首，我们马上完事儿。

杜尼娅 真的？

沃尔科夫 （闻了一下汤）一定。

　　〔杜尼娅叹了一口气，重新戴上了耳机。

卡尔马诺夫 对了，是有七个卫生间，七个卧室，没有园圃……顺便说一句，这些美好的将来都取决于你。谁管着岳父大人？

沃尔科夫 老兄，他那儿没什么利。我原来打算通过他赚点杜马的钱，但跟他结伙可不是闹着玩的。我怕是要连饲料都赔上

---

① 佛教、印度教的咒语。

的，猪仔已经白养了，你瞧，雏鸡也已在刀下了。但他马上
就会从议会被赶走的。修士大祭司这个狗东西昨天都没跟我
打招呼。我还想通过他把你安排在俄罗斯东正教会呢。

卡尔马诺夫　我？

沃尔科夫　不是你是谁？你可是读过海明威的，有很强的语言驾
驭能力，好好留心他们用行话交谈，从那里你能进杜马，或
者进劳改所。

卡尔马诺夫　谁会放心地把劳改所交给我管？

沃尔科夫　不是，他们通常把公共病室叫作"劳改所"，已经习惯
这么叫了……给我递一下那个淡蓝色的粉末，不过别用手拿，
用刀夹起来，对对，就是这样，好样的……简单说，我们要
偷爸爸的钱，就应该赶紧……（不慌不忙地透过过滤网把煎
剂倒到杯子里，一边大口喝着，一边走到杜尼娅跟前，把她
的耳机摘下来）尝一尝，小兔子。

杜尼娅　这是内服的啊？

沃尔科夫　对对，内服的，专门用于口服。

杜尼娅　我还以为是外敷的……太烫了。（拿着杯子）

　　　［卡尔马诺夫饶有兴味地看着。突然从打开的窗外听到渐
　　行渐近的汽车声。

沃尔科夫　（看着窗外）啊哈，爸爸来了。正说着他，他就到了……
跟他一起的是谁？

　　　［从街上传来几声枪响，接着便是寂静一片。

杜尼娅　发生什么了？

沃尔科夫　爸爸死了。

卡尔马诺夫　我们出去看看，快点！

杜尼娅　爸爸！

　　〔三个人在厨房里乱窜，卡尔马诺夫想要把沃尔科夫拖到
　　出口，杜尼娅抓着丈夫不放。哈姆雷特走了进来，这是一位
　　盛气凌人的企业家，谢利瓦诺夫的竞争对手。

哈姆雷特　畜生们，卧倒！

　　〔沃尔科夫、卡尔马诺夫、杜尼娅躺到地板上。

哈姆雷特　（用脚踢了一下杜尼娅）你是阿夫多季娅？

杜尼娅　（哭着）嗯。

哈姆雷特　这是谁？

沃尔科夫　我是她丈夫，是前夫。

杜尼娅　为什么是前夫，萨申卡？

卡尔马诺夫　我只是一个朋友。

哈姆雷特　谁的朋友？

卡尔马诺夫　他的。

沃尔科夫　（几乎同时）她的。

哈姆雷特　有意思，这样，阿夫多季娅，这是你爸爸的信用卡，
　　赶紧告诉我密码，听到没有？

杜尼娅　我不知道。

哈姆雷特　（把她从地板上拽起来，摇晃她）我的人马上就到，你
　　的时间不多了。

　　〔沃尔科夫跳起来，抱住杜尼娅。

　　（取出手枪）你敢保护她？！

沃尔科夫　您误会啦！我是看您一个人有点吃力，所以扶住她，

好让您更方便一点。您的人应该会守着出口，您准备怎么指

挥？卡尔马诺夫，你还躺在那儿干什么，赶紧起来帮忙！

卡尔马诺夫　（跳起来，从桌子上拿起一把刀，殷勤地递给哈姆雷

特）给您，我们还有一把斧头，就在那儿的抽屉里……这是

切乳酪的刀，还带着锯齿呢……还有压蒜器……也不错，对

吧？（对着沃尔科夫耳语）听着，这人是谁？

沃尔科夫　（小声说）还问还问，你没看到吗？！哈姆雷特。

卡尔马诺夫　什么，他是丹麦王子？

沃尔科夫　赶紧闭嘴，把领带给我。（用毛巾把杜尼娅的手绑住，

把她按在椅子上）心肝儿，别死扛了，把密码说出来吧。卡

尔马诺夫，用什么记？

卡尔马诺夫　马上马上，我马上去拿铅笔。

哈姆雷特　（收起手枪）不用拿铅笔，我记在我的 iPhone 上。

沃尔科夫　太棒了！随您想怎样都可以，或许我们可以联手？

哈姆雷特　你们能行吗？

卡尔马诺夫　对，我们……是的，我们有……您不用担心……您

请坐……贱女人，赶紧说！

沃尔科夫　卡尔马诺夫，把压蒜器拿来。

〔杜尼娅大叫一声。

第二场

杜尼娅躺在地上，遍体鳞伤，沃尔科夫和卡尔马诺夫在

一旁忙活，满头大汗。

哈姆雷特 （若有所思地看着）怎么样，不喘气了？

沃尔科夫 我这就试试她的脉搏。（试杜尼娅的脉搏）没事没事，我马上给她做人工呼吸，卡尔马诺夫，你给她做心肺复苏，你会吧？

哈姆雷特 算了，够了。

卡尔马诺夫 但她什么都没招呢！

哈姆雷特 她哪知道密码啊！

沃尔科夫 （踢了一脚杜尼娅）母狗！

　　　　〔停顿。

哈姆雷特 你们是谁的人？

卡尔马诺夫 （腼腆地笑着）这，您要知道……

沃尔科夫 （心满意足地笑着说）我们不是专业的。

哈姆雷特 那你们是干什么的？

沃尔科夫 我们是设计师。

哈姆雷特 设计师？

沃尔科夫 当然了，这是我们的愿望……我们接受过这方面的教育，在专业人士那里专门进修过。但谁会雇佣我们呢，我们都这个年纪了……

哈姆雷特 设计师……你们接受过高等教育吗？

沃尔科夫 当然了！就他，（用头指着卡尔马诺夫）他对海明威知之甚多。

哈姆雷特 海明威，不错。这是你们第一次拷打人吗？

沃尔科夫 对，第一次。我们做得不好吗？

哈姆雷特 怎么会呢？

沃尔科夫　因为她不是萍水相逢的人，她是我妻子。我知道她的痛处……但却没考虑到失血问题……

哈姆雷特　这没关系，以后有经验了就会好的。

沃尔科夫　您这么认为吗？

卡尔马诺夫　每个人都是在实践过程中慢慢长进的，我们会努力的。

哈姆雷特　好样的……嗓子干得很。（他拿起沃尔科夫想给杜尼娅喝水的杯子，闻了闻）你们喜欢草药？我对这种疗法也很感兴趣。（准备喝下去）

　　　　[卡尔马诺夫饶有兴味地看着。

沃尔科夫　（连忙制止他）不要喝！这是毒药……可能会致死的……

哈姆雷特　给我，设计师们。厨房里怎么会有毒药？

沃尔科夫　（谦虚地说）只不过是我的业余爱好。买了一本植物学的书，大概读了读，再加上一点中学生都能掌握的化学知识，您能明白吧？

哈姆雷特　不，我不明白。你煮了很多？

沃尔科夫　整整一锅。

哈姆雷特　哇，真的会致死吗？

沃尔科夫　卡尔马诺夫，过来。我有百分之九十的信心……

　　　　[卡尔马诺夫机械地走向前去。沃尔科夫突然扑向他，用尽全力往他的嘴里灌药汤。卡尔马诺夫挡了回去，他们两人激烈地搏斗。哈姆雷特在一旁看着。

哈姆雷特　别打了。（试图拉开沃尔科夫和卡尔马诺夫）我说了，不要再打了！（他取出手枪，往空中放了一枪）你们是老朋友了吧？

沃尔科夫 （擦了擦血）还真是认识挺久的了，对吧？

卡尔马诺夫 （把被打掉的牙齿吐了出来）谁说不是呢，从"月光"公司开始就认识了，你还记得"月光"吧？

沃尔科夫 天啊，已经一年多了！

卡尔马诺夫 时间过得真快！这一年发生了多少事啊！你还记得那把火吧？

沃尔科夫 当然了，我们还把一个土著给……

哈姆雷特 好了，怀旧晚会到此结束。（对沃尔科夫）我不明白，你为什么不让我喝下那杯毒药？

沃尔科夫 我怎么会这样做?！您的人可是守在门口的。

卡尔马诺夫 反正我们也没办法突围出去。

沃尔科夫 而且，我也不能那样做。您是真正的高手。我从小就梦想跟您这样的人认识。

哈姆雷特 你会按摩吗？

沃尔科夫 当然了！泰式、中式、日式按摩我都会。

卡尔马诺夫 （腼腆地说）我会怛陀罗式……

　　　　[哈姆雷特脱下皮鞋，揉了揉发肿的脚趾，向沃尔科夫和卡尔马诺夫点了点头。这两位设计师跪下来，满怀敬意地递上草鞋，开始给他按摩。

哈姆雷特 （怡然自得地眯起眼睛）小伙子们，我是一个有信仰的人，说实话，你们是上帝派给我的。你们又年轻，又有活力，又有教养，而且待人没有偏见，你们具备所有优良的品质。就像我们老大说的，是叫现代化吧？你们正符合现代化的要求。我明天就给你们谢利瓦诺夫的混合饲料，我们用这种饲料喂猪和肉食鸡，再加点肥料。哎呀，小心点，我有关节炎。我个人，你们也看到了，并不是个公众人物，不善言辞。你们可以代表我去接受采访、上电视，那儿有各式各样的聚会。到时候你们把收入转账给我，我给你们分成，虽然不多，但你们毕竟还年轻嘛，一定可以胜任的……脚后跟可以再用力一点，啊哈，哎呀，舒服……我把你们送进杜马，规则我们都遵守，你都想象不到，给你们再买一个党派。过一年，你们回头看看，就会认不出自己来了，好吧？哎呀，舒服……

第五幕

第一场

　　一间宽敞的卧室，有一张大床。窗子紧闭，拉着窗帘。屋内半明半暗，点着小夜灯。沃尔科夫和卡尔马诺夫在床上盖着被子睡觉。一位女保洁员走了进来，开始打扫卫生，她不小心碰到了椅子。沃尔科夫醒来，艰难地睁开眼睛。

沃尔科夫　（推了推卡尔马诺夫的侧身）我们这是在哪里？

卡尔马诺夫　这……嗯……嗯……嗯……好像是……现……现代化的小……小卧室……风格是……后极简主义，对吧？

沃尔科夫　为什么我们睡在一张床上？

卡尔马诺夫　（看看沃尔科夫，又看看自己，掀开被子往里瞥了一眼）是啊，怎……怎么……我们昨天晚上……怎么……好像……好好想想……怎么会……

　　　　　　［保洁员打开了吸尘器。

　　　　天啊，这个人又是谁？

沃尔科夫　镇静镇静，这是清扫工。

154

卡尔马诺夫　我们叫她进来的吗？

沃尔科夫　不记得了，我什么也记不得了。

卡尔马诺夫　亲爱的……您怎么会在这儿？沃尔科夫，这都是怎么回事？

沃尔科夫　不知道。

卡尔马诺夫　哦，她这是穿的什么啊？亲爱的，过来。

　　　　〔女保洁员迟疑了一下，走了过去。

　　　　掀起裙子。

女保洁　什么？

卡尔马诺夫　请你掀起裙子……天啊，不是这样……掀倒膝盖那里就行，不用再高了。停……你瞧，已经看出点什么了。领口应该加一圈花边，袖子应该改成七分，这样就会美观多了，奢华的仿古风格，设计服装真是应该深思熟虑的。

沃尔科夫　你已经很久没有到外面去了。

卡尔马诺夫　那儿是什么？

沃尔科夫　警卫室。你想成为什么人，就会穿成什么样。

卡尔马诺夫　你说什么呢？！

沃尔科夫　真的。

卡尔马诺夫　停停停，应该量量尺寸……亲爱的，你可以把裙子放下来了……在全俄罗斯都得到真正认可的服装。我们就从莫斯科开始吧，然后再往周边地区慢慢扩展。这样吧，花园圈①以内的地区，我们就只推广古奇、阿玛尼和范思哲。

　　　　〔女保洁员离开。

————————————

①　花园圈为莫斯科城区的内环。

沃尔科夫 还有杜嘉班纳。

卡尔马诺夫 你喜欢这个品牌？嗯，好吧……三环内可以……那里有一些像安·穆迪拉米斯特①这样的先锋主义者。从三环到莫斯科环形公路之间可以推广麦丝玛拉这种狗屎牌子。

沃尔科夫 人们宁愿穿高仿的。你难道不了解情况吗？

卡尔马诺夫 我们先让警察穿得时髦起来。反正我都不晓得他们现在穿的都是什么。你知道现在有多少个警察吗？一千四百万！十分之一的人口都是警察，而且人数还在不断增多，每周都在建新的分队，他们根本就无所事事。

沃尔科夫 没什么，他们都互相找事做。你听说昨天的凶杀案了吗？

卡尔马诺夫 没有。

沃尔科夫 简单讲吧，一个小伙子在自己家里冲澡，边洗边唱歌，知道他唱的是什么吗？《关塔那摩省民间曲调》②！他的邻居觉悟很高，就打电话给了相关人士，一分钟后，反政治极端主义作战部就立刻出现了。他们破门而入，把那个小伙子从浴室里拖了出来，给他戴上了手铐。突然，啪的一声，著作权保护部也来了，原来他在唱歌之前没有付钱。这个小伙子光着身子站在那儿，浑身都是肥皂泡，戴着手铐。这群人真是好样的，弄清对方的身份后就不分青红皂白地拔出手枪。

---

① 北欧设计师，被称为"安特卫普六君子"之一，也是服装建筑与暗黑哥特风格女王，1985 年与丈夫一同创立了同名品牌，具有独特的款式与北欧风格。

② 《关塔那摩省民间曲调》（《Guantanamera》）由古巴爱国诗人何塞·马蒂（Jose Marti）作词，著名歌手霍塞伊托·费尔南德斯（Joseito Fernandez）作曲，歌曲具有极其浓烈的拉美风情。

简单说，最终著作权保护部的人放倒了五个反政治极端主义作战部的人，他们也有四个人被放倒，他们也算是为血亲复仇了。

卡尔马诺夫　那个小伙子最后怎么样了？

沃尔科夫　他正好在火线上，什么都不剩了。

卡尔马诺夫　从另一方面来讲，如果他们都把对方干掉了，倒是为裁员做了贡献。剩下的都是最壮的，我们就把他们吸纳到时髦警察的队伍中。每个十字路口都放一把万能钥匙，对所有地方都进行彻底搜查。包啊，鞋子啊，衣服啊，甚至内裤都要搜查，一旦发现冒牌货，连交罚款都不行，至少要判五年。

沃尔科夫　十年，十年。

卡尔马诺夫　你这么认为？

沃尔科夫　要不然呢，现在的人完全无所畏惧了。

卡尔马诺夫　就是，不光要监禁他们……

沃尔科夫　卡尔马诺夫，你真是没有全球性眼光，你的想法对是对，但都只不过是细节性的，没有长远的眼光。对待这些人不能配合，得全都换掉。

卡尔马诺夫　怎么换？

沃尔科夫　我想应该从最基本的开始。我们的基础是什么？是宪法。我就准备了一部新宪法，是这样开头的："每个年收入百万美元以上的俄罗斯联邦公民都具有生存权。"

卡尔马诺夫　不错……

沃尔科夫　里面还记载了其他的权利。年收入千万美元以上的有

接受医疗服务的权利，而一亿美元以上的具有接受教育的
权利……

卡尔马诺夫　不错，这就叫……叫什么来着？

沃尔科夫　间苗。

卡尔马诺夫　什么？

沃尔科夫　对于秧苗，你知道吧，需要间苗。

卡尔马诺夫　真是植物学家！

沃尔科夫　你也知道，人应该是完美的——包括心灵、发型、服
饰和银行卡。而如果一个人其中的某一项出了问题，就应该
好好收拾他，哪怕采取强制措施，也要毫不留情，对，就是
这样，就算有人要牺牲，历史是站在我们这一边的……（短
暂停顿）你听到有什么声音了吗？

卡尔马诺夫　没有啊。

沃尔科夫　好像在打雷。

卡尔马诺夫　别乱想了。

　　　　［传来一阵敲门声。

沃尔科夫　请进！

　　　　［秘书二走了进来，手里拿着一摞纸。

秘书二　这是预算，部里做出的最后修订稿。

卡尔马诺夫　好了好了，给我来一杯咖啡。

秘书二　马上。（走出）

　　　　［卡尔马诺夫快速浏览了一下这些文件，把它们扔到
地上。

沃尔科夫　怎么，还是不合格吗？

卡尔马诺夫　是，见鬼，从来都没合格过，不是这里不合适，就是那里不合适……我们给空气征税了吗？

沃尔科夫　上周交了。下周要征阳光税。

卡尔马诺夫　见鬼。我的脑袋里一团糨糊，一点都不清醒……

　　　　　〔秘书端来了咖啡，卡尔马诺夫贪婪地大口喝着，沃尔科夫慵懒地呷了一口。远处传来清晰的轰隆声。

沃尔科夫　哎呀，听到了吧？

卡尔马诺夫　等一下，全都是垃圾，我想起来了！

沃尔科夫　又怎么了？

卡尔马诺夫　简直是天才想法。可以给排泄物征税啊，大便多交税，小便少交税。厕所的传感器能自动识别并打出两种账单，太棒了！

沃尔科夫　不错，很合适。

卡尔马诺夫　给我电话，在你左边。（拨号码）咦咦咦……

沃尔科夫　怎么了？

卡尔马诺夫　我们的财政部长是谁来着？

沃尔科夫　潘捷列耶夫。

卡尔马诺夫　原来是波塔波夫啊。

沃尔科夫　你昨天晚上免了波塔波夫的职。

卡尔马诺夫　真的？看我这记性，哎！让潘捷列耶夫接电话……你就是？听着，我们讨论了预算问题……对……有一个征税的新想法……明天开始实施，钱会滚滚而来的……什么？！你这个下流东西，你自己去了……（吃惊地放下话筒）听着，他们怎么了，全都疯了吗？

沃尔科夫 是，潘捷列耶夫，他就是……他总是抱怨钱不够花。

卡尔马诺夫 真的吗？为什么？

沃尔科夫 据说是他老婆不给他钱。他是那种走到哪里都可怜兮兮的类型。不爱说话，他不好过，也绝不让别人痛快。总的来说，他是复杂的一个人。

卡尔马诺夫 为什么任命他呢？

沃尔科夫 还有别人吗？嘘……你听到了吗？

　　　　〔沉闷的轰隆声越来越近。

卡尔马诺夫 难道是枪响？

　　　　〔传来一阵强烈的爆炸声。窗子上的玻璃也在颤动作响。卡尔马诺夫把咖啡杯碰掉了。门口出现一位身着正装的中年女人。

　　　　（不相信自己的眼睛）您是希拉里？！

女人 请叫我克林顿夫人。

卡尔马诺夫 天啊！我太高兴了，真是缘分啊！

希拉里·克林顿 我想要提醒您关于我们合同的事。

　　　　〔窗外传来爆炸声。

卡尔马诺夫 可是……这……这么突然……

沃尔科夫 请允许我说两句。我们的合同三年后才会到期。我不太明白……还有，您这算是正式访问还是……？我们连领带都没打啊，想在这里休息一会儿。当然了，看到您我们是很高兴的，希拉里……克林顿夫人……但事事都有界限。

希拉里·克林顿 已经没有了。

卡尔马诺夫 什么？

希拉里·克林顿　界限，国界，都没有了。你们对民主制和人权粗暴的践踏在全世界引起了公愤。你们要马上实施我们合同的第二条款。

沃尔科夫　我们什么都没践踏！如果您说的是昨天那个傻瓜，我就要问，是谁允许他唱革命歌曲的?！

卡尔马诺夫　我一直都是民主主义者！不靠谎言生活！戈尔巴乔夫，重建！伙伴！

沃尔科夫　傻瓜，什么伙伴?

希拉里·克林顿　没什么，这是精神病人的附加行为。

沃尔科夫　精神病? 什么精神病? 你们到底怎么闯进政府大楼的? 我不明白，难道我是在做梦? 保安！

　　〔窗外传来一阵响声。

卡尔马诺夫　枪声? 在哪儿? 谁开枪了?

希拉里·克林顿　没有什么政府大楼了。你们处于民主制的和平演变移动站。你们的保安已经被消灭。一小时前你们被我们的人灌了迷魂药，但能保证你们神志清楚。所以，伙伴们，第二条款，明白吗?

卡尔马诺夫　这是"和平演变"?

希拉里·克林顿　非常和平，你们不会喜欢暴力的，真的不会。

卡尔马诺夫　好了，别装了，合同就合同。核武器的小手提箱在哪儿放着?

沃尔科夫　（在周围找着）原来在床底下来着。

卡尔马诺夫　总是这么杂乱无章的……（终于找到了手提箱，打开）这里有个什么按钮。

希拉里·克林顿 快点。

卡尔马诺夫 我吗？我……请吧……

沃尔科夫 我不记得它们是往哪里发射的了。

希拉里·克林顿 按照约定，是发往叶卡捷琳堡。

沃尔科夫 哦，啊，没有啊，我们没有约定过。

希拉里·克林顿 这不重要。

卡尔马诺夫 怎么什么都不好使了。

希拉里·克林顿 别耍滑头怠工了，不然，我们就要使用暴力方
　　式了。

卡尔马诺夫 不是，您自己来看。

　　　〔希拉里和沃尔科夫好奇地看着。

沃尔科夫 这是模型啊，不是真的！

希拉里·克林顿 是啊，谁会把核武器交给这么个笨蛋？！这样，我
　　要叫自己的人来了……

卡尔马诺夫 停停停，我亲爱的。我们现在就进行手动控制，我
　　先打个电话。

希拉里·克林顿 给谁打电话？

卡尔马诺夫 该给谁打就给谁打。（拿起电话筒）

沃尔科夫 等一下！

卡尔马诺夫 你怎么了？

沃尔科夫 （非常低声地说）你难道要无偿做这一切吗？至少要试
　　着要一笔补偿金！

卡尔马诺夫 （低声回答）算了吧，我不觉得可惜，希拉里是个不
　　错的女人，只是会做些莫名其妙的事。

沃尔科夫　你疯了?！你这可是要往叶卡捷琳堡发射导弹。希腊佬会说我们的核武器失控了，战争会爆发，我们也会被轰走的。你哪怕试着去找个什么保障啊。

卡尔马诺夫　是啊，但不太好吧，这样显得太小气。我为了友谊，想要……

沃尔科夫　听我说，尝试能够有所保障。

卡尔马诺夫　希拉里……哦哦哦……克林顿夫人！

希拉里·克林顿　怎么了？

卡尔马诺夫　那个……要是可以给我们付一点补偿金……怎么说呢……

沃尔科夫　类似解雇经理时付的退职金。

希拉里·克林顿　先生们，你们想要得到怎样的补偿金？

卡尔马诺夫　（从枕头底下拿出一张照片）您看到了吧，克林顿夫人……我们购置了……

沃尔科夫　就在刚才，买了一栋海边的小房子。

卡尔马诺夫　有八个卫生间的。

沃尔科夫　住嘴，傻瓜。在地中海边，在五针松林里，一个小小的房子，希腊风格，带游泳池。

卡尔马诺夫　如果我们现在完全按照您说的去做，可以放我们去那里吗？

希拉里·克林顿　在五针松林里？

卡尔马诺夫　嗯，好像是的。

沃尔科夫　我们有两份账单，当然……您知道的……也不多……

希拉里·克林顿　你们账单上的所有钱都已经转到民主制保护名

下了。

沃尔科夫 狗娘养的。

卡尔马诺夫 算了，沃尔科夫，别骂了。（小声说）我还有一个藏身之处。等一等……希拉里，我们用尽一生才买了那栋小房子，这是我们操劳一辈子的结果，我们好好谈谈吧。

希拉里·克林顿 俄罗斯人啊，你们真是令人吃惊。

卡尔马诺夫 您怎么这么说……

希拉里·克林顿 真是不可思议，一掷数百万，就是为了买八个卫生间。

卡尔马诺夫 哎，哪里来的这份激情啊？！已经是 21 世纪了，坦白说……

沃尔科夫 那儿没有七个卫生间的，离海边又远，还有白蛉子……

希拉里·克林顿 伙伴们，你们怎么支持这种人民？你们自己又是怎么受得了的？

卡尔马诺夫 的确很难，犯了错误，就要为之付出代价，去受苦。我们民族的命运就是承受苦难。作为这个民族的一部分，我们受的苦更是难以想象的。请您想一想，我们为了这个决定要承担多大的责任啊，我们如何承担数百万生命的罪责？我们刚刚说的海边的小房子至少是一种可能的补偿，可以保障……

希拉里·克林顿 快打电话吧，现在提保障还为时尚早。

卡尔马诺夫 （耸了耸肩膀，按下电话的拨打按钮）请给我接线……啊……听着，沃尔科夫，核战争指挥官是谁？

沃尔科夫 不知道。

卡尔马诺夫　谁应该会知道?

沃尔科夫　你应该会知道。我们这儿的头儿是谁?

卡尔马诺夫　难道是我? 你说的是真的? 我一直忙着现代化的
　　事……哎……这……请帮我接线负责发射导弹的长官……嗯
　　嗯……哦, 对……太好了! 是这样的, 总负责人说……你
　　要……我们这里有一些来自美国的同志……总的来说, 你
　　要……需要往叶卡捷琳堡发射, 请你客气点……是……什么?
　　不, 不。莫斯科不用, 我说了, 不需要! 那你允许自己干什
　　么? 哎呀……(对希拉里, 忧伤地) 他骂人了, 克林顿夫人。

希拉里·克林顿　许诺给他一大笔补偿金。

沃尔科夫　有趣! 给他补偿金, 那我们呢?

希拉里·克林顿　闭嘴。

卡尔马诺夫　(对着话筒) 听着, 你听着……这儿的美国同志说可
　　以付给你们补偿金……多少? 嗯, 大概很多……什么?! 你要
　　自己去……什么?! 哎呀! 你怎么可以这样? 竟敢……不行,
　　我跟你说! 哎呀, 我的妈呀! (六神无主地放下话筒)

希拉里·克林顿　怎么样?

卡尔马诺夫　他竟然骂人, 我的妈呀, 骂得那么凶……

沃尔科夫　那他会照做吗? 他怎么说的?

希拉里·克林顿　他会不会发射导弹?

卡尔马诺夫　(沮丧地说) 会。

希拉里·克林顿　往叶卡捷琳堡?

卡尔马诺夫　往莫斯科。如果还有剩余的, 他说还会往纽约发射
　　几枚。

希拉里·克林顿　白痴！一群贪婪、残忍、懒惰、无聊的俄罗斯白痴！（砰的一声关上门，愤然离开）

沃尔科夫　咱们不要慌，好好想想，导弹大概需要飞行多长时间？

卡尔马诺夫　到纽约吗？

沃尔科夫　蠢货，到莫斯科。

卡尔马诺夫　我不知道，我什么都不知道。（把别墅的照片放在胸口，躺了下来，全身蜷成一团）

　　　〔窗外一阵响声。

沃尔科夫　这是我们的人还是他们的？

卡尔马诺夫　对你来说，有什么区别吗？

沃尔科夫　是，并没有区别。母狗啊，卡尔马诺夫，真是母狗！她竟然毁了我们的合同，冻结了我们的账户，哎呀，真是卑鄙！

卡尔马诺夫　她没有错，谁都没有错。

沃尔科夫　一定有人是有错的！一定！天啊，现在不会已经发射导弹了吧?！有趣，你觉得我们会立刻死去还是会慢慢死去？

卡尔马诺夫　哎呀，我的妈呀，妈妈呀。

沃尔科夫　她为什么会这样做？全都是因为她的丈夫。当然了，比尔·克林顿太花哨了，她显然不能原谅他跟莫妮卡的事①。所以她就满世界乱窜，到处维护民主，想要证明自己是多么强大。所有这些都是因为美国总统办公室里发生的口交。天

————————

①　据相关档案记载，时任总统的克林顿和白宫实习生莫妮卡·莱温斯基在白宫发生 10 次性行为。

啊，卡尔马诺夫，第三次世界大战会因为口交而开始！就是
这样的！

　　[传来震耳欲聋的响声，卡尔马诺夫尖叫起来。

　　别哭，卡尔马诺夫，不用哭。他们无法打败我们，加油，
同志，加油。

　　[用颤抖的声音唱着《关塔那摩省民间曲调》，卡尔马诺
夫小声跟着他唱起来。又传来一阵响声，一道炫目的光一闪
而过，之后便是一片黑暗。

第二场

　　医生走了进来，打开灯，手里拿着患者卡和装注射器的
小盂。

医生　为什么要在黑暗里坐着呢？还唱着歌呢……被雷声吓坏了
　　吧？没事没事，现在已经不打雷了，我这就给你们打一针。
　　这种天气真是难熬……所有的护士都在病房里跑来跑去。嗯，
　　没事没事，我的手法很轻。（给两人都注射了药物）

　　[他们叫了起来。

　　（给他们药片）好了好了，安静，不要叫啦，现在已经
不打雷了。安静！需要我叫男护士来吗？他们会活生生地按
住您的哦……服下这片药。怎么又发作了，怎么又分裂啦？
（看着患者卡）真是搞不懂，昨天晚上给您打安定针了吗？打
了。今天早晨服过氯丙嗪了吗？服过了。瓦拉诺夫，怎么今

天还是这样辩解呢。

［沃尔科夫和卡尔马诺夫藏在被子下面。

维克多·瓦西里耶维奇，维克多·瓦西里耶维奇！出来，我在跟您说话呢，今天是几号？

沃尔科夫 13 号！

卡尔马诺夫 14 号！

医生 不错，不错，你们叫什么名字？

卡尔马诺夫 （咧嘴笑着）我叫尼古拉·卡尔马诺夫。

沃尔科夫 （同样笑着）亚历山大·沃尔科夫，很高兴认识您。

医生 这就不好了，亲爱的，不能这样。这里没有什么沃尔科夫，也没有卡尔马诺夫。您是瓦拉诺夫·维克多·瓦西里耶维奇，严重的人格分裂症患者。我明白，您的工作让人紧张不安。您是销售经理吧？

沃尔科夫、卡尔马诺夫 （齐声）不是！不是！

医生 奇怪，我还以为所有暴躁症的人都是销售经理呢，还有一位同事专门就这一现象写了一篇论文……（看了一眼患者卡）哦哦，是设计师，在一次面试前精神分裂……对……对……亲爱的，该收拾一下啦，您已经在我们这里躺了整整一周了，这一周你们又杀了人，又当了总统。

沃尔科夫 我是总理！

卡尔马诺夫 我是总统！

沃尔科夫 我要炒你鱿鱼！

卡尔马诺夫 我炒你的鱿鱼才对！

沃尔科夫 我保证，你炒不了我！

医生　安静！立刻安静下来，嘘嘘，维克多·瓦西里耶维奇。人格分裂症是可以治好的，要有希望。安静下来，我们现在不谈这个话题了。爱德华·阿尔图罗维奇本人就要来了，他会带着自己的学生和住院医师。维克多·瓦西里耶维奇，赶紧收拾一下，不然，见到爱德华·阿尔图罗维奇会不好意思的，这样可不好。

〔沃尔科夫和卡尔马诺夫互相依偎着，低声痛哭。

〔电闪雷鸣。

〔爱德华·阿尔图罗维奇出现在门口。

爱德华·阿尔图罗维奇　（温柔地说）怎么样，亲爱的，我们开始吧？

〔沃尔科夫和卡尔马诺夫大叫一声。

——幕落

吱　吱

尼古拉·科利亚达　著

粟瑞雪　译

作者简介

尼古拉·弗拉基米罗维奇·科利亚达（Николай Владимирович Коляда，1957—　），俄罗斯演员、小说家、剧作家、编剧和导演。出生于哈萨克斯坦，父母都是集体农庄的工人。是俄罗斯联邦功勋艺术家和斯坦尼斯拉夫斯基国际奖获得者。

译者简介

粟瑞雪，中国社会科学院大学教授，公共外语教研部负责人，史学博士。已出版专著《萨维茨基的欧亚主义思想研究》（社会科学文献出版社，2014），译著有《苏联解体：二十年后的回忆与反思》（社会科学文献出版社，2012）、《十二国》（宁夏人民出版社，2012）、《俄国19、20世纪之交法政文献选编》（清华大学出版社，2016）、《俄罗斯、中国与世界秩序》（人民出版社，2018）等，在各类期刊上发表学术论文、译文等四十多篇。

人　物

柳德米拉——40岁。

安热莉卡——柳德米拉的女儿，20岁。

恩格西娜——柳德米拉的妈妈，70岁。

马克西娜——柳德米拉的祖母，100岁。

瓦连京——40岁。

叶甫盖尼——20岁。

谢尔盖甲——20岁。

谢尔盖乙——20岁。

士兵们。

外省某市。郊区。当代。

第一幕

　　四月末的春天，雪化了，到处是水洼。市郊的四幢五层民居和一个兵营。居民楼建在空地上，面朝兵营，中间隔着围墙和一条小路。兵营四周的围墙由钢筋混凝土筑成，墙上有小孔，围墙上方有两排带刺的铁丝。几只喜鹊在铁丝上晃动着尾巴。墙壁上面有用油漆写的一些字："铁门，396699"，"黄金公司——电话：614646"，"杰西卡——294394"，"玛莎，我爱你"，"98年复员"。兵营、民居和围墙均由灰色的石板建成。居民楼的窗户上摆放着鲜花，向兵营的窗户里能看见上下床的背面，床上晾着包脚布。兵营建在黏土上面，稍高一些，几条血红的小溪从兵营流经居民楼，汇入山谷。在其中一幢居民楼的对面有一个新的二层军用玻璃澡堂。澡堂内部的窗户涂过油漆，但油漆受热后脱落了，于是士兵们洗澡时便一览无余：有的瘦得像条蠕虫，有的肌肉十分发达——这对于住在对面的居民来说是一种视觉享受。在兵营与四幢五层民居的旁边以及那些小木屋之间的路上，有一趟有轨电车，轰隆隆、叮叮当、慢腾腾地驶向城里，到市中心有一小时车程。十字路口的红灯一直在闪——信号灯坏了。边防检查站的大门外站着几个穿军大衣的小伙子，在和姑娘

174

们交谈着。小汽车旁边簇拥着一些人：爸爸妈妈们来探望自己的儿子。有时候大门打开，让将军乘坐的黑色"伏尔加"或是盖着帆布的汽车——将士兵从远处的靶场运回的车辆进入营区。营区里也有一个教练靶场，在兵营深处的森林里，是一片松树林。那儿有一个体育场，停放着一些器械——导弹或是其他奇怪而可怕的军用器材。兵营里正在筹备阅兵式，士兵们在操场练队形，指令通过扩音器发布，乐队演奏的音调不准。在居民楼之间的地上铺设了一条大型热水管道，蒸汽从管道中冒出来，使地面变得暖和，旁边的绿草地上有一群小狗，再往边上一米的地方，雪还未融化。周围所有的树都被毁了——冬天雪太大。

　　正对玻璃浴室的一幢居民楼顶层，有套三居室的公寓里发大水，沿着屋顶和发霉的墙角跑水。地板上和家具上摆放着洗脸盆、水桶、碗、锅——水从天花板滴落到里面。公寓里的房间一个比一个小，过道、厨房和卫生间都小小的。在最小的房间中央有一张光亮的桌子，桌上摆着盛有食物的餐盘、装着有色家酿酒的长颈玻璃瓶和插着塑料花的花瓶。房间的每一个角落都很特别：一个角上供奉着圣像和一盏小油灯，另一个角上挂着列宁的肖像，第三个角上挂着油画《白嘴鸦飞来了》，第四个角用胶水在墙上贴着从杂志上剪下来的半裸男人像。戴着假发和义齿的**马克西娜·尼古拉耶夫娜**盖着有《小红帽遇见大灰狼》图案的毛毯，用枕头把自己围起来，半坐半躺在有点凸起的床上。马克西娜一会儿从盛着食物的餐盘里挑口东西吃，一会儿双手搓一下橡皮玩具"吱吱"。床上的被子是带有白色条纹的军用被，床单和枕套都有部队的印章。在通往阳台的门旁边的绿色沙发上，**恩格西娜·彼得洛夫娜**盖着蓝色方格毛毯在睡觉。如果要到阳台上去，就得把沙发和恩格西娜一起推开。桌子旁边坐着三个人：**柳德米拉、安热莉卡和瓦连京**。柳德米拉的发型很漂亮，她穿着平底便鞋和华丽的吊带连衣裙，裙子勉强搭在肩上，光背，开口很大，裙子的前胸上印着一只老虎；当柳德米拉活动的时候，老虎的眼睛就会闪闪发光。柳德米拉的左眼下有一块用化妆品遮掩住的青紫斑。旁边坐着的是化过妆的安热莉卡，她拔了眉毛，手上戴着塑料手表，眼下也有一块青紫斑。安热莉卡的对面坐着瓦连京：圆而平的秃顶四周是蓬乱的长头发。瓦连京穿着牛仔裤、皮背心和从土耳其市场上买来的俄式偏领衬衫，有一只耳朵上戴着一个耳环。**叶甫盖尼**把军大衣披在肩上，在阳台上抽烟。在窗户上的菜秧罐子里有西红柿和辣椒，在角落的薄膜上有一堆土豆正在发芽——"定植苗"。那儿还放着铲子、草权和耙子。门边放着收起来的折叠床。天快黑了，下午四点左右。星期五，楼里的所有住户都开始喧闹起来——喝酒、唱歌、打架……

柳德米拉 （打着喷嚏说）奶奶，你不吱吱响了？我的神经都紧张了。她喜欢您送的这个吱吱响的玩具，瓦连京·伊万诺维奇，这个玩具非常棒，声音很响。才四月末就有蚊子了。地下室很潮湿，所以繁殖快，真烦人。我们用吸尘器吸蚊子，但蚊子紧贴在墙上，怎么能直接吸呢。这我已经说过了。

瓦连京　（笑着说）我是很偶然得到它的，作为礼物送人也很合适。这很贵的。

柳德米拉　很贵吗？真没想到。国人也学会生产各种东西了。

瓦连京　不，这不是俄罗斯的东西。不是的。为了明显起见，我再次声明。三个月前我出差，我经常为了发展部的事情出差，——我在发展部工作。这不，坐火车的时候，对面坐的是个阿塞拜疆人，他桌上搁了一张报纸，报纸上放着一条小鱼还是小鸡什么的。我就把报纸拿过来看。那是份广告报，叫什么"一言为定"。这样说吧，突然就看到了您的最有趣的征婚启事。我写信给您，您回了信。这不，我就来了。来得不是时候吧？

柳德米拉　怎么会？我们很高兴有客人来。今天恰好庆祝奶奶一百岁生日，多喜庆呀，而您来了。是，我给您回信了，我不知道您会这么快就来。这是安热洛奇卡，我女儿，这是奶奶——请称呼"马拉阿姨"，这是我妈妈——请称呼"艾丽娅阿姨"，叶甫盖尼是安热洛奇卡的朋友，是个军人，叫他"叶甫盖尼"，真是太高兴了。我真是，真是白给您写回信地址了。您来了，我对这里所发生的一切感到很不好意思。

瓦连京　没事。您这样想是没有根据的，这儿的一切都很好。（笑着，吃着食物）

柳德米拉　（用手掌梳理着头发说）我既没修指甲，又没修脚，还没有烫头发。好在买了条裙子，昨天偶然碰到的。我想，为奶奶过生日，让我给自己送份礼物吧。裙子上这只老虎的眼睛闪闪发光，很漂亮吧？我干吗给您地址呢，我们没想到您会来，我一般是要烫发、修指甲和修脚的。您会产生错误的印象，真糟糕。我们家的墙发霉了，老鼠、蚊子、士兵，还有双尾虫，四周都是红黏土，楼房周围的积水很深，屋顶在漏水。总之糟透了。这儿没地方住也没法住。我写信给您是想——到您那里去居住，去高加索。

瓦连京 您弄错了。我不是来自高加索，我从克拉斯诺达尔边疆区来。

柳德米拉 是呀，主要得是一个温暖富庶的产粮区。不一定去您那里居住，您别想多了，但最好怎么办呢？唉，就是离开这儿，然后随便在哪个地方依靠谁，懂吗？重新开始生活，懂吗？要是您有同情心，请您理解！因为在这里是不可能生活的。我要逃离出去，尽快。嗨，真烦人！——必须离开这儿的一切，我已经受不了了，必需的，否则我就产生幻觉了，简直糟透了。但没想到，事情没办好，是吧？

瓦连京 （旁边有只烟盒，他一边用一个指头在桌子上转动着它，一边说）而我正好知道奶奶生日的周年纪念。这不——把玩具带来了。（马克西娜挤压着玩具，玩具发出吱吱的响声）我小时候有一个这样的玩具"吱吱"，也是一只兔子，也会吱吱响。

马克西娜 （突然说）我们没地方。

　　〔停了下来。

柳德米拉 奶奶脑子不清醒。春天病情就加重了。总的来说，她也是对的——没有地方，这儿没地儿。（舔了一下手指，擦拭着裙子下摆上的污迹）

178

马克西娜　柳德米拉，你想出办法了吗？你甚至不敢这样做。

柳德米拉　够了！我正在说想离开去那里，你没听懂吗？

马克西娜　你要放荡到什么地步？到什么程度？他会把我们偷光的。

柳德米拉　闭嘴！我什么时候放荡了？你怎么在外人面前这样说我？
我多难堪呀。他这么远来看我，您还编排我，没良心！！！
（对瓦连京说）别听她的，她不正常。病情严重了。（用一个
指头在太阳穴旁边转动）

　　　[马克西娜把面包放在手掌上抛着玩。

　　　瞧——老人就像小孩一样。她总觉得有人想偷光她的东
西，把什么都藏在床上，很害怕，夜里不睡觉，只有白天睡。
唉，我们老了也会这样，是吗？大概也不会这样吧！一般来
说，会像朝上的漏斗一样躺着，我觉得。把她们往哪儿安置
呢？不可能活埋，对吧？奶奶10年没下床了，您知道这意味
着什么吗？糟糕透顶。（对马克西娜说）别玩食物，好好吃
东西！

　　　[叶甫盖尼走到桌旁，笑着坐下来。士兵们正在用木锨铲
除房顶上的雪。大家都在往窗外看，沉默不语。一层的铁门
砰地响了一下。

瓦连京　怎么回事？

柳德米拉　昨天在入口处安装了带锁的铁门，没有弹簧，它就这
样扑哧扑哧响，刺激神经，真受不了。

瓦连京　哦，我还以为爆发战争了，开始从兵营里发射导弹了。
（笑着说）让我们更进一步互相了解，行吗？（他拿起公文
包，翻出一本装着塑封照片的影集。影集首页的标签上是一

个裸体少女）我有一个问题。美国人常这样说。比如我，就像一个美国人，对吧？只是来自克拉斯诺达尔边疆区。（笑着说）我想说说我第一任妻子的情况。是她的问题！她不再和我同房——我们结束了。半年不在一起，一年不在一起，然后我就走了。因为我要像个男人，您懂的……

柳德米拉 是的，是的，我理解您……奶奶，你别再玩食物了，我已经说过了？！也别弄得吱吱响了，耳朵都疼了！你到底要怎么玩呢，啊？

瓦连京 我到另一个女人那儿去了。我和第二任妻子很合适。她太好了：每天早上都会把干净的衬衫和裤子给我熨好，裤子笔直得像箭一样，就是这样。煎蛋配西红柿，每天如此。这就是我之所以寻找终身伴侣的原因。这是照片，请看吧。（递上影集）

〔柳德米拉翻着影集。叶甫盖尼的目光掠过她的肩膀张望着。

小心点，别弄脏了。这是我的生活，我很怀念。我马上就回去，今天就走。

柳德米拉 怎么今天就走？是吗？今天就回家去吗？

瓦连京 是的，今天。（吃着东西）

柳德米拉 您怎么这样，这不刚来吗……我真傻，立刻就把地址给您了。这是谁呀？这么小。

瓦连京 这是我小时候。（笑着说）这就是我，小时候在妈妈怀里，瞧——小鸡鸡还在动。

柳德米拉 是的，还在动呢。（凑近些看照片）你妈妈没修手指甲和脚指甲……

瓦连京　这样也挺漂亮的。我既然是找老婆，就得精挑细选。我在这儿还顺路去见了一位女士。看了她一眼，也还行。但我要考虑一下。

柳德米拉　怎么回事？我没明白：您是来我这里，还是来看望大家的？

瓦连京　这有什么的，您想什么呢？不，说实话，我需要您守住一所房子。我经常出差。在您这儿：我决定解决发展部的问题，同时也忙活我自己个人的问题。（又吃又喝）不，说实话：您这座城市里还有四个地址。因为阿塞拜疆人放小鸡的那张报纸是您本地的报纸，我就把所有的地址都抄下来了。我预先诚挚地说明，我要选择。既然有问题就需要解决。房子里有六个房间。如果算精确一点——七间。有一个外廊，爬满葡萄的外廊。就是这样，请小心点翻照片，这可是我的生活。

柳德米拉　多少个房间？一个有葡萄的外廊？高加索有七个房间？七个吗？七个？（停顿了一下）一点都不知道。您这是来看大家的吗？啊……

瓦连京　说实话，我在选择。是七个，房间有七个。我在信里给您写了，您也回信了。您忘了。

柳德米拉　噢，瓦连京·伊万诺维奇，事情太多——忘记了，记性不好，不好。我都已经不记得今天去没去过卫生间了，您还问我您在信里写了什么……（打着喷嚏说）请原谅！

叶甫盖尼　（笑着说）您像在念新闻稿？

瓦连京　什么？

叶甫盖尼 我说——您在这里像发布新闻，不是吗？

瓦连京 是呀，大体是。是的，新闻稿。正是这样，士兵同志。
我在发展部工作，我们那儿有一些新技术，我可以向你们公
开一个秘密，我在你们那里得知了您的收入。是这样的，姑
娘们，女士们，退休人员和士兵，你们——被扣除 50%，我
们被扣除 20%。退休人员一样被扣。

柳德米拉 （沉默了）扣除什么？

瓦连京 您不懂，在我工作的发展部有人知道这个，我也知道——
你们的收入被扣除了，但你们自己不知道，就是这样。

柳德米拉 你们怎么这样？真想不到，哈？扣除？这不骗我们吗，
我们还不知道。

叶甫盖尼 （笑着说）准确吗？啊？我就不明白了，"发展部"究
竟是什么机构？

瓦连京 当然是一切都在发展的地方，这个问题真奇怪。那里有
新技术和新闻稿。（笑着说）瞧，这是我的第一任妻子。

柳德米拉 我真喜欢看别人的照片，欣赏别人的美好生活，既然
自己没有。有人会得到幸福，是的。我不知道，人世间有幸
福吗？还是根本就没有？有吗？瓦连京·伊万诺维奇。这是
她，对吗？每天早上给您熨衬衫的那位？

瓦连京 不是她。第二任妻子给我熨衬衫，这才是她。第一任不
再和我同房，我们就结束了。

柳德米拉 啊，您说过的。这是她，对吗？

瓦连京 是的。她现在不和我同房，以前也不。也许，她得了某
种病，那最好说出来呀，为什么不说呢？她就那样。但愿我

能理解。

［大门响了一声。瓦连京哆嗦了一下。

柳德米拉　什么病呀？

瓦连京　（晃着穿胶底运动鞋的脚说）嗯，更年期早期什么的。我很坦白，既然这儿都是自己人。女士们，就是这样。她开始得妇女病了，也许不是？唉，她如果这样随便说一下，那我就懂了，您明白吧？我们是人呀，又不是狗，对吧？

柳德米拉　对，不是狗。我们是人，正确。我真是不知道，您说有七个房间？七个吗？真不知道。带外廊的？我们这里的葡萄很贵。七个房间吗？在高加索吗？

瓦连京　在克拉斯诺达尔边疆区。她不和我同房，我们就结束了。我离了婚，离开了她。我现在发展部工作，单身，正在找女朋友。

叶甫盖尼　（笑着说）您妻子她可能改变了性取向。她现在大概成为女同性恋了。

柳德米拉　什么？谁？您在说什么呀，叶甫盖尼？

叶甫盖尼　干吗？自然而然的事情就不会不成体统。她百分之百成了女同性恋。这有什么奇怪的？很正常，而且很明确。（笑着说）

马克西娜　（把玩具弄得吱吱响）什么？

叶甫盖尼　（笑着说）没什么，奶奶，一切都很明了。

柳德米拉　您最好还是吃东西吧，吃得饱饱的，好吗？部队里有人在等您，不是吗？

瓦连京　不，我不知道这里面的其他情况，怎么说呢……简单来说就是：她不和我同房，就是这样。

叶甫盖尼 我就说吧，所有的报纸上都这么写……性取向变了！

瓦连京 不是的，她无缘无故不和我同房，也许是不爱我了呢？可我是个男人，我有需要呀。于是我就走了，找了另一位妻子，但我也离开了她，原因是存在一个问题……我有一种罕见的病——不能独处。这不是传染病，好像是某种精神病。

柳德米拉 您怎么会不能独处呢？

瓦连京 就是做不到。甚至无法一个人睡觉，总觉得害怕。

柳德米拉 您怎么这样呢？真有意思，第一次听说有这种病。

叶甫盖尼 （笑着说）那上厕所呢？

柳德米拉 您再吃点东西吧！（看着照片说）真漂亮！色彩多好啊！像在电视上一样漂亮，色彩鲜艳。上帝呀，人物照得真好，这些人真走运，真是太好了……

安热莉卡 让我看看。

柳德米拉 你先去把手洗了，我再给你看。

安热莉卡 我的手是干净的。

柳德米拉 太漂亮了！我的上帝呀！我都想哭了！这里铭刻着您全部的生活。对吧？七个房间？！

瓦连京 这是我刚上学的时候。七岁。这是在部队服役的时候。我也当过兵。是的，这不就和部队的小姑娘们交上朋友了嘛。就像您在这儿交朋友一样。

柳德米拉 （看着照片说）我们没交成朋友。我们恨他们，恨这些当兵的，瓦连京·伊万诺维奇，我们讨厌他们。我女儿这么年轻，像孩子一样淘气，在兵营里是和他谈恋爱还是一般性地交朋友，我不知道。我们不喜欢他们。我太高兴了，瓦连京·伊万诺维奇，您是好人。您说有七个房间？我起初以为，您一只耳朵上戴耳环，是从高加索来的体面人。而您很朴实，是自己人。唉，高加索多好呀，是吧？

瓦连京　是在克拉斯诺达尔边疆区。是的，那儿有橙子——这么大的！不，是这样的！（用两只手比画了一下）楼房都是三层的。

　　〔街上有只狗在乱叫，楼门响了一下。

柳德米拉　您指的是私人住宅吗？是指您的房子吗？

瓦连京　（边吃边喝说）是呀，也是私人的。就是说，不仅包括一些小楼，还包括所有的三层楼房。还有五层，甚至十层的。就是说有很多高楼。

柳德米拉　（看着照片说）唉，您在照片上多漂亮呀，还有头发哩！照片上有您的房子吗？

瓦连京　没来得及拍，暂时。您是对的，士兵同志，这就像我的新闻稿。的确是新闻稿。我可是在发展部。这是我全部的生活，从童年开始的，为避免讲述过多，我都用照片来体现。还有奖状的照片。为了不随身携带原件，就拍了照片。

叶甫盖尼　（吃着苹果，咬得嘎巴响，笑着说）原件。是的。准确！

柳德米拉　（打着喷嚏说）请原谅，我对紫外线过敏。太阳一出来，我就打喷嚏，不停地打，真难受。我说了，请原谅。我们只能坐在这儿，那边的天花板可能塌了。

　　〔大家抬起头，望着天花板。瓦连京在笑。

　　是的，墙都发霉了。最好是傍晚前下霜冻，免得夜里有雨落到头上。那么，瓦连京·伊万诺维奇，是不是让我们来真正认识一下？（笑着说）这样说吧，这是我们的熊窝。窝里住着四只母熊，四位女士：柳德米拉，安热莉卡，恩格西娜——我妈妈，马克西娜——安热莉卡的外曾祖母。这就是我们的女儿国。奶奶年轻时改了名字，叫什么弗罗霞。她把女儿叫作恩格西娜。谢天谢地，她没机会收拾我。我们曾经是一个非常非常政治化的家庭。我也是没脑子，为了纪念安吉拉·戴维斯[①]而把女儿叫这个名字。

叶甫盖尼 （大声说）你出生于革命者之家，奶奶，你听见了吗？（笑着说）

柳德米拉 叶甫盖尼，您多吃点东西吧，您要工作，要保卫国家，您都开始醉了。我想说的是：奶奶不幸变傻了，妈妈稍微喝点酒就唱歌，两人的病情都恶化了。

叶甫盖尼 （对瓦连京说）春天的时候您的病情一般不会加剧吗？

柳德米拉 （大声说）今天星期五——整栋楼都在玩乐。我们不想喝很多酒。这样，喝一杯家酿酒吧。叶甫盖尼，您当兵之前没喝多过吧？

叶甫盖尼 （吃着，笑着）很容易找到理由喝酒——狂饮五天。

柳德米拉 这是当代年轻人的幽默，我不懂，请原谅。把照片收好，否则我们会把东西滴在上面。瞧，简单说，这不是生活，是活受罪。细数一下：首先是有老鼠。夜里头吱吱叫像恐怖电影。其次是天花板漏水，第三是红黏土。还有蚊子。还有

---

① 安吉拉·戴维斯，女，1944 年出生。美国人权卫士，共产主义运动活动家，黑豹党领袖。

什么？我女儿是剖腹产出生的孩子，生晚了。我一直在寻找未婚夫。找到了。但我们的爸爸在试验新技术时牺牲了。他是个飞行员，像加加林 ① 一样牺牲了。我们太不幸了。（沉默了一下）这不是公寓——这是斗室。我要去找房屋管理员，让我们搬到非居住用房。而且我可以立刻付钱，没什么条件。这不，士兵们开始从房顶铲雪了。看来，某位军人搬进了我们楼里，否则永远不可能这样做。我是长途汽车站的售票员。早上六点钟，一拉开帘子：各种嘴脸，红的，蓝的，醉醺醺的——唉，我卖票给大家，每天早上——都做同样的事情。但我却没法给自己买一张去往幸福之国的票，买仅有的一张票。就是这样。

叶甫盖尼　（笑着说）您再哭一哭吧。

柳德米拉　部队有人在等您，叶甫盖尼，回去晚了会产生误会的。

叶甫盖尼　不会产生误会的，他们不等我。又不是第一次了。

　　〔安热莉卡拍了一下柳德米拉的背。

柳德米拉　你干吗？

安热莉卡　有蚊子咬你。

柳德米拉　噢，您瞧，我虽然在售票处工作，瓦连京·伊万诺维奇，但也没能怎么着，正如常言所说，不走运。您说是七间房，高加索……有山，是吧？噢……还有山吗？

瓦连京　在售票处工作挣得多吗？

柳德米拉　您简直是在问一个病人身体好不好。如果谁忘记了要找回的钱——能发点财，就这样，毕竟是小钱。当然，随便

---

① 加加林（1934—1968），世界第一位航天员，苏联英雄，因飞机失事遇难。

吃点吧：旁边有面包，没面包怎么行？吃吧，鱿鱼，鲱鱼沙拉。我们很爱我们的奶奶，她今天正好一百岁。我已经说过这个了。我自己种西红柿，我们有菜地，瞧——这是秧苗。双尾虫把秧苗全毁了，我们没西红柿吃了，真糟糕。这不，我们在给土豆催芽，马上要种了。我弄土豆的时候摔倒了，撞到门框上。撞青了一块，扑了点粉也没遮住。我说的就是这个门框。女儿也撞到它了。

  [瓦连京看着柳德米拉手指的方向。

  我们是有文化的人，您想想看。爸爸叫加加林。虽然摆放着洗脸盆，但还到处是水，所以滑倒了。真不好意思，噢……这家酿酒，也是自己做的。这酒很烈。

叶甫盖尼 不是葡萄酒——是白酒。

柳德米拉 您吃吧，叶甫盖尼，吃饱了吗？我现在给您盛点饺子。好吃吗？

叶甫盖尼 （大口吃着）请给我来点，谢谢！够了，正好。再给我拨点这种沙拉。

柳德米拉 拿吧，给您，祝您健康。（停顿了一下）是的，我们自己种，瓦连京·伊万诺维奇。这儿还有个房间，里面全是水，我们往里堆了些破烂，平时不进去。都是我们的嫁妆。瞧——有多少位新娘子。噢，真是太糟糕了。

瓦连京 东西很多吗？

柳德米拉 我们稍后去看看。是有些东西，还有些家具。那个房间干燥一些——让别人住又给自己惹了麻烦。是的，他们今天要搬走。他们就快回来了，来告别。他们出去买票了，我们也在等他们。

瓦连京　那会腾出地方了。

柳德米拉　不，不，腾不出来。那儿也跑水，我必须离开。

马克西娜　（突然说）中学开设性教育课，有人却让家长们签名拒绝。俄罗斯会灭绝的！

叶甫盖尼　（笑着说）不会因为性而灭绝的。

马克西娜　可怜的孩子。

柳德米拉　（叹了口气，对瓦连京说）病情加剧了，春天来了，有什么办法，糟糕透了。

叶甫盖尼　我出去抽支烟。（对瓦连京说）可以给我支烟吗？

瓦连京　别客气，当然可以。

叶甫盖尼　（笑着说）再借一下打火机，好吗？（把手伸进瓦连京的烟盒）

瓦连京　（笑着说）不用把肺借给您吗？

叶甫盖尼　说得好！您真喜欢开玩笑！（他笑着把一支烟插到耳朵上，再把另一支点着。然后站起来，把沙发和恩格西娜一起推开，走到阳台上）

柳德米拉　女儿，拦着他，他在那儿会冻僵的。你们到哪儿去玩会儿吧，吃够了吧。不停地抽烟，我简直要发怒了，不像话。

安热莉卡　来得及，我们再坐会儿，让他吃饱。

柳德米拉　要么在城里逛很久，要么拿棍子都撵不出去。这是她的朋友，很奇怪的一个人。总是抽烟、嗑瓜子或者傻笑。总是笑，我都没法说什么。你就会想：他笑什么呢——疯了吧？

安热莉卡 （低头看着盘子说）让他笑吧，打扰到你了吗？

柳德米拉 住嘴。瞧这些年轻人，怎么跟长辈说话呢。

瓦连京 我还以为你们是姐妹呢。（笑着说）

柳德米拉 是吗？好了，再接着往下说。还有一件糟糕的事，我要说的是房客。我们不得不出租房间，因为钱少，一辈子受穷，就想出这个挣钱的办法。我们专门在报上找到两个小伙子，让他们和我们住一块儿，为了让他们多付点钱，懂吗？很可爱的小伙子，来自芭蕾舞团的，在某个饭店跳舞。他们租了一个多月的房子，却原来不是房客，而是有别的什么事儿。

[叶甫盖尼回来了，坐到桌旁吃东西。

您抽完烟了，叶甫盖尼？这么快？

叶甫盖尼 （边笑边吃）抽完了。就这么快，我对你们的谈话内容感兴趣。真不错！请继续。

柳德米拉 可以，是吗？谢谢。就是他们在房间里的时候特别奇怪。他们是什么样的人，我不知道啊。两个小伙子，也不和我们来往。您知道吗，他们每天夜里都那样喊叫，完全不是人。我的意思是，别人都在睡觉。两人总在一块儿，没有女士去找他们，每晚都这样喊叫。是在排练芭蕾还是怎么的？

叶甫盖尼 （吃着东西说）他们在搞同性恋。

柳德米拉 您吃好了吗？大人们在聊天，您最好带安热莉卡出去走走，好吗？

叶甫盖尼 干吗？大家都知道这个，小攻（主动同性恋者）和小受（被动同性恋者）。

柳德米拉 那是您说还是我说？您说吧。（在手指上舔了舔唾液，擦拭着裙子下摆上的污渍）

瓦连京 是真的。这在我们克拉斯诺达尔边疆区十分普遍，简直像某种流行病。（一边吃着东西一边说）

柳德米拉 怎么——是真的吗？真相是什么？难道？（停顿）我怎么就没联系起来。真的吗？那儿的床为什么会吱吱响，有叫喊声，我以为是……

叶甫盖尼 您以为是——大自然的奥秘。而这很容易被揭示！（哈哈大笑着说）

柳德米拉 不，瞧您！两个小伙子，两个都叫谢尔盖，耳朵上都戴着这种和您一样的耳环，瓦连京·伊万诺维奇，他们很正常的……不，不，不！

叶甫盖尼 是的，是的！

瓦连京 在说我吗——不，不，别这样说。这和我没关系。

柳德米拉 （沉默了一下说）他们要搬走了，今天晚上，说是去美国。让他们走吧，我们没从他们那里得到任何好处。我干吗说这个？啊，瞧！奶奶躺在床上，妈妈睡沙发，我和她睡一起，沙发能打开。我以前和安热莉卡一起睡，现在她长大了，就睡轻便折叠床。把床打开放在屋子中间，把桌子往前移，就可以睡觉了。（笑着说）我开玩笑的。因此，完全没有睡觉的地方。而某些人却有七个房间。真羡慕！（停顿）那么，关于房客的事，难道是真的吗？太反常了吧？我们收留了他们，却让他们……我这是说的什么呀？

瓦连京 我们说的是克拉斯诺达尔边疆区和高加索，在说高加索。

[叶甫盖尼从烟盒里拿了支烟，推开恩格西娜躺着的沙发，边走边笑，走到阳台上。单元楼的大门砰地响了一下。

柳德米拉 （哆嗦了一下说）高加索那里怎么样？瓦连京·伊万诺维奇。火车站。喂，这个男的干吗总是笑啊笑的，啊？

安热莉卡 妈妈！

柳德米拉 他弄得我紧张极了！让我们换个话题吧，这个话题太忧郁了。我还是说同一件事，我最好能开始过新生活，我生命力强，能活下来。我总有一天要为自己而活。我女儿找到了叶甫盖尼，太好了。我们区里所有的女孩子都在和当兵的交朋友，我女儿却不，甚至不喝酒，滴酒不沾。以前她和谁都不交朋友，看来是时候了。我们一直都不和当兵的来往。我们还需要什么士兵吗？这些当兵的就在我们眼前蹦来跳去，已经爬到房顶上去了。他们感觉到这儿有个姑娘，于是就像三月的猫一样散发着味道，像一串串果子那样挂着，下流胚！我都想拿笤帚赶走他们。但这儿有老鼠。

瓦连京 （笑着说）"老鼠们安静些，房顶上有猫"①。

柳德米拉 是的，是的。"小猫在更高的地方"②。就是这样。我怕穿靴子。万一里面有老鼠，我会心脏破裂而死。我偶尔忘记把肥皂收起来，老鼠就把它吃了，把肥皂吃了！我们是女人呀！于是我就在报上登了广告，想加入别人家去住。他要在那儿抽很久的烟吗？已经点着了。他什么时候才能抽够呀？还总是笑，就像吃多了肥皂，真是的！

---

① 俄罗斯儿童诗。

② 俄罗斯儿童诗。

安热莉卡　你干吗说他，让他抽吧。

柳德米拉　你们别打断我说话！

瓦连京　我不吝惜给他烟抽，他是个军人，会保护我们的。

柳德米拉　您真善良，瓦连京·伊万诺维奇！您是好人。七间房，高加索……

瓦连京　是克拉斯诺达尔边疆区。

柳德米拉　没啥区别。（对安热莉卡说）我不需要谈论克拉斯诺达尔边疆区。让我和您说，您为了我从高加索来，来找我。

瓦连京　不，老实说——我有四个地址。（边吃边说）

柳德米拉　无所谓，瓦连京·伊万诺维奇……

〔叶甫盖尼走过来，坐下吃东西。

我主要是想开始新的生活，改变一下环境。（打着喷嚏说）瞧，我们过的是什么日子？小区在这个军营对面，当兵的对于女儿来说，对于姑娘家来说很危险。

安热莉卡　妈妈！

柳德米拉　瓦连京·伊万诺维奇，她看着显得成熟，但才 18 岁。我如果要去别的地方，就得把她留下。我怎样开始新生活呢？也许，我把她也带去，还要带走这儿所有人。

瓦连京　她多大了？

叶甫盖尼　她几岁了？

柳德米拉　18 岁。安静些，女儿。她看上去比较大，是因为从小就懂得艰难困苦，参加儿童劳动，知道体力劳动的艰辛。是的，生下来就没有爸爸，像加加林一样的爸爸……瞧，她目前是失业者。是吧，安热莉卡？

安热莉卡 是的。

柳德米拉 （突然喊着说）这些当兵的，不久前修建了个什么东西呀，我简直被震惊了！他们建了个浴室，瓦连京·伊万诺维奇，还是玻璃的！浴室直接对着我们的窗户，即使刷上油漆，用木板把窗户钉死，还是能看见一堆光屁股！简直像在打广告！奶奶们会在窗户边坐起来看，有伤风化。我不可能从早到晚看着她们。可话说回来，城镇附近的性骚扰难道还少吗？他们居然还建一个玻璃浴室！终究是玻璃的，能看得见，没地儿藏。那最好建个温室算了，只要不是浴室！一群光身子男人，每天晚上都能看见，两层都是，真是荒淫！他们仿佛专门在展示自己的性器官，不像话得很，类似于色情画。不管你想不想，总能看见。这对我简直是压迫，太糟糕了。因为我们这儿——清一色全是女性。还有老鼠怎么办？屋顶怎么办？而且，这些居民楼是和兵营一起建的，有什么材料就用什么材料，全部是用放射性的钢筋混凝土建成的。夜里，墙壁就会直接辐射。我们已经不是活人了，一半变成了尸体。

安热莉卡 够了！

柳德米拉 你怎么在外人面前这样对我说话！晚上你就会看见，瓦连京·伊万诺维奇，这四周将会发亮。您要再坐一会儿，您的头就会痛。现在头痛吗？

瓦连京 已经有点痛了。

叶甫盖尼 奶奶怎么——正好就活到一百岁了呢？

柳德米拉 碰巧了。规则总是有意外！

叶甫盖尼 因为她始终是一位革命者，严格坚守自己的观点。

柳德米拉　您又在说什么？叶甫盖尼。

叶甫盖尼　没说什么，开个玩笑。

柳德米拉　噢，开玩笑。春天所有人的病情都会加重。我们长途
汽车站有一帮傻瓜，总是成群结队地走路，就像管道周围
的狗上街一样——乱糟糟的一群。狗成群结队地走路，傻瓜
也是。

〔安热莉卡拍了一下柳德米拉的背。

你干吗老缠着我？

安热莉卡　因为有蚊子。

瓦连京　我要去一下洗手间。

柳德米拉　噢，去吧。那儿挂着条干净毛巾，能找到吧？

〔瓦连京走进厨房，往各个角落看了一眼，看见一个装着
家酿酒的大瓶子，微笑了一下，走进洗手间。柳德米拉和安
热莉卡都没说话。叶甫盖尼从瓦连京的烟盒里拿了支烟。

（看着叶甫盖尼说）多招人喜欢的人呀!？太、太、太招
人喜欢了……

叶甫盖尼　这个从克拉斯诺达尔边疆区来的美国人是个婚姻骗子，
一眼就能看出来。他想住在你们这里，请小心点。应当检查
一下他的皮包，如果里面有医疗器具——就是真的。我猜：
他们这些骗子会随身携带高锰酸钾和这种五花八门的东西，
为了事后马上洗干净。

柳德米拉　（微笑着说）那您这位内行，叶甫盖尼，又是从哪儿冒
出来的呢？从哪个村子来的？一会儿因为，一会儿所以，说
明这个，解释那个的。我现在要离开你们了，你们好好过日

子吧。

叶甫盖尼 （笑着说）您去吧，我们不留您。我们会觉得更好。我们要装修这里，继续居住。

柳德米拉 装修？（微笑着说）你发现了吗？女儿，他有时候说话仿佛是家庭成员在指手画脚。你在哪儿找到他的？在哪个垃圾坑吗？

　　　　［沉默了下来。

叶甫盖尼 啊？

柳德米拉 （小声地说）乡巴佬，我要把你的两只爪子折断。你不舒服吗？小子。不该把你的汗脚塞进你的嘴里吗？不该吗？

叶甫盖尼 什么？

柳德米拉 我说，你在胡说八道，老鹰。山羊，坐着吧，别瞎说，白吃白拿，还让你和体面人坐一桌，说声谢谢，然后闭嘴。一个男的抛弃我，一个在这儿发号施令，还有一个让我搬走。你算老几？你这个吝啬的人。"头发又长又翘，都可以当抹布用"，未婚夫小子。

叶甫盖尼 （嘟囔着说）我说什么了？我只是建议。我说他是个骗子，他包里有医疗器具和高锰酸钾。

柳德米拉 他包里有？在你自己口袋里摸摸，找找高锰酸钾！找啊，集体农庄—粪肥—农民，还他那儿有?！我走了，坏蛋。烦透了，我走了。安热莉卡，你呢，帮她们清理拉在床上的粪便吧，我不再干这个了。她们是你的亲奶奶——照顾一下吧，我把工具也交给你了。你想和谁一起，想带着谁都行。装修吧，你干吧——会失败的!!!

叶甫盖尼　我无所谓，只是您要提防。他喝了很多家酿酒。发展部，高加索，卖桂叶的商人，最重要和富有的茨冈人。穿坎肩，戴耳环。

柳德米拉　没注意。我很鄙视您。明白吗?!

叶甫盖尼　我无所谓。我提醒过了。我还要抽烟。（从烟盒里拿了支烟，推开恩格西娜睡着的沙发，走到阳台上）

　　[马克西娜把玩具紧贴着自己，在睡觉。一束光从屋顶闪过，大楼的门砰地响了一下。

柳德米拉　这半大小子，是个长粉刺的乡巴佬吧? 完全没脑子——头上只有军帽的印痕，还自作聪明。脑子似乎不正常。白吃白拿，总抽别人的烟，不停地抽，废物，蠢货，真讨厌。竟然还当指挥员带兵! 到哪儿都带着一帮当兵的，总有一股包脚布的味道。

　　[安热莉卡发出呜咽声。

　　哭吧，傻瓜，哭吧，哭吧，糊涂蛋，哭吧，你们毁了我一辈子，你们完全是神圣的三位一体，一切都拜你们所赐! 一辈子帮奶奶清理床上的粪便，被酒鬼妈妈折磨，为了你这个傻瓜，我打拼了一辈子，教育你——我教出个什么东西?! 我没为自己活过，都在为你们活，讨厌的家伙们，你们吸干了我生命的所有能量! （号啕大哭）

安热莉卡　他想结婚。

柳德米拉　结婚?! 别胡说了! 谁会要你，丑八怪，照照镜子吧! 谁会要你和我们?! 他们会需要我们发霉的墙壁吗! 傻瓜! 是的，他还有一个月就复员了，他不想去农村，去干没用的农活，于是决定套上你，而你呢，傻瓜?! 谢谢! 我要走了。我为什么要住在这里? 她如果未婚先育，我又要养她的私生子。而瓦连京·伊万诺维奇呢，他是个好人，我立刻就看出来了，——让他喝吧，不关你们的事，大家都喝酒。他喝不醉——就是个身体结实的人。也许，丑女人，最好啥也别说了，我要掐死你们，全杀死!!! 谁也不会把我关进监狱，因为我能证明自己无罪: 我当时冲动得无法控制自己，因为你们让我变得无法自制，明白吗?!

[瓦连京回来了，轻轻哼着什么，坐下来。柳德米拉赶快擦干眼泪，安热莉卡也是，两人微笑着不说话。柳德米拉啊呀一声，跑去厨房一趟，拿来饺子放桌上，然后坐下来。大家都沉默着。只听见闹钟嘀嗒的声音，水还在滴着，老鼠在挠出响声，大门砰砰作响，房顶上在铲积雪，有轨电车在行驶，练兵场上乐队在演奏……

[叶甫盖尼回来坐下。

瓦连京 抽太多烟没用，年轻人，最好是喝酒。

叶甫盖尼 噢，是的，谢谢，好的。(笑着说)

柳德米拉 噢，是的，是的。(微笑着说) 吃吧，叶甫盖尼。这样吧，瓦连京·伊万诺维奇，我继续讲述情况。到第八条还是二十八条了? 我们住在兵营旁边的小区——格尼雷耶维谢尔基。周边有几条街道: 偏远街、郊区街、最近街、菜园街、集体农庄街、厩肥街——名字都吓人得很! 我有时候想，最好从兵营里发射这个叫作"冰雹"的导弹，最好射出来把我们一下全都埋了，这样就不用把每个人分别安葬了。就这样——最好一下子！——我们就不存在了。也就是说，埋葬比死亡本身更可怕。还有周围这些个兵痞子。女人夜里头不能从车库旁边走——立刻就会被强奸。有些军人擅离职守，四处闲逛，诱骗少女，她们也在找男人。

瓦连京　谁？姑娘们吗？

叶甫盖尼　（笑着说）两边都在找。双方都是。

柳德米拉　您还是吃东西吧，叶甫盖尼，我们还要再聊会儿。

叶甫盖尼　那你们聊吧。（打了个嗝儿）

瓦连京　（吃饱了，用手绢擦着嘴说）确实，女人在这儿生活很艰难。很难。（站起来看着窗外）您知道吗，真有意思，您看……

柳德米拉　我还看什么，我每天都在看。您往边上一点，水滴到您的秃顶上了……

瓦连京　我现在擦，我有手帕……有意思。一群狗睡在草地上，安静的流浪狗，不袭击人。是的，快看树上：树叶上有水而带点粉色，叶子上的水珠像眼泪。怎样才不闪光呢，它们不懂。

柳德米拉　什么？

瓦连京　我说，往一个人身上浇水后，寒夜里把他赶到街上——他就会死，但这些树确挺立着——没事儿。要知道它们也是活物，像人一样，它们内部也有某种不可理解的东西，就像人出于什么目的而活着一样。是吧？（停顿）这不，我去洗手间就很害怕，简直怕得不得了。我不能忍受旁边没人。就是这种病。唉，现在需要平静很久才行。

柳德米拉 可怜！真可怜！您坐下，喝上一杯。看来您必须要有个伴，瓦连京·伊万诺维奇。我明白——您还不知道邀请我，等等。哎呀，我最好是搬哪儿去呢？一开始住哪儿呢？哪怕先把我当作房客也行，我会付钱的，或是让我当保姆也行。然后——我再自己找住处。

瓦连京 （看着窗外说）轰隆隆的是什么声音？

柳德米拉 这不，突然下冰雹了。一会儿下雪，一会儿下雨，糟透了……

瓦连京 干吗把草杈放在屋子里？

柳德米拉 免得生锈。怎么了？

瓦连京 兵营里每周四不过妇女日吗？好像女的也当兵吧？食堂通常会有吃鱼日，这里也许……

柳德米拉 我不知道，我没当过兵。（停顿）您还没让我们看看，您的包里除了照片还有什么？也许，还有什么有趣的东西呢，对吗？

　　　　［叶甫盖尼在笑。

瓦连京 那就是说，这儿没有妇女日啰？

柳德米拉 您为什么这么问？

瓦连京 随便问问。

柳德米拉 （对安热莉卡说）安热莉卡，别啃手指甲。

安热莉卡 谁啃了？

瓦连京 （在桌旁坐下）我来讲个笑话。

柳德米拉 噢，讲吧！（使劲鼓掌）讲吧，只是别用图片了！我们家禁止这样。是吧，安热莉卡？

瓦连京　（咳嗽了一下说）是这样，有两条虫子爬上一坨，不好意
　　思，粪便。小虫子说："妈妈，这儿阳光明媚，树木葱茏，多
　　美呀，我们留在这儿吧！"大虫子对它说："是的，这儿很美，
　　但我们现在要爬回'粪堆'去，因为我们的国家在那里！"
　　（笑起来）

柳德米拉　（沉默了一会儿说）讲完了？

瓦连京　完了。一个令人发笑的笑话。可以说，我给所有的女士
　　都推荐过这个。这是幽默测试。我的生活伴侣应当有幽默感。
　　您没听懂，是吗？

　　〔叶甫盖尼哈哈大笑着向瓦连京竖大拇指。

柳德米拉　噢，我不知道。我没通过您的测试。这太让我难过了，
　　您懂吗？对比我们的生活，我不觉得好笑。但我对您的幽默
　　予以好评。可以说，这是一个切合实际的幽默，里边有善的
　　因素。

瓦连京　啊？

柳德米拉　我说，您是个好人。我为此感到高兴。也就是说，您
　　是彬彬有礼的人。（整理了一下裙子的背带）而您关于高加索
　　的讲述——简直是一部长篇小说。

　　〔叶甫盖尼在笑。

　　怎么啦？我说得不对吗？

叶甫盖尼　（笑着说）不，是这样。您说的一切都对。

恩格西娜　（突然在毛毯下面大声地唱歌）"我在秋天的树林里喝
　　过桦汁酒！！！和爱唱歌的姑娘夜宿在草垛上……"

　　〔沉默了下来。

柳德米拉 妈妈喝醉了就唱歌。妈妈，你睡醒了吗？上街去吧，去小卖部。（停顿了一下）瞧，我谁也赶不出门去。来了一个人，大家都很感兴趣。（笑着说）奶奶今天满一百岁，这我已经说过了。

叶甫盖尼 一百岁啰！（笑着说）祝您健康！（喝酒，吃菜）

柳德米拉 （停顿了一下）安热莉卡，别啃手指甲。（打着喷嚏说）

安热莉卡 我没啃，你有什么根据说呢。

柳德米拉 噢，是的，不该对你说这个，应该对妈妈说。

恩格西娜 （在床上坐起来，大声唱着）"……爱过的东西——不珍惜！曾经想要的东西——丢失了！我也曾年轻而走运！却不懂得——幸福是什么……"

　　〔恩格西娜化了妆，烫了头发，和马克西娜一样，戴着厚厚的眼镜。马克西娜睡着了，现在还在睡觉，手里握着玩具。

柳德米拉 喝了酒就发酒疯。妈妈，不应该唱歌。（瓦连京微笑着）她病情严重。您请吃吧。为奶奶干杯。为她的百年寿辰干杯。

　　〔大家都干杯了。

　　奶奶，我们为你干杯了，听见了吗？她在睡觉，让她睡吧。

恩格西娜 （大声唱着）"我是鞑靼人，我是鞑靼人，我生来就是鞑靼人！……"

柳德米拉 什么"生来就是鞑靼人"呀？你怎么总是重复唱这句！妈咪呀?！

恩格西娜 （大声唱着，身子从一边晃到另一边）"我是鞑靼人，

我是鞑靼人，我生来就是鞑靼人！我顺从鞑靼人，我顺从鞑靼人，我顺从鞑靼人！！！……"

柳德米拉　妈咪，你已经不在普龙金家了，过来，好吗？最好吃点东西。我女儿是剖腹产生下来的孩子，我们的爸爸像加加林一样……这我已经说过了。喝一杯吧。

〔又喝了一杯。

这么说，您有七个房间。还有什么？

瓦连京　（吃着东西说）那儿很暖和。田野宽阔。（停顿）收成——非常好。那儿的一切都很美。

柳德米拉　（用拳头敲了一下桌子）这我理解！我们这儿夏天的两个月很冷，其他季节就像冬天一样。一会儿下雪，一会儿下冰雹……哎，他们做这一切都为了什么，还有天气等等。我去那儿会多么享受和惬意呀！我要能开始新生活就好了。

恩格西娜　（唱着歌）"你不想回忆往昔……！！！"

柳德米拉　能不能让我和别人聊天呀？！她们就快睡着了。电视里马上要播放电影了。（打着喷嚏）我过敏。我说过了，请原谅。我的姓很普通，瓦连京·伊万诺维奇，罗马什金娜[①]。送生日礼物很简单：送菊花和糖果就行。"一束菊花"或一公斤"菊花"牌巧克力就可以做礼物了。柳德米拉·罗马什金娜。我在说什么呀？稍等一下，我忘记说了！关于幽默的话题！我们是有幽默感的！（笑着说）有人会吃到幸运饺子。我包了块硬币在里面。别被幸福噎着了……这是个玩笑。但有人能得到幸福……噢，我不知道，幸福，是的。也许，有人在

---

①　俄语中"菊花"一词的同根词。

某个地方拥有它。我认为——谁都不幸福。这我已经说过了，是的，再说一次，应该的。这是您的耳环吗？瓦连京·伊万诺维奇……

瓦连京 （笑着说）耳朵上戴的吗？这是一种时尚。我们那儿的人都这样戴，很流行。

柳德米拉 我懂。高加索嘛。我们这儿只在年轻人中间流行。这是不对的！有时候上了年纪的人也应当赶时髦。

瓦连京 我是年轻人，我 40 岁。

柳德米拉 我也 40 岁，我也是年轻人。我这不刚买了条时髦的裙子。它①的眼睛多亮呀，对吧？我已经说过了。（微笑着）这是对的，往耳朵上。我是说戴耳环。（打着喷嚏）是这样，这样吗？我听您的，这样？我明白您的意思了，秃顶，戴耳环……

恩格西娜 （唱歌的同时把两只手向两边大打开）"我不是个悲伤的酒鬼！别让我看着你死去！！！"

叶甫盖尼 （边吃边笑）艾丽娅姥姥确实喝多了！

柳德米拉 叶甫盖尼，您干吗叫她倒满？瞧见了吧？在外人面前多尴尬呀。去小卖部吧，妈妈！别给她倒酒。（转向瓦连京，整理了一下背带，微笑着说）是的，是的，瓦连京·伊万诺维奇，您说呢？

恩格西娜 （大声唱着）"我记得自己曾是可爱的少妇！红军去远征！傍晚，我坐在窗口旁！……"

柳德米拉 （停顿了一下）行了吗？妈妈？可以的话，我们要聊

---

① 指裙子上的老虎。

天了？

恩格西娜　唱完了，可以了。后面的我忘了，忘了。（突然——猛地——倒下睡着了）

叶甫盖尼　（哈哈笑着说）噢，艾丽娅姥姥喝醉了，噢，仿佛被人杀死了一样！

瓦连京　是的。这不，我去了另一个女人那儿。和第一个老婆本来很合适的。和第二个老婆总的来说也还行，我是说，在让我和她一起睡觉的时候。这第二个老婆，每天早上给我准备好干净的衬衫，煎鸡蛋配西红柿，准备早饭、午饭、晚饭。主要是有干净的衬衣穿。我不能忍受没有这个。（微笑着说）这我已经说过了。行了，大家已经忘记了这个。让我们喝一杯吧，我们把过生日的人忘记了。（大声地说）奶奶，我祝您日子越过越好，越来越快乐！列宁的事业长存必胜，对吧？

　　［马克西娜醒了，揉搓着玩具。大家举杯，碰杯，干杯。

柳德米拉　您不是一般人，瓦连京·伊万诺维奇……噢，还有馅饼、沙拉……乖女儿，到厨房来帮我一下。我女儿可以做帮手了！（晃着两条大腿向厨房走去。安热莉卡慢腾腾地跟着）

　　［屋里的人都不说话。水不停地滴到洗脸盆里。

瓦连京　（凑到叶甫盖尼面前小声地说）妈妈的步态类似"我求你了！"是吧？而女儿呢——也想要，但不像妈妈那样吧？（呵呵笑着，用一张大花手帕擤着鼻涕）我建议：女人和你在一起的时候，你要多吃脂肪，一天两杯酸奶油——那就全都能开工——正确！（微笑着）

叶甫盖尼　（突然很严肃）什么？

瓦连京 （挠着鼻子说）我说，根据自己的经验我知道这个，想和年轻一代分享，为了……

叶甫盖尼 什么？

瓦连京 （沉默了一下说）那么，当兵怎样？

叶甫盖尼 （笑着说）一般来讲还行。（用手指把瓦连京招呼到自己跟前，小声说）和她在一起之前，我有两年都没找女人了。你和吉卜赛女人有过吗？

瓦连京 （沉默了一下）没有。

叶甫盖尼 （笑着说）我能抽口烟吗？

瓦连京 抽吧，啊，您抽吧，好吧……

叶甫盖尼 （沉默地看着滴下来的水）不停地滴水，都是因为我……幽默！（哈哈大笑起来）

　　〔安热莉卡和柳德米拉在厨房把家酿酒从坛子倒进玻璃瓶，回来后把瓶子放到桌上，坐下。

瓦连京 是这样，不能离开家。你一走，离开房子，它马上就会倾斜、毁坏、倒塌。房子需要女主人。

叶甫盖尼 （粗鲁地大笑）我吃到幸运饺了！

　　〔往碗里吐出一块五戈比的硬币。

柳德米拉 （使劲鼓掌）祝贺！噢，祝贺！您是一个十分谦虚的人，绝对的，幸福已经降临或即将来临，当然，一定会幸福的！

叶甫盖尼 （微笑着说）非常感谢！太谢谢了！谢谢。一定会的。

恩格西娜 （在毛毯下唱着歌）"菊花躲起来了，芹菜花低着头……"

柳德米拉　（叹了口气说）让她唱吧，就像在听广播。

瓦连京　我现在要说的是什么呢，我要给你们做一个最重要的测试。我想立刻提醒你们的是，我能接受所有做爱的方式，除了一种。

　　　　[沉默了一会儿。

柳德米拉　（微笑着说）您干吗说这个？

瓦连京　嗯，以防万一。没关系的。总之，各种方式，除了一种。

叶甫盖尼　除了哪种？

瓦连京　这我不能告诉您。您年轻不会懂的。这我可不会当着大家的面说。我以后会说。这么讲吧，会在被窝里说。如果有个她，我就对和我做爱的那个她说。我会提醒她。一般来说，我在床上表现很不错，所有人都这么说我。

叶甫盖尼　什么方式？

瓦连京　不，我不能说。

叶甫盖尼　哪种方式？

瓦连京　我反正不说。

叶甫盖尼　哪种？

瓦连京　女人可能知道这个。您不可能知道，我会告诉她，她是成年人，而您——不能告诉。

叶甫盖尼　什么样的？

柳德米拉　叶甫盖尼，有人在等您，吃吧，抽吧，然后去玩儿吧。

叶甫盖尼　喂，说吧，什么方式？您都做测试了，快说吧！喂？

柳德米拉　得了吧，他是不会罢休的。说吧，既然他好奇，也许他是个好人。好啦，到底怎么回事？我也有毛病，我会打人。

207

瓦连京　做爱的时候？

柳德米拉　在生活中。

瓦连京　哦，这是另一回事。而我是在做爱的时候。

叶甫盖尼　噢，是吗？他们不想和我们聊这事。我们离开这儿吧，安热洛奇卡。

瓦连京　站住！当兵的，站住！好吧，我把您想听的说完。是的，我在床上很温柔，喜欢拥抱。但我——不接吻。告诉你们的就是这个秘密。既然您这么想知道这个。我不接吻，就是这样。做爱时我不接受这种方式，就这样。

柳德米拉　（沉默了一下，笑着说）您真是个浪漫的人，瓦连京·伊万诺维奇，真是个好人……

叶甫盖尼　得了吧，胡说呢。（微笑着）走吧，安热洛奇卡。大家再见，吻你们。

　　〔安热莉卡和叶甫盖尼站起来，向过道走去，从那里穿过堆满家具的房间，在盒子和手提箱组成的迷宫中穿行。

柳德米拉　看见了吧？现在他就炝蹶子。以后会怎样，瓦连京·伊万诺维奇，如果他们结婚的话？我会死的。我在这种不理解的氛围中喘不过气来。（打着喷嚏说）我还过敏。他们整夜都在做爱，吵死了。请原谅，先生。多么仓促呀，就像春天开始一样。滴水，老鼠，双尾虫，蚊子，辐射，当兵的，黏土，浴室，门框，病情加重，有轨电车，售票处，妈妈和奶奶，女儿和这个人……糟糕透了！（哭着说）

　　〔柳德米拉和瓦连京坐在桌旁，小声说着话。马克西娜在捏玩具玩儿，玩具发出吱吱的响声。安热莉卡和叶甫盖尼在对面的房间里，坐在窗户边的箱子上。那个房间也有阳台。

叶甫盖尼　（大声嗑着瓜子，不断地把壳吐到手心里）这一伙人：三姊妹和万尼亚舅舅①。太可笑了，笑死我了。有谁会想去吻这个秃头呀，接吻，他做梦吧，这个鞑靼人和母马的丑杂种。告诉你妈妈他的情况吧，要不她会受伤的，以后再后悔就晚了……他想住在这里。他没有房子，他待在这里是因为厌倦了四处漂泊。

安热莉卡　是吗？

叶甫盖尼　他就是想住下来。他的照片是塑封的，就像广告代理人展示自己的商品，不付钱就不能碰，只能看和欣赏。然后你就会购买——但商品是变质的。（笑着说）她为什么发脾气呢？

安热莉卡　我不知道。

叶甫盖尼　我不知道。

　　　　〔沉默了下来。

　　　　我似乎应对她的事情承担责任。（笑着说）

安热莉卡　你马上走吗？

叶甫盖尼　你烦我了？还是在等人？

安热莉卡　我等谁呀？我谁也不等。只是——有人在等你，对吧。

叶甫盖尼　你像你妈妈一样，都说有人在等我。（从耳朵上取下烟，抽起来）那么，你没和她说过？

安热莉卡　说了，干吗——你认真的，你想搬来住……还想要什么？

———————
　　① 《三姊妹》和《万尼亚舅舅》为契诃夫的戏剧作品。

叶甫盖尼 不要什么了，是的，我是认真的，我想搬来住。但不是像这个流浪汉一样，因为我们之间有爱情。我爱你，亲爱的，我亲爱的。

安热莉卡 你行了吧。

叶甫盖尼 什么？

安热莉卡 没什么。

叶甫盖尼 你不相信吗？亲爱的，我亲爱的。

安热莉卡 都说一百遍了。我相信。如果她离开，你服完兵役，就搬来呗。

叶甫盖尼 那她会去哪里呢？他可是个骗子。

安热莉卡 我反正无所谓。一切都烦透了。（望着窗外说）

叶甫盖尼 别忧伤，亲爱的。没事的。（笑着说）我们会修好房顶的，我认识一个准尉，能从部队弄来石棉瓦。我们把她们这些嫁妆都扔了吧，已经烂了，还有臭味，没事的。老太太们还一直等着出嫁，是吗？（笑着说）我们要好好过日子。告诉我，我是你"亲爱的"，是你亲爱的，说不说？

安热莉卡 你为什么总是笑？

叶甫盖尼 没啥，我高兴。一切都好，很好，所以就笑了。

安热莉卡 （沉默了一下）妈妈有个熟人去了美国，给美国人当保姆。美国人在这儿工作过，就带她走了。她去美国两年了，没回来露过面。走运的人啊！这不，两个谢尔盖也要去美国了，也是幸运的人。

叶甫盖尼 我们干吗要去美国？我们在这儿也可以制造美国。我们在阳台上种花，药死老鼠，修理好该修的一切，给你一个——美国!

安热莉卡　我要是能离开去那儿就好了。去高加索或美国的任何地方，好不好？

叶甫盖尼　你何必这样呢？

安热莉卡　没啥。真希望能离开呀，就是这样。

叶甫盖尼　唉，你又在抱怨了。干吗呀？

　　　〔安热莉卡看着地板，抽着鼻子。叶甫盖尼跟随她的目光，看见自己衣服上的带子在鞋的上方摆动。

安热莉卡　（微笑着说）这是什么小白绳呀？

叶甫盖尼　（笑着说）这是内裤。你没见过我穿内裤的样子吧？

安热莉卡　见过不穿内裤的样子，没见过穿内裤的样子。你总是忙来忙去的。

叶甫盖尼　很快就慢慢的了！（笑着说）不定什么时候部队就会实行穿内裤，这些内裤不性感，有背带。

安热莉卡　啊？

叶甫盖尼　我说不性感。我说，男人应当性感，懂吗？

安热莉卡　（望着窗外）当然。

叶甫盖尼　内裤，是的。比如，作为"复员军人"的我，或许穿内裤，而作为"年轻人"的我，就穿衬裤。穿衬裤更暖和些。成为"老兵"很好，一般来说很好。目前我穿衬裤。"勺子兵"①也穿内裤。据说，夏天会给所有人发内裤，这是给部队的命令，要求所有人冬夏都穿内裤。无论"新兵""勺子兵"还是"老兵"都穿内裤，只能穿内裤。

---

①　入伍一年到一年半的兵。

安热莉卡 听着，你为什么不停地讲这个内裤啊？没得可说了吗？

叶甫盖尼 那说什么？你来说吧，既然对内裤不感兴趣，我也一样。

安热莉卡 喂，能不说内裤了吗？最好说点什么好听的。（看着窗外）我小时候总是想，炉子里冒出来的烟是云彩。所有房子的窗户为什么都像十字架呢？窗框像十字架，对吧？

叶甫盖尼 是吗？（爬过去接吻）你到底多大？我一直没问，啊？

安热莉卡 （转过脸去）一百岁，像太奶奶一样大。滚吧，你该走了。总是问同样的问题。喂，是走还是留，还是聊点什么。

叶甫盖尼 聊什么？

安热莉卡 随便什么。说说你以前的生活吧，还有将来的生活。你说说，我们将来怎么过日子，以后做什么。噢，真痛苦！

叶甫盖尼 有什么痛苦的呀？你为什么总是说"痛苦"呀！你最好说一下：在我之前你是不是有很多男朋友？

安热莉卡 （转过身，看着叶甫盖尼的眼睛说）又来这一套？我告诉过你：一个都没有。你是我第一个男人，你自己知道的。

叶甫盖尼 我哪知道我是不是你第一个男人？一上床就开始做爱。（笑着说）

安热莉卡 你怎么这样！你说过：在女人的问题上你是经验丰富的专家，你是能手，你有过很多女人。你撒谎了吗？

叶甫盖尼 哪有很多。只有过一个，也是当兵的。看，我对你多诚实。有个阿姨在我们那儿的厨房工作，中年妇女。她住在这儿某个地方，我们夜里值勤的时候就去厨房，她和所有人都做爱。瞧，我老实吧。

安热莉卡 那后来呢？

叶甫盖尼　（笑着说）好，继续。她和所有男人睡觉，睡起来后穿
　　　戴整齐，一边化妆一边说："谢谢，小伙子们，谢谢！"唉，
　　　难道在这城里没人满足她吗？只有当兵的要她。

安热莉卡　原来是这样。你也和她睡了？

叶甫盖尼　一次。后来就总和你在一起。怎么啦？我说真的——
　　　就一次，后来是因为身体需要，不是认真的——两次。

安热莉卡　身体需要？

叶甫盖尼　身体需要。（停顿）在我之前你也这样做过吗？

安热莉卡　你走，走不走啊？身体需要。连厨房的老太婆都睡。
　　　你是我第一个男人，现在……你不看见了吗？床单上有血，
　　　难道我是故意弄的吗？

叶甫盖尼　（笑着说）我哪知道床单上为什么会有血呢？

安热莉卡　得了吧，随便问个人都知道。行了，走吧。

叶甫盖尼　你怎么回事？吃醋了吗？喂，你今天怎么发脾气了？

安热莉卡　走吧，我累了，"发脾气了"。

叶甫盖尼　我们不玩了吗？让我们关上门快速玩一下，行吗？

安热莉卡　还是别了，下次吧。我来"月经"了。

叶甫盖尼　这是怎么回事？

安热莉卡　你不知道？唉，随便问个人都知道，我不是你的医科
　　　学校。你这个没良心的。多会说话呀，看见了吗？说是没见
　　　过带血的床单，没良心的。自己却和老太婆睡觉。（哭起来）
　　　我看够了这周围住的姑娘们。就是这样被人欺骗的，（话中有
　　　口误）然后又被抛弃。

叶甫盖尼　我是认真的。你在白白担心……我们会结婚的，会的。

　　　［士兵们在阳台上清理积雪，一个当兵的往窗户里张望，
用手指拍着嘴唇。

安热莉卡　他要干吗？

叶甫盖尼　想要抽烟。没有！（站起来，拉上窗帘）来吧，很快，
行吗？

安热莉卡　我说过了——我不能！走吧，部队有人在等你。

叶甫盖尼　你是个很棒的女孩。当你不高兴的时候，嘴唇绷着很
性感，我都有生理反应了……（解开裤子）我快点，行吗？
来吧，把衣服脱了，好吗？喂，我都表明了要做爱，你没明
白吗？

安热莉卡　我不想做。走吧，行吗？喂，走吧，走吧。什么都要
享受，吃了，喝了，现在还要陪他快速做爱。请便，走吧。

叶甫盖尼　（沉默了一下）你为什么对我这么残忍，亲爱的？（把
裤子扣好）那好吧，我走。只是你们要催这个人走。你妈妈
也是个滑头，她能看清所有人……

安热莉卡　她能看清。走吧。

叶甫盖尼　我走。（停顿）今天我的同事们在出入检查口值班，我
留了一套"便装"在他们那儿，我把它拿到你这儿来，这儿
反正也有很多破烂，就放在这儿，行吗？我很快跑一趟，拿
来放这儿行吗？喂，你别再认为我是个不专一的人或会找别
的姑娘了。不，不会的。爱你一辈子，亲爱的。我带"便装"
来，免得巡逻队知道我擅自外出，好吗？否则在"军需仓库"
里被找到，会责难我的。亲爱的！我梦想能很快脱下这身破
烂，和你在街上散散步，让我们一切都好，行吗？这儿这么

多东西，多我一个小包不影响的。行吗？为了开始，这样说，行吗？

安热莉卡　开始什么？

叶甫盖尼　噢，开始我们共同的生活。

安热莉卡　好吧，拿来吧，你还说什么呢？拿来吧。噢，真痛苦！

叶甫盖尼　什么，什么呀？！听着，我这个人可没有未经许可就搬东西来，问过了才会拿来的。还有我的内裤，顺便说一下。

安热莉卡　又怎么了？

叶甫盖尼　喂，你说过，我穿内裤的时候，你感觉很好。对我来说，女士的愿望就是法律！（笑着说）

安热莉卡　（叹了口气说）又发笑。你应该经常刷牙，既然这么爱笑，你的牙不干净。

叶甫盖尼　知道了。当然会刷牙，亲爱的，会经常刷的，亲爱的。我有牙刷在包里。内裤、牙刷和"便装"。

安热莉卡　把你的内裤拿来吧。

叶甫盖尼　我走了。到那儿去一趟就回来，很快。我"擅自外出"，就寝前必须回兵营，有晚检查。

安热莉卡　走吧。我很累了，马上要躺下睡觉。

叶甫盖尼　是的，是的，你来"月经"了。原谅我，亲爱的，还有一个问题，行吗？我的战友们要瓶酒庆祝节日，你给我倒一点，好吗？只是别让你妈妈知道，行吗，亲爱的？他们嘴上总说羡慕我在城里有个姑娘。有房子，是个好姑娘！你能倒点酒吗？

安热莉卡　我会倒的。走吧！你回来就给你。走吧，行吗？

215

叶甫盖尼 我很快！亲爱的！（来到过道，穿上军大衣和靴子）我就不吻你了，既然你来"月经"了，是的。

　　　　［握住安热莉卡的手晃了几下。叶甫盖尼走了。安热莉卡站在门口没说话。

安热莉卡 （低声说着）你真讨厌：又是亲爱的，又是太阳，自己却是个废物……（走进放着杂物的房间，从床底下拿出望远镜，望着浴室的方向）

　　　　［柳德米拉和瓦连京坐在桌旁没说话。

柳德米拉 （擦着眼泪说）……我们居民区周围这些小木房是吉卜赛人居住的地方。吉卜赛人不住设备完善的房屋，只住这种小木屋，因为他们讲话大声，隔壁能听见。是的，他们就住在这里，形成了一个犯罪团伙。我认为，他们贩卖武器。吉卜赛人还贩毒和贩卖家酿酒。怎么住啊？瓦连京·伊万诺维奇。请原谅，我总是抱怨。我希望能与什么人说好，离开这儿去另一个世界。我要走了，我是要进棺材了吗？安静点，行了，奶奶，妈妈也别出声了！她们在睡觉，我忘了。瓦连京·伊万诺维奇，给个建议，行吗？

瓦连京 说什么呢？问题在我，有这种病。就是说，我需要我的女人总是和我在一起。我因为这病还住过院。说得不好听——住过精神病院。

柳德米拉 （微笑着说）那又怎样？现在周围全是精神病，应该把大家都送进精神病院。

瓦连京 反正都一样，我是有缺陷的，是吧。

柳德米拉 唉，瓦连京·伊万诺维奇，别这么说。您是个健康的美男子，所有女士都会因爱慕您而痛苦，您还说这种话。

瓦连京 在医院里我见得多了。他们会给所有病人打针，让病人睡觉。他们全都乱伦，类似鸡奸，无法无天。

柳德米拉 真可怜，您吃尽了苦头吧？

瓦连京 别提了。我很怕死。您知道吗？我想，如果我们死亡的日子能确定该多好啊……

柳德米拉 （微笑着说）您在说什么奇怪的事情呀，瓦连京·伊万诺维奇……

瓦连京 不，我是认真的。是的，为了让我们知道：噢，明天——反正就死了。这比如，我出生以后，我妈妈住在产院时和其他女士聊天说："是的，我很幸运，我儿子能活到80岁，您的儿子呢？""我儿子很快会死，20岁就会死。""唉，这不好，但有什么办法呢？"她们谈论着，谁也不认为这不好，这很正常，应当这样，不应当那样，她们就这样生活，等着自己的死期，平静地等待着，准备着，谁也不去想死亡会提前来临。发给你一本护照——上面写着，什么时候会死去。

柳德米拉 （微笑着说）您真是个浪漫的人，不平凡的人。瓦连京·伊万诺维奇，我一生从未遇见过您这样的人……

　　[大家都沉默着。瓦连京摸了一下柳德米拉的手。她看着他的眼睛，微笑着。水不断地滴在洗脸盆里。喧闹，吱吱声：一会儿在屋顶上，一会儿在地板下。士兵们从屋顶往下扫雪，有个士兵爬上阳台，用铲子清理着积雪，他望着瓦连京和柳德米拉。

士兵 （叫喊着说）可以给支烟抽吗？

柳德米拉　这儿住的是不吸烟的运动员！（把小气窗砰地关上，拉上窗帘）倒真想给您一支烟抽。一串串地挂在树上，像一群猫和牲口。

瓦连京　如果您允许——我去一下卫生间……

　　〔柳德米拉坐在桌旁，瓦连京走进过道，安热莉卡从另一个房间出来，在过道里碰上瓦连京。两人不说话，对视着。瓦连京突然哼了一下，把安热莉卡挤到墙边，把手伸到安热莉卡的半截裙里，抱住她亲吻。安热莉卡咯咯笑着，啊呀地叫着，但不反抗。

　　〔柳德米拉收拾好桌上的餐具往厨房去，看见了瓦连京和安热莉卡。

　　〔沉默了一下。

　　〔柳德米拉把餐具扔到地板上，转身回到房间，拿起瓦连京的皮包，在包里翻寻。瓦连京和安热莉卡跑进房间。

柳德米拉　你的高锰酸钾在哪儿？

瓦连京　什么？

柳德米拉　高锰酸钾在哪儿？在哪儿？医疗器具在哪儿？

瓦连京　什么器具？等一下，我来解释！

　　〔柳德米拉拉开窗帘，推开上面睡着恩格西娜的沙发，走到阳台上，打开皮包，把里边的东西往树上抖落。从皮包里掉出内裤和袜子，挂在窗边折断的白桦树枝上。

柳德米拉　（低声说着）去你的日本警察，（骂人话）去你妈的！他奶奶的！！！让我无法忍受，为什么都来折磨我？！就是的，就是的，我都说过了！

安热莉卡　（喊着说）妈妈，别打我！奶奶们，快起来，妈妈又开
　　始了！都怪他，他！

瓦连京　（梳着头说）这是您自己的错，不是吗？她想要这种做爱
　　的方式，您干什么呀，那是我的内裤、袜子、发展部的文件、
　　新闻稿……

　　　　〔柳德米拉拿起吸尘器，打开开关，开始吸墙上的蚊子。
　　然后又扔下吸尘器，毫不顾忌地脱掉裙子，穿上睡袍，走进
　　浴室，开始卸妆。老太太们还在睡觉。

柳德米拉　所有的肥皂都被老鼠吃掉了。没有可以用来洗脸的东
　　西了……

安热莉卡　怪他，这与我毫无关系！

柳德米拉　（跑进房间，奔到阳台上，喊着说）这儿住着个荡妇，
　　大家到这儿来，快来呀！

瓦连京　（抓着她的手，把她从阳台往房间里拉）您会感冒的，那
　　是些当兵的，别打扰他们，他们在值勤……

柳德米拉　大家伙快来呀！！！这儿住着个荡妇！

安热莉卡　妈妈，别打我！

柳德米拉　我就离开了他一秒钟，他呢？她呢？就和她紧紧地长
　　吻，是吧？变成这样一个荡妇了，啊，妈妈，老太太，快看
　　呀，怎么教育她的，什么呀，为什么，嗬？长成个啥样的小
　　荡妇了，啊？！

　　　　〔马克西娜和恩格西娜在睡觉。

安热莉卡　我没过错，是他，别打我！

柳德米拉　女儿，我看，你每天不挨打，就像没有蜜糖饼一样过

不了……我原来想要他的，我想和他在一起的……

瓦连京 我只是吻了她一下而已。我明白您的心意，就亲了她一下，像父亲亲女儿那样。就是这样，亲未来的女儿。那我和您怎样商量的？去高加索，是吗？当着您妈妈、奶奶和女儿的面，我向您正式求婚……请考虑一下，我还是在发展部工作……

柳德米拉 够了，发展部，还在说废话，发展完了吧！我真傻！我每天在售票处看见一群一群像他这样的人，我都能辨别出来，怎么会迷恋他呢？我为什么要给他吃的？他吃了多少东西啊？为什么？为什么？为什么？！

瓦连京 听着，柳达①，坐下，我们平静地谈谈，讨论一下……

柳德米拉 柳达？！我现在就让你看看柳达，瓦利亚②！我现在就让你见识一下这个柳达，你会记住一辈子的，我——柳德米拉·彼得罗芙娜，我姓罗马什金娜！（端起一个有水的洗脸盆，把水倒在瓦连京身上）

〔瓦连京拼命大喊，安热莉卡也在叫。他们躲到放家具那个房间的门背后，在门背后大叫着。门铃响了，柳德米拉急忙去开门。叶甫盖尼站在门槛，上气不接下气。

叶甫盖尼 （笑着说）对不起，我找安热莉卡。我把"便装"带来了。这是个小皮包。安热莉卡同意的。

安热莉卡 （在门背后说）我同意的，是的，妈妈，我同意的，你别打他，妈妈，平静点，叶甫盖尼，快跑，她会杀人的！！！

---

① 柳德米拉的小称。
② 瓦连京的小称。

柳德米拉 她允许你的？听着，拎公文包的人都是坐办公室的吗？你包里也有高锰酸钾吗？有吗？你总笑是吗？现在我要笑了！听着，我要给你讲个关于"小红帽"的故事，她长大后比大灰狼还坏，成了个没出息的！会一口气把所有人都咯吱咯吱嚼着吃了。

叶甫盖尼 （笑着说）很好，我明白故事了，我把"便装"带来了……

柳德米拉 听明白故事了吗？喂，笑吧，我继续讲……

安热莉卡 （在门背后说）热涅奇卡，热申奇克①，快离开那儿，到这儿来，她会杀人的……

　　　［安热莉卡赶紧跑进过道，推开柳德米拉，把叶甫盖尼扯进房间，三人一起把着门。

柳德米拉 （尖叫着用脚踹门）热申奇克，继续听故事呀：她23岁，不是18岁，14岁就开始寻欢作乐，最后一次被我当场抓住她和我最后一任丈夫乱搞！她是个荡妇——整个儿一荡妇，没底线，没人性！明白吗?！就是这样当场抓住她刚才和这个说不接受某种做爱方式的人在乱搞！撒谎！他接受的！他还实际运用！

叶甫盖尼 到底怎么回事？

柳德米拉 前天，我最后一任丈夫到这儿来打了一架！只为留作纪念！热申奇克，你现在要勇敢点！

安热莉卡 闭嘴吧，别让昨天吃进胃里的食物变冷！

柳德米拉 听到了吗，一个女中学生怎么会这样？热申奇克，我刚刚抓住他们了——他们尝试了禁止的做爱方式！明白吗？

---

　　① 热涅奇卡、热申奇克，均为叶甫盖尼的小名。

瓦连京 （喊着说）是您自己造成的！就是这样！

叶甫盖尼 （打开门，走进过道）谁和谁接吻？谁，怎么接吻的？

柳德米拉 就是这样！就是这样！她和这个人紧紧地长吻！

叶甫盖尼 和谁？

柳德米拉 和这个老色鬼，这个戴耳环的、被施魔法才变成的人！

安热莉卡 热申奇克，有只小老鼠从这儿跑过去，我只不过躲到他后面，偎偎着他，因为害怕，因为……

柳德米拉 小老鼠?！不，是大老鼠，我们这儿有鼠尾蛆①、双尾虫和毒蛇！

叶甫盖尼 亲爱的，这不是真的？

柳德米拉 是真的！因为写的是"利物浦"，而读作"曼彻斯特"②！

安热莉卡 你干吗大喊大叫，不丢人吗？

柳德米拉 你怎么能这样对妈妈说话?！你忘了，我能一拳撂倒一头牛吗?！喂，现在——仔细瞧着！我发怒了。操练也对抗不了俄罗斯的铁钎子！行了，谁想搬到这儿来住，他们现在就得死！死人是不出汗的！！！匣子里的两个人，在我看来都一样：我告诉过你们，我在生活中只用一种方法——打架，杀死所有人?！听到了吗？当心，来了，我要杀了你们！！！（抓住叶甫盖尼的头发，往过道里拖）

---

① "大老鼠"（крыса）和"鼠尾蛆"（крыска）是形近词；"крыска"还有"雏妓"的意思。

② 英语单词书写与发音之间不对应，相同的书写往往发音不同，比如，cough，enough，though，through。因此出现了"写的是'利物浦'，而读作'曼彻斯特'"这一俗语。

［叶甫盖尼拼命大喊。

我要一个个地杀死你们!!! 我要杀死你们!!! 全都杀死!

［安热莉卡在门背后尖叫, 瓦连京也在叫。他们把叶甫盖尼拽过来, 拖到自己身边, 抵住门。

(柳德米拉用脚踹门) 打开, 我要把你们都杀死!

叶甫盖尼 她殴打士兵! 她殴打俄罗斯士兵! 她向即将"复员的军人"动手! 我现在要把连队的人叫来! 这是真的吗? 安吉拉①!

安热莉卡 (哭着喊着说) 他像亲女儿一样亲了我一下!

瓦连京 (在门背后说) 我像亲女儿一样亲了她一下!

柳德米拉 明白了吗? 红军战士。他本打算在我眼皮子底下和我女儿做爱。好啊, 真的吗!!! (跑进房间, 抓起草杈, 冲进过道, 使劲扎门。然后又冲回房间, 抓起土豆和种着秧苗的罐子, 扔向叶甫盖尼和瓦连京, 这两人半打开门想说什么)

［入口处的门打开了, 门边站着两个宽肩膀的高个子青年, 穿着皮衣和皮裤, 戴着墨镜, 微笑着。一人手中拿着小箱子, 另一人手里提着一个录音机。

谢尔盖甲 你们好, 死鬼们。你们在打仗吗? 还在像以前一样举行宴会吗? 我们要走了。

谢尔盖乙 噢, 你们好, 先生们! 我们要离开你们了。再见, 孩子们! 把桌子搬到这儿来, 放到过道里。让我们庆祝服役结束!

---

① 安热莉卡的大名。

谢尔盖甲　快点结束打架吧，我们时间很紧！我们还需要整理一下，做做准备！因此，让我们像一般人那样告别，快点！

（哈哈大笑）

谢尔盖乙　好吧，再见，老乡们，俄罗斯人民！我们走了，走了！快点，你们还等什么？把桌子搬到这儿来，快，喂?!

谢尔盖甲　噢，妈妈！美国，去坐牢，真令人发狂！我们带来了很多食品，吃的，喝的，凉菜等。我们走了，死鬼们!!!

　　　〔他们哈哈笑着。谢尔盖甲打开录音机，音乐大声响起来。谢尔盖乙打开一瓶香槟，软木塞冲到天花板上。他们从小箱子里往过道的地板上倒出一些纸盒、纸包和彩色包装的食物，摆出几瓶昂贵的葡萄酒和伏特加。

　　　〔柳德米拉手拿草权呆住了。安热莉卡、叶甫盖尼和瓦连京都往门外看。恩格西娜醒了，把电视机声音开到最大，大声唱着"圣巴巴拉"。马克西娜在用手揉搓玩具，玩具吱吱作响。

恩格西娜　（一边看电视一边唱歌）"伙伴们，重要的是不要让心变老！我们创作了歌曲——就要把它唱完!!!"

　　　〔水不断地从天花板滴到洗脸盆里。柳德米拉坐到椅子上，哭着。音乐大声响着，小伙子们跳着舞，在房间里来回转，把东西扔到箱子里。

　　　〔光暗了下来。

第二幕

夜深了，周围安静了下来。人们喝多了，酩酊大醉，嚷嚷够了——整栋楼都平静了下来。只有狗在嚎叫。士兵们在浴室里用海绵擦身子，他们一边洗澡，一边笑着在浴室里跑来跑去。房里的天花板不再滴水。老鼠不知为什么也不出来了，很安静。

柳德米拉坐在沙发上，抚摸着安睡的恩格西娜，望着窗外，擦着眼泪。马克西娜没有睡觉，用手挤压玩具，眼睛睁得大大地望着暗处，喃喃地小声说着什么。瓦连京在厨房的折叠床上睡觉——那儿很黑。通往过道的所有房间都开着门，包括原来房客住的那个房间。能看见仓促出行的痕迹：纸和彩色纸袋乱扔在地板上。只有过道的灯亮着，照着从房间里拖出来的桌子。桌上是吃剩的宴席和用过的餐具。桌子四周是散乱的椅子和空瓶子。

安热莉卡和叶甫盖尼在放着杂物的房间里，两人坐在箱子上，没开灯。地板上放着一瓶家酿酒和一盘食物。

安热莉卡 （微笑地望着黑漆漆的窗外说）这俩小伙子人不错。真舍不得他们走。我和他们聊过天，一起在厨房和大门口抽过

烟。他们是很逗笑的人。走了，去美国了！为什么呢？他们
会在那儿跳舞，挣美元，将在那儿生活。

叶甫盖尼　你也抽烟吗？噢，是的！

安热莉卡　我也抽烟。对你来说有什么区别呢？你该回自己的连
队去了。（倒满一杯酒喝着）

叶甫盖尼　等一下。让我们重新开始吧，从头。

安热莉卡　（哈哈大笑说）是吗？我会要你？像你这种没用的东
西——我们一定能找到。

叶甫盖尼　哎，你怎么说话的。我满怀爱意来找你，而你呢？

安热莉卡　（望着窗外说）多好的人哪，两个谢尔盖，都戴耳环。
我问他："谢尔盖，你为什么戴一只圈圈？"他瞪着一双可怕
的眼睛，笑着说："我戴的不是圈圈，是耳环！为了向我的朋
友谢廖什卡表示尊敬，我就戴一只耳环！因为我的朋友谢廖
什卡死了，如果谁再说一句不好的话——就让他去天上见谢
廖什卡，就这样！"（说完哈哈大笑）但他总是很担心，他们
房间的窗户不朝军用浴室的方向开！这两人很逗乐。真舍不
得。美国，是的。多好的人啊，对吧？

叶甫盖尼　他们是同性恋。同性恋在各处都能挣大钱。全是"同
性恋"黑手党，我知道，电视里讲过很多次——黑手党。应
该惩治他们。我曾想立刻打他们的脸，后来改了主意，罢
了——我想。

安热莉卡　（叹了口气说）你真傻，真是个傻瓜！为什么世上会有
这种傻瓜？还是个懦夫。你把他们带来的东西都吃了，喝了，
现在害怕了……你和他们搂着坐，喝酒告别，聊天，问他们

谁更好些——女人还是男人，现在突然——怎么这样？你还

是人吗？（笑着说）

叶甫盖尼　我和他们说话，是因为我想打听来着。

安热莉卡　打听什么？

叶甫盖尼　也许，他们是资本家的走狗。他们是美国间谍，想把

　　我们兵营的秘密、军人的秘密和我们导弹装置的秘密带去美

　　国，懂吗？

安热莉卡　（笑着说）是吗？谁会要你的导弹装置？难道用来擦屁

　　股吗？

叶甫盖尼　需要！他们需要！我也不会告诉你的。你也可能是间

　　谍，就是的！是派来的情报员，对吧？当然！

安热莉卡　你这个胆小鬼。你就会背地里胡说八道。

叶甫盖尼　谁——我？我吗？

安热莉卡　就是你。你是豺狼和兔子的杂种。

叶甫盖尼　一会儿我再认真地和你谈这个话题。

安热莉卡　谈吧，嗯哼。你以为我怕你吗？才不。我见过不少你

　　这样的，热申奇克，你不配。

叶甫盖尼　你喝醉了。

安热莉卡　我是喝醉了，但我明白。你是指：我是妈妈的女儿，

　　我整个儿都是她的，我的基因来自她，因此——我就走背运，

　　性格难以相处，小心点！（笑着说）

叶甫盖尼　你干吗总笑？

安热莉卡　就是要让你问。

叶甫盖尼　你笑什么，我说？！

安热莉卡 笑什么？因为我们这儿有很多怪事，每个傻瓜都是贝多芬。

叶甫盖尼 回答呀，我说过了？！

安热莉卡 （笑着说）"我什么都不知道，我只是个清洁工！"

叶甫盖尼 （沉默了一下说）你母亲她是个傻瓜，你懂吗？十足的蠢货！

安热莉卡 你再说我妈妈的坏话，我就拧断你的脖子。我提出第一次警告。你不了解我妈妈，也不可能知道我们生活中的任何情况，也不会知道我们所发生的一切，因此，闭嘴，热申奇克。

叶甫盖尼 她在打你呀。

安热莉卡 让她打吧。她有这个权利。（一边抽烟一边喝酒，从床底下拿出望远镜，看着浴室的方向）

叶甫盖尼 （带着醉意地摇头，用拳头敲打着膝盖说）你在干什么？

安热莉卡 我可是间谍呀。我在窥探军事秘密，他们全都在浴室里——马上就能看见，全都一丝不挂！（哈哈大笑）怎么啦，没事儿，你看，有点秘密的东西，令人好奇的、感兴趣的东西，噢，这个不错，是吧？这是格鲁吉亚人，对吗？这个人像"导弹"！有个新来的，我不知道他……喂，你看看，告诉我，他叫什么名字，也许——你知道他呢？应当诱惑他一下，是吧？（笑着说）哎，你这个没出息的，在用手抚摸阴茎！（用望远镜看着，笑得要死）喏，给你，看看吧，你不想看吗？

叶甫盖尼 你自己看吧。

安热莉卡　我在看啊。每天傍晚都看，就像上班一样。

叶甫盖尼　你在暗中监视受害者吗？女特务。

安热莉卡　是的。我在监视受害者。（笑着说）

叶甫盖尼　够了，快停下！

安热莉卡　马上，为了你，油渣①，我尽力了。

叶甫盖尼　你不害臊吗？

安热莉卡　别为我操心。（笑着说）

叶甫盖尼　不要脸。我们交往的时候，你是怎么隐藏的。原来：她和这个人——紧紧地长吻，又往浴室那儿看，还和美国间谍、和同性恋交朋友，她知道他们所有的事，却不说出来，不告诉妈妈。

安热莉卡　（哈哈大笑着说）我可是情报人员，你自己说的。这不就隐藏了嘛。再说——你要的是纯洁的乡村爱情："什么？""没什么。""亲爱的，我亲爱的！"这你也得到了。

叶甫盖尼　没良心的。就知道站那儿看。

安热莉卡　我没良心。我就站着看。你为什么不想看，我不明白？走吧，闭嘴。我就不停地看，让谁不安了吗？

叶甫盖尼　你为什么要看？不行，你给我解释一下，为什么要往那儿看？不要脸的。

安热莉卡　我喜欢往他们所有人身上看，热申奇克。很美，像美景一样。（笑着说）很多小伙子，都很快乐，全都在笑，光着身子全都一样：城里的，乡下的，全是你的伙伴，"勺子兵""复员军人""新兵"。他们全都一样！都将离开部队，各

---

①　渣男。

自回家，结婚。而他们的妻子不会知道，他们赤条条的样子我全都见过，我知道他们最重要的军事秘密，你懂吗？想不到每半年就有新兵运来。最好哪次能运点质量好的来，要不全是随便召集来的废物，送到兵营里。

叶甫盖尼　什么样的苍蝇会往粪便上飞？只有粪蝇！

安热莉卡　你就是一只粪虫。

叶甫盖尼　看你还说。

安热莉卡　（沉默了一会儿，看着叶甫盖尼说）听着，即将复员的战士，你哪怕问一次：我是谁，我要什么，我如何迷恋这套发霉的房子也行啊——只会说"亲爱的，我亲爱的！"听着，比如，在你们农村有没有开始使用电呀？

叶甫盖尼　你还嘲笑我。

安热莉卡　嘲笑。你从哪部美国电影里学到的这个词啊？关于我——"你亲爱的"的情况，你知道些什么？

叶甫盖尼　我和你说心里话，不是因为住房，是因为你人好。

安热莉卡　我吗？我人好。呸！——怎么会呢！（笑着说）

叶甫盖尼　好啦，我完全原谅你。我们扔了望远镜吧。这个人一睡醒就赶他走。我们来住，怎么样？亲爱的，我亲爱的，想象一下我们将来的生活会多好呀，是吧？来吧，好吗？

安热莉卡　我会抽烟呢。

叶甫盖尼　那又怎样。戒掉它。你又没上瘾。

安热莉卡　我爱喝酒。

叶甫盖尼　这也是小事。你不会再喝的。

安热莉卡　我爱玩。喜欢玩。

叶甫盖尼　你不会再喜欢的。

安热莉卡　不，最好是不抽烟也不喝酒。（笑着说）喂，听着。我在大门口对大家干过坏事。我在楼梯上抽烟时，把烟头塞到一个老笨蛋的垫子底下——她拄着单拐走路——因为她骂了我几次，说我没关大楼的门。就这样，给她塞满了烟头，还往她门上吐唾沫。早上她冲全楼的人喊叫，还扬起木拐打我，我把她挤到墙角，对她说"安静，安静"，直直地盯着她的眼睛说："我要杀了你，老婊子"，——她就——突然停下——不再对我吵骂了。（笑着说）我就是这样的。是真的——我真想杀了她。我会的。我就这样。很好笑，是吧？你想不想我这样对你说，好让你忘记来这儿的路？让我看着你的小眼睛说，行吗？想吗？

叶甫盖尼　我说：我们重新开始，好吗？你听见我的话了吗？

安热莉卡　我们开始。我还要告诉你一件事，好让你了解一下你未来的妻子。我喝醉了，参加宴会——怎会不和小伙子聊天呢，是吧？（笑着说）有个男孩子，很不错！简直就像浴室里的这枚"导弹"！（用一个手指头在叶甫盖尼的肚子上滑动，咯咯笑着）人长得不错，但是个傻瓜。高大健康的男人，让自家的牛奶养得很壮实，只是在床上什么都不会，在你面前我又不能表现出我做爱的本事，我曾经还想嫁给你……

叶甫盖尼　不要脸，还想出带血床单的事……

安热莉卡　（哈哈大笑）你想想你呢，白痴，很容易被骗吧。行啦，听我说，我亲爱的热申奇克，我了解生活，了解人。我几乎学会了所有的事情。我知道所有人的事情。你知道吗，不久前我突然明白了，这全都是骗人的，亲爱的，一切的一切，我们全部的谈话、喊叫、打架、叫嚷、丑事——全都是骗人的，这一切都是不重要的小事情，一切，一切……你知道什么才重要吗？重要的是——当你穿着新大衣，戴着针织帽，穿着带跟儿的小靴子在街上走，走啊，跑啊，突然——迎面走来个漂亮的小男孩。他看见你就——微笑起来，而你也对他微笑，——就这样，懂吗？他跑过去，消失了，而我还在走，他的微笑陪伴着我——这才是重要的事情，我亲爱的热申奇克。只有这个。只有微笑和街上路人的目光，当你遇见的他吹蜡烛，熄灯，吹蜡烛，熄灯，吹蜡烛，在黑暗中突然感觉很可怕，真可怕，如此可怕，但他又重新点燃蜡烛，打开灯，嚓地一下——用火柴划了一下，点上小蜡烛，啪的一声——用开关打开小灯，然后又重新吹蜡烛，再点燃蜡烛，于是一会儿害怕，一会儿不怕，一会儿害怕，一会儿不怕……（摇着头，哭着）

叶甫盖尼 遇见谁？

安热莉卡 或者我站在有轨电车上，他是个非常年轻的小伙子，精力充沛，脸蛋上有绒毛，站在我前面，抓着扶手，看着窗外。我看着他白里透红的耳朵就想：要是不禁止抚摸你想摸的人，而是允许摸你喜欢的人就好了，那我现在就可以用手指去摸他的耳朵，然后摸他的脸颊，粉嫩的嘴唇，脖子，并静静地吻他，紧贴到他胸前亲他，使劲亲，他也回应我，只在唇边露出笑容，不是发笑，而是微笑，我在他胸前入睡，我们互相微笑着——直到下一站，到再下一站……要是电车里所有漂亮的、干净的小伙子你都可以去爱：去碰、去亲、去抱、去抚摸就好了——直到下一站，只要一站路的时间就行……（擦掉眼泪，微笑着）就是这样，热申奇克，重要的是这个——一个微笑。其他都是胡扯。"导弹"和其他所有的都是胡说八道，懂吗？

叶甫盖尼　你坐电车，逛街，对小伙子微笑……

安热莉卡　（转向叶甫盖尼，看着他的眼睛说）如果你，坏蛋，再对我说什么，或者用手碰我一下，我就抠掉你的眼珠。不，我会掐死你，挖去你的眼睛，拔掉舌头，我要把你放在火堆上烤，兔崽子，用这些衣服，用我们的嫁妆来烧成火堆，只要你碰我这个可怜的、不幸的人一下，只要你敢再说我一句，因为——不可以欺负我……（笑了，然后沉默了下来）怕了吧？我经常会发作。有时甚至会咬着舌头。我很爱发脾气。总想出去玩。母亲不许我上街，她说——你会生出个孩子给我，未婚先育。我对她说："我就要生，非婚先育，然后放到桌上！"她就为这个打我。（笑着说）但我想好了怎么做：我把卷好的大衣放到床上，然后从窗户出去，经过阳台、顶楼——一直使劲往前……

叶甫盖尼　你要四处流浪……

安热莉卡　喂，喂，继续说，说吧，说吧，你记住，我答应过你，热申奇克，对吧？你说什么，再说一次，说呀！

　　［叶甫盖尼没说话。

　　（哈哈大笑着说）胆小鬼。男式长短裤。家居裤。你是个有家室的人。还说我四处流浪。真是畜生。你只是想喝酒，再和女人睡觉，别的就没啥会做了。如果不和这个人或那个人做爱，你就没人要了——就得走开。我这样很好。我就是这样的——说完了！你以为，我会羡慕这些在街上走着的已婚女人——有老公，有住房，有家。不，我不羡慕。是的，我什么都没有，将来也不会有。我曾经想和你试试，但你知道吗，当去别人家，找喜欢的人过夜时我是多么高兴，他妻子到她爸爸或妈妈那儿去了，傻瓜，自己走了——把老公一个人留下……（打开通往阳台的门，呼吸着空气，往街上喊叫）都是傻女人！永远别留下老公一个人，别让他们离开自己一步，听见了吗?！因为我，小红帽，一直在望风！（哈哈笑着，走进房间，喝了一杯酒，开始抽烟）你不知道这样有多舒服，多幸福：穿她的鞋，穿她的睡衣，洗澡——在她的洗澡间里洗澡！——然后躺进被窝——进她的被窝！——和她的男人做爱！噢，真幸福！我常到这里的一个小军官那儿去，他妻子经常出门。我不害臊，一点也不。去报复她，这个该死的，瞧——她什么都有：戴镜子的洗澡间、家具、床、漂亮男人，而我没有。我什么都没有，将来也不会有！只有发霉的房间和双尾虫。我不害臊，只想报复她，该死的！抚摸着这个男人，就想：我就算是小卖部的服务员，哪怕只在你这儿待一小时，我也要把我会的所有做爱招数使出来给你，我亲爱的，要让你一辈子记住我……不，你不需要离开你的笨老婆，和她过吧，你只要知道，亲爱的，还有其他女人比你老婆更好，你老婆每天早上给你准备干净的衬衫，裤缝笔直的长裤，煎鸡蛋配西红柿，你为了煎鸡蛋就和她过日子，白痴，用幸福换了煎鸡蛋！就这样过吧，但你要知道，还有其他像我这样的好人，不幸的人，我们只能见到有蚊子的墙壁和远远地望着有裸体男人的浴室。（停顿）现在才敢说，才敢评论。热申奇克，我会为你做到我答应的事情。因为我准备好了，成熟了，我会杀死任何人。

叶甫盖尼 （摇着头说）不管怎样我都爱你，我完全原谅你。

安热莉卡 （笑着说）胆小鬼，你担心我会说什么吗？我就是专门告诉你，让你生气，让你去打架，而我就会——打你……知道吗？

叶甫盖尼 （沉默了一下说）你才是胆小鬼。

安热莉卡 正是如此，怕了吧。总之——我烦了，走吧。走吧，我说了，走呀？！（坐到地板上，紧紧抱住自己的膝盖）

　　〔叶甫盖尼走进过道，关上灯，又打开。他穿着鞋在过道里来回走，恼恨地踢着纸包。

瓦连京 （在厨房睡醒了，突然大叫）救命！救命！快来人呀！有人吗？快来呀！

　　〔柳德米拉跑进厨房，打开灯。瓦连京坐在折叠床上，摇着头。

柳德米拉 怎么啦？梦见什么了吗？

瓦连京 柳德米拉，把你的手给我，坐到我旁边来，我害怕……

柳德米拉 什么？

瓦连京 唉，为什么大家都抛弃我，我说过的：我不能一个人待着……

柳德米拉 噢，真糟糕，像只小猫，像个孩子，这是什么事呀……

（坐到凳子上，看着瓦连京，拍打着他的脸颊）怎么样？清醒了吗？睡醒了？想伸伸懒腰吗？喝水吗？还是喝点酒解宿醉？醉酒后不舒服就想一件事，是吗？什么，怎样？喝醉了不舒服吗？要什么？

瓦连京　什么都不要，让我们就这样坐一会儿。马上就好……谢谢您。

　　　[叶甫盖尼来了，走路步子不稳，他看着瓦连京。

叶甫盖尼　该走了。

柳德米拉　听着，主人，你也去睡会儿醒醒酒吧，然后再说……不需要你我也会把这儿安排好……

叶甫盖尼　他该走了。

柳德米拉　你来这儿干什么？真讨厌！你没看见有人刚睡醒吗？瞧，醒了，行了，走吧。

叶甫盖尼　我想和您谈谈。

柳德米拉　到那儿去。马上就谈。

叶甫盖尼　我要和您认真谈谈。

柳德米拉　走吧，我说了。你想怎样？

叶甫盖尼　我想怎样？不想怎样。是的，只想说点什么。

柳德米拉　马上就谈，我都告诉你这个聋子好多次了，喂？走吧！

　　　[叶甫盖尼走到过道的桌子旁坐下，吃着什么。安热莉卡望着窗外。

瓦连京　（两手搓着头说）几点了？

柳德米拉　夜里三点。起来吧，既然睡醒了。您马上要走了。我等所有人睡足，自己却没睡。奶奶也没睡。她十分痛苦。大概，就快要死了。好吧，大家都到时候了。我让你们喝杯酒解宿醉，然后你们就走吧。

瓦连京　好的，谢谢。让我们喝杯酒吧。

柳德米拉　喂，怎么，要把你们全都留下吗？噢，两个谢尔盖走了，您也该走了。去美国的、去高加索的、去农村的——各自回家。你们该走了。我们将留在这儿。我明天还要工作一整天。您还有地址，去找她们吧。

瓦连京　您是最后一个。

　　〔叶甫盖尼过来了，站在厨房门口，踉踉跄跄。

柳德米拉　不，谁也不能留在这儿。不必。好了，够了。聊结婚我已经聊够了。我不想再结婚了。让我们坐下来，做送终祈祷，然后各自回家，简直糟透了。够了，够了，我们四个傻瓜还要照旧过日子，还将像从前一样过日子……

叶甫盖尼　我要和你们一起住这儿。

柳德米拉　你要，你要。你们已经喝了酒解完宿醉了——往前。走吧，我说，到桌子那儿去，坐在这儿干吗？

　　〔瓦连京站起来，跟着柳德米拉走进过道，叶甫盖尼跟在后面，大家在桌旁坐下，都不说话。

　　（柳德米拉突然转身扑过来）啊呀！

瓦连京　怎么啦？

柳德米拉　好像什么咬了我一下。

瓦连京　哪儿？

柳德米拉　腰上。

瓦连京　是蚊子吗？

237

柳德米拉 不是，它们在睡觉。

　　〔沉默了下来。

瓦连京 孩子们呢？走了吗？

柳德米拉 走了。大声喧哗，吵吵嚷嚷，给了不少钱，预先付了三个月的房租——就这样走了。有点舍不得他们了。人不错。他们可以想住多久就住多久，只要他们幸福。世上有幸福吗？啊？噢，真痛苦……

　　〔叶甫盖尼双手放在桌上，睡着了。

　　瞧，军人，睡着了。

　　〔停顿。

瓦连京 可以关上灯吗？刺眼。

　　〔柳德米拉站起来，关上灯。

　　谢谢。（停顿）为什么还这么亮？

柳德米拉 我不知道。

瓦连京 噢，因为墙是放射性的，您说过它们会发亮，是吧？

柳德米拉 是的。

　　〔沉默了下来。过道里的确很亮，什么都看得见。柳德米拉和瓦连京坐着不说话。沉默了很久。两人都在叹气。叶甫盖尼在睡觉。

瓦连京 想不到，这么亮……有什么东西在发光。（停顿）好吧，再见，柳德米拉。请原谅。

柳德米拉 行啦。我用草杈把您的内裤从树上弄下来了。走吧，糟透了。（停顿）您说您在那儿有房子，有七个房间……那么说，没有？

瓦连京　就是一套单元房——和您的一样。

柳德米拉　就是说——没有。您为什么要撒谎？诱惑可怜的女人吗？您为什么需要我呢？您想在这里住下吗？这不是得不偿失吗？

瓦连京　不，我只是想：万一我在那儿有所房子呢，在克拉斯诺达尔边疆区，我就会在那儿生活。

柳德米拉　哎，现在看来，您确实住过精神病院。您怎么不害臊？您到处走，看哪儿能得到点什么，哪儿能更好地安顿下来，是这样吗？噢……噢……

瓦连京　请原谅。这么说吧，我给您讲的时候，连我自己都相信我有房子。瞧，早上我出门——就掰下一颗葡萄吃，伸一下懒腰，坐到费约果树下——您知道这种植物吗？——吃一个猕猴桃，摘一朵野菊花，我揣摩一阵，就对妻子喊道："柳达奇卡①，到我这儿来，宝贝儿，我们俩在费约果树下坐会儿，呼吸一下新鲜空气，看一看蓝色的山峦！你带上一盒'菊花'牌糖果吧，我也要吃一颗，柳达奇卡！"（停顿）可以和我一起这样吗？可以说是有可能的。

柳德米拉　还有这样的事，柳达奇卡……（停顿）但我还相信了您，瓦连京·伊万诺维奇。已经是过去的事了，是的——覆水难收。我们曾经坐在那儿，您抚摸着我的手，说着很美的事情，简直太恐怖了！当着小伙子的面我没有继续吵闹，但也应当像一般人那样道别。去美国就像去死一样，永远不会回来了。现在再也见不到他们了。哎，您为什么要纠缠她呢？

瓦连京　我不知道。请原谅，柳德米拉。

---

①　柳德米拉的爱称。

柳德米拉　好吧，再见！

瓦连京　（揉着眼睛说）我走了。（停顿）让我为上路干一杯我就走。

　　　　［两人喝了一杯酒。

　　　　他会留下来的。当然。他还年轻，比我强。能保护您。我很快会老。还全身疼。柳德米拉，您知道我想告诉您的是什么吗？就是我有时候在街上走，看见一个小男孩也在走，他妈妈牵着他的手。我就想：现在，就像在童话里——我舍弃自己的性命，把自己的身体丢在街上某个地方，马上进入他的灵魂中，自然而然地留下来，成为瓦利卡，瓦连京，"瓦留哈"，就像在学校里同学们逗弄我一样，我将成为他，这么说吧，顿时——我将年轻 20 岁……变成他，小男孩，重新生活，重新生活很久——一百岁或二百岁，每次都再跳到另一个人身体里。就算一切会不好，但我将重新生活，生活……就这样，听我说，柳德米拉，为了成为小男孩，再从头，为了错误地做这件丑事，把我的全部年华——都抛弃，耗费，一切再来，再来……我多么羡慕他呀！他就在旁边打呼噜，我羡慕他，他比我年轻 20 岁！

　　　　他将卑微地度过一生，而我要是能安排好我的生活该多好……

叶甫盖尼　（低声说）我没睡觉，我全都听见了……

瓦连京　听着……他不知道重要的东西。而我知道，我比他年长 20 岁，我很清楚这个重要的东西，但我不能说出来，这个重要的东西，我不是靠聪明知道的，这么说吧，我能感觉到它。我或许能好好地安排他的生活，用这 20 年的差距，我真想做

这么多事情，要是能做这么多事情就好了，我会把一切都变得不一样，我会的……（哭起来）

柳德米拉 噢，瓶子里的酒也像在哭一样，水珠像眼泪一样大颗。行啦，闲扯够了。我一点都不明白您说的话。我是土耳其人，没受过教育。我不懂，也不想懂。喝吧，吃吧，瓦连京·伊万诺维奇，走吧，够了……行了，再见，瓦连京·伊万诺维奇。您还是个酒鬼，对吗？

瓦连京 不，我如果喝一点，就能睡着了。否则我睡不着。害怕，我一个人害怕。

柳德米拉 我一点都不明白，请原谅。再见，瓦连京·伊万诺维奇。

瓦连京 再见……瞧，生命不知为何快结束了，一个秃顶的傻瓜还戴着耳环装嫩。我还是活的……我昨天是个小男孩，昨天能几步就跑上五楼，今天是个秃顶，不管抹不抹荨麻都没有头发：看，他——坐着，我——也坐着，我在想：怎么爬到他身体里面去？不知怎样才可以？不行。——因为：有轨电车在一点前停驶。（停顿）我不喝酒了，我大声抱怨，随便闲扯，您说得对，心蹦蹦跳……

柳德米拉 喝吧。（擦干眼泪说）舍不得喝吗，没关系，我们还会再酿的。哎，瓦利亚-瓦利亚，瓦利亚-瓦利亚，瓦利亚-瓦利亚……

瓦连京 噢，柳达-柳达，柳达-柳达，柳达-柳达……

柳德米拉 噢，瓦利亚-瓦利亚……

瓦连京 噢，柳达-柳达……

柳德米拉 噢，瓦利亚。

瓦连京 噢，柳达。

[沉默了下来。

你丈夫，她父亲是谁？有吗？还是有过？

柳德米拉 她父亲是个当兵的，主要是有谁还会问呢，事情明摆着。

瓦连京 好吧，那您自己为什么撒谎？加加林，加加林……

柳德米拉 难道要我告诉你或其他什么人实际情况吗？我在上班时也都对大家这样说。为什么——自己也不知道。我自己甚至都已经相信了，真是糟透了。我和一个外地的士兵生了她，他走了，这个外地佬就是和我玩玩的。什么加加林呀，乘直升机走了，坐"冰雹"系列火箭回自己的农村了，坏蛋。也许成了酒鬼，没打听，红脸膛也许变得比电视机屏幕还大。他叫米沙。畜生，没给过她一分钱，我受尽了折磨，一辈子被她们拖累。而他呢，米图什卡，米胡依尔，现在大概坐在菜园里，在粪堆上，或在浴室里洗蒸气浴，和自己大屁股的老婆在浴室里，坏蛋。也许，他老婆也是像他一样的红脸膛。也许有一堆孩子。他呢，每次聚众喝酒时，坐在桌旁，都会向坐在他周围的醉鬼们炫耀，讲述，夸口说他在部队是怎么和姑娘们玩的，做了些什么。也许在说："我有过一个老女人，叫柳达奇卡的，她的小屁股——哟！"咯咯笑着，烂人，讲他在部队开心地找乐子，坏蛋……他怎么会知道，我多么辛苦，一辈子奔波呢?! 让你的浴室、你的粪堆和你一起滚开吧……让你，让你……（停顿）如果通俗地讲，说实话，我们这儿全是军人的情妇。我们不靠男人也养育了孩子。妈妈也是和一个长粉刺的士兵生的我。当她30岁时才生我，谁会可能迷恋她呢？她妈妈也是和士兵生的她。都是军人的寡妇。我生了个丑女儿，而她——又要和他给我生个丑八怪，我们这样生育，就像春天的野草。

瓦连京 那奶奶一百岁，是真的吗？

柳德米拉 谁知道呢？想为您制造个节日，显得很美好。我们想像一般人那样对您，为了您努力生活得像人，而不是像狗一样。（停顿）什么生日不生日的，上帝呀？！她不记得自己的生日，我们也不记得。好吧，她也不是18岁，已经不年轻了。我们俩都是。和她们一起在这儿你会发疯的。女人怎么都变成傻瓜了呢？又是战争，又是监狱。如果不是生活所迫，她们会过这样的日子吗？！打仗时上班迟到五分钟——就判入狱五年。这不，奶奶总觉得有人会偷她的东西，没人会找地方安葬她。她只往回看，不往前看。她不想吃药了，就是说——完了。如果一个人还在服药，就是说他还想活，如果不，那就完蛋了，就是说，近日内就将完全终止。而妈妈不喜欢喝水，不喜欢洗澡，怕水。打仗的时候她们身上长了虱子，得了皮肤病，她们就洗澡，洗呀洗，洗得都恶心了，现在甚至看见水都不能平静。就是这样。如果不是生活所迫，她们会过这种日子吗？！（停顿）他们俩在美国那儿，将来变老的时候会想：明天我们将会活着。而我们——我们只会想：明天会死去，准备着吧。这不，两个谢尔盖走了。我真舍不得他们。哎，我们需要什么样的美国呢？在哪儿出生，就适合在哪儿。这个人（用头指着叶甫盖尼）诽谤他们。都不是真的，他们不是同性恋，他们是好孩子。即使是真的——他们想怎么生活就怎么生活，只要他们觉得幸福。（哭着说）噢，幸福它到底在哪里，在哪儿，啊?! 喂，告诉我，哪儿有幸福，谁有幸福，还是没有，说呀，喂?! 说吧，它在哪儿?! 在某个地方还是哪儿都没有? 为什么没有啊? 幸福到底在哪里?! 也许，在某个地方，有人有?! 那就展示一下，在哪儿?! 哪儿?! 哪儿?!

　　［沉默了下来。

瓦连京　没关系。柳达，别哭。我们要承受一切不如意，时间会过去的。我们在生活。明天天气晴朗，有太阳、月亮，房顶会滴水，一切将和从前一样，到我们死前什么坏事都不会发生……天空是蓝色的，月亮是黄色的，太阳是红色的。会打雷，下冰雹，下雨，下雪……

叶甫盖尼　（睡醒了）我在"导弹"部队当兵。

柳德米拉　是的，是的，继续当，睡吧。

瓦连京　没关系，柳达，你会一切顺利。我安葬了妈妈和爸爸——太痛苦了。而你的老太太们还活着，是吧? 好啦，这儿真亮……我走了，去呼吸空气，我觉得不舒服，我想哭，我觉得羞愧……

　　［走进老太太们所在的房间，推开恩格西娜躺着的沙发，走到阳台上。

　　（小声嘟囔着）明天会是个好天。瞧，今晚天上没有乌云，一直很暖和，一天中积攒下来的东西会往上去，到我们的上帝那儿去，如果他存在的话。他将从我们这儿得到一切温暖，如果他存在的话……存在，是的……存在，也许……（望着天空，小声说着）上帝！！！我的上帝！！！你听见了吗?！告诉我，我为什么活着?！我们为什么会不幸。天哪?！听见了吗，人们呀?！有人听见我说话了吗?！我不想死！不想变老！不想！！！你们在睡觉，你们不知道，我们全都会死掉，会死。既然我们会死，那为什么我们要活过，听见了吗?！（喊叫着说）我想重新出生，然后再活着，活着，活着！

柳德米拉 （擦掉眼泪，从桌旁站起来，走到阳台上，拉着他的手，惊恐地嘟哝说）干吗像小孩一样喊叫呀，我们明天不会死后天也不会死，我们将活着，活很久，一切都会好的……

瓦连京 （喊着说）我不想死！！！不想死！！！不想！！！

柳德米拉 （把他拉进房间）你干吗哭啊，别哭了……你干吗要哭，别哭……你干吗哭？干吗哭？你为什么这么悲痛呀?！你干吗要哭?！亲爱的，你干吗哭，为什么，为什么，为什么?！亲爱的，别哭，别哭了，你干吗要哭，干吗?！

　　［她对他喊着，他一边大哭一边向城里、向兵营喊着什么，他哭得这样害怕，号啕痛哭，泣不成声，大声哭喊……

　　（擦着眼泪）你干吗这么哭啊，别哭了……干吗这么哭，别哭……你干吗这样哭？干吗这样哭？你为什么哭得这么悲痛?！你干吗这么哭?！干吗，干吗，干吗，为什么，为什么，为什么?！

瓦连京 我不想死！！！不想死！！！不想！！！

柳德米拉 你要干什么？（把瓦连京拖进房间，让他坐在沙发上，

搂着他，抚摸着，亲吻着）坐下，你坐下，我自己来哭！就
这样，靠在我肩上睡觉，坐着睡，真让人伤心。你干吗这么
哭呀，你是好哭的孩子吗？我没曾想，人们——不是指男人，
而是指一般的人——还能够这样号啕大哭，痛苦，呻吟，简
直像死亡，葬礼，你干吗这样哭，别哭，别，亲爱的，别哭，
别哭，别……（搂着瓦连京，抚摸着他，哭着）天哪，为什
么我们要承受痛苦，为什么我们要遭受折磨，为什么活着，
为什么到处奔波，我们在寻找什么，想要什么，什么，什么，
什么，我的天哪……（搀着瓦连京，把他领进厨房，让他躺
在折叠床上，给他盖上被子，然后在旁边坐下）坐下，躺下，
安静，你怎么回事，大声叫喊，啊？大喊大叫，还大哭，你
耳朵上戴着耳环，所有的海盗都一只耳朵戴耳环，所有的海
盗都是男人，他们不哭，懂吗？我小时候读过关于海盗的
书……（哭着说）有个年轻的女孩在我们售票处上班——连
卡，是个傻瓜，愚蠢的女人。一有她不喜欢的事情发生，一
和人吵嘴——她就马上跑回家，在家里向自己的丈夫抱怨。
而她丈夫就跑来——立刻开始怒斥大家，挥动双手和人吵架。
她多幸福呀，我们连卡，多……（坐在瓦连京旁边，抚摸
着他）

叶甫盖尼 （睡醒了，听见了一切，坐在过道的桌旁，抽着烟，大
声说）这是为什么？

柳德米拉 因为，因为，因为她——有人出来祖护她……

　　［叶甫盖尼站起来，嗑着瓜子，在过道里摇摇晃晃地走，
他把所有的门都打开了，摸着墙壁。他走进马克西娜和恩格

西娜所在的房间。马克西娜没有睡觉，手拿玩具坐在那儿，
看着叶甫盖尼。

叶甫盖尼　你不睡觉吗？奶奶。在执行任务吗？你有复员前的重
　　大任务吗？看好了，别让你的东西被偷了。是的，看紧点，
　　周围到处都是小偷！别睡，老傻瓜！下岗——上岗！祖国的
　　哨兵！齐步走！万岁！乌拉！（往房间里看了安热莉卡一眼）
　　你还坐着吗？流浪女！你在观察受害者吗？喂，等等……
　　（来到厨房，抓住瓦连京的肩膀，把他从折叠床上拉起来）

柳德米拉　你干什么？要抽烟吗？给，我给你烟抽。

叶甫盖尼　不用给我烟抽。我戒了。（他晃动着瓦连京说）起来，
　　走啊，你的一切都结束了。走！

柳德米拉　你别缠着他了。

叶甫盖尼　他该走了。

瓦连京　我走不动，两腿支撑不住。

叶甫盖尼　你该去你要去的地方。

瓦连京　你可别责备我呀，士兵同志。我不喜欢。在你眼中我可
　　是老头儿。放尊重点，我比你年长一倍。

叶甫盖尼　我就缠着骗子不放。你所有的口袋里都是医疗器具和
　　高锰酸钾。怎么能不缠着你——第一，你烂醉如泥；第二，
　　你还是个骗子；第三，你朝街上喊叫——吵醒了我整个连队
　　的人。

瓦连京　我不是骗子。

叶甫盖尼　你怎么不是骗子。你是个傻逼，懂吗?！你想和她结婚，
　　然后搬到这儿来住。但她不会嫁给你。我要搬来住。我原谅

247

她的一切。我原谅她和你使用禁止的方式，我原谅……

瓦连京 你是个白痴，真可怜……

叶甫盖尼 （嗑着瓜子，把壳往瓦连京身上吐）等一下，稍后再为这些话和你谈。你准备动身吧，别指望留下，去摇一摇白桦树，从上面拿走自己的内裤，然后赶紧离开，你这个戴耳环的混蛋。你以为她会做你妻子吗？不会，安热莉卡将是我的妻子。我们将在这儿生活。我要把这儿的一切重新改建。

柳德米拉 你要改建。喂，怎么回事？你想打架吗？来，换个地儿和我打一架，我在这儿受够了，又来了。

叶甫盖尼 你干吗紧贴着她？你干吗打呼噜呀？靠这么近暖和过来了吧？走，走，走，离开这儿！！

安热莉卡 （来到厨房）别碰他们，傻瓜，让他们坐着。

叶甫盖尼 你也要吵吗？那好。只是别叫我——傻瓜或白痴！看来，你们全都对我气势汹汹，是吧？只要再说一句——我就让你们进监狱！不，我要到军事检察院控告你们，你们把我们整个军用"导弹"灌醉了，你们向士兵贩卖家酿酒。就是这样！因此——最好闭嘴，如果不想坐牢的话！

柳德米拉 你最好能继续笑下去，小子。

叶甫盖尼 我已经笑够了，闭嘴，老婊子。你今天还打了我！我不会原谅你的！你想就这样逃过去吗？！我现在就给你们下达"导弹"指令，我要给你们展示它如何工作！（嗑着瓜子，把壳吐向安热莉卡和柳德米拉）你们这儿是个匪窝！你们贩卖家酿酒！培植同性恋，出租房间！不告发他们！我一定要给你们个厉害瞧瞧！他为什么紧紧依偎着她？松开，退后！（对安热莉卡说）你为什么和他挤在一起，小母狗，回答呀？你和所有人做爱吗？我将成为你的丈夫，我现在给你表现一下，谁才是一家之主，丈夫怎样教训自己的妻子，妻子应该如何服从自己的丈夫！你们这些妓女，我现在要教训你们！！！或者你们是只为性不为钱的女人？！啊？！丢人的驼鹿皮衣，难看的胸部，破烂的靴子，全都从这儿收拾走！！！怎么，都不作声了？！（对瓦连京说）喂，快给我烟抽啊？！

瓦连京　耳朵会痛的。

叶甫盖尼　喂，快给我烟抽，我说过了？！给我！（开始喊叫）你这个骗子，有钱的重要人物，可恶的骗子！（在过道里推动桌子，摔坏了餐具，把土豆和秧苗罐往柳德米拉、安热莉卡和瓦连京身上扔）

瓦连京　（从折叠床上站起来。走到叶甫盖尼面前，看着他的眼睛。然后突然快速而急促地打他。一次又一次地打）就这样，乖孩子……这是为马克西娜打的……这是为恩格西娜打的……这是为柳德米拉打的……这是为安热莉卡打的……打你，打你，打你，打你……（怒冲冲地默默打着）

叶甫盖尼　（尖叫着发出咯咯声，跪倒后急促地哼哼）别打，别打！我知道了！我懂了！别打我，请原谅，我再也不了，我是出了意外才这样的，别打！我来"月经"了！别打！！！别打！！！别打！！！

瓦连京　（一把抓住叶甫盖尼的衣领，把他拖到进门处）我难道打你了吗？如果打你，就不该是这样子对你……这简单，为她们每个人都给你留下点纪念……你也是个男人。伤疤能装饰

真正的男人。瞧，给你的装饰……（把叶甫盖尼扔到楼梯上）

　　［沉默了下来。

　　［柳德米拉、安热莉卡和瓦连京站在过道里，互相望着。

安热莉卡　你哭什么？

柳德米拉　因为幸福。

安热莉卡　什么？

柳德米拉　他站出来庇护我们。

安热莉卡　什么？

柳德米拉　生命中第一次……

瓦连京　什么？

柳德米拉　生命中第一次有人出来袒护我。我生命中第一次感到幸福。（哭着说）想不到……第一次。您为什么这么做？瓦连京·伊万诺维奇。您不必这样……我自己能打架。我真想自己对付他。（一边哭着一边微笑着整理发型）但反正都一样，谢谢。我很高兴。非常，非常，非常，非常，非常高兴。您是个好人。

　　［沉默了下来。

瓦连京　瞧，又都不说话了。出了个警察。好吧，那么我现在要走了。不要紧，柳德米拉。"生活中没有什么能让我们一蹶不振！"——是这样的，对吧？

柳德米拉　（凝视着瓦连京说）是的……"少校也说过这样的俗语……"

　　［瓦连京穿上外衣，拿起皮包。

安热莉卡　外面在下冰雹。

柳德米拉　这已经不是冰雹，简直是丢炸弹。

瓦连京　不，是下雨了。雨在敲打屋顶。

柳德米拉　噢，出门时下雨——这是祝顺利。（在指头上沾了点唾沫，擦去瓦连京外衣上的污迹，微笑着说）

　　　　　　［沉默了下来。

瓦连京　那好吧，祝顺利。这好极了。嘿，水滴到罐子里，就像在哭泣。

柳德米拉　不，我们不会哭。我们要笑。（向瓦连京微笑着，看着他）好像又有什么咬了我一下。走吧，谁咬我，见鬼去吧。

　　　　　　［安热莉卡拍了一下柳德米拉的手。

　　　　你干吗？

安热莉卡　有蚊子。

柳德米拉　噢，蚊子睡醒了，在咬人。嗬，这些蚊子，真想不到。行了，让它咬吧。（笑着说）

　　　　　　［沉默了下来。

瓦连京　好了，再见了。

　　　　停了一会儿。

柳德米拉　走吧，祝你顺利，上帝保佑，一路平安。离开这儿，离开我们吧。（笑着说）把你的玩具也带上吧。多好玩的兔子呀。再送到别人家去，让他们高兴。

　　　　　　［走进房间，从马克西娜手里拿走玩具，交给瓦连京。瓦连京拿起皮包。转身走出寓所，走下楼梯。

　　　　　　［柳德米拉和安热莉卡站在窗户旁边。

　　　　　　［大楼的门响了一下。声音直冲天空。

〔安热莉卡和柳德米拉抬起头，看着天，仿佛能看清楚那儿的什么东西。什么也看不见。

〔她们看着瓦连京离开大楼，他的双脚在红黏土上行走，走得很快。

马克西娜 （把床铺拍得砰砰响，一边找玩具一边叫喊）被偷了……被偷了……我的玩具"吱吱"被拿走了……

柳德米拉 （看着窗外说）我给你买，奶奶，另外买个新的，你睡吧，别担心，没人偷，我们给人了，我们没什么可偷的……

恩格西娜 （在窗户边挨着安热莉卡和柳德米拉坐起来，整理好裙子和发型，望着街上，小声唱着歌）"我是——'地球'！我在送别自己养育的人！送走儿子们和女儿们！飞到太阳那儿去吧！快点回家吧！！！"

柳德米拉 （看着窗外说）是的，妈妈，送别自己养育的人，儿子们，女儿们，到太阳那儿去……

〔沉默了下来。

所有人 （叹了口气，小声地唱）"我们要飞到太阳那儿去……我们很快就回家……"

马克西娜 （坐在床上哭，嘟囔着）都走吧……全都偷走了……走吧……滚出去……让我死吧……走吧，都走吧……

所有人 （低声唱着）"我们要飞到太阳那儿去……我们很快就回家……"

〔女人们站在窗旁哭，一辆亮着黄灯的汽车在路上行驶着清扫道路，仿佛是为了瓦连京在把道路打扫干净，他跟在车后，在红黏土上吃力地走着。

〔晚间，夜里，房间内很黑。

〔四个女人站在窗旁，看着浴室，看着兵营，看着瓦连京。

〔第一个女人在哭，她从没有过丈夫。

〔第二个女人在哭，她没有丈夫。

〔第三个女人在哭，她没有孙子。

〔第四个女人在哭，她没有未婚夫。

〔如果有的话——一定是白痴、混蛋、酒鬼和爱打架的人，懒汉和蠢货。

〔女人们站着，哭着。

〔光暗了下来。

——幕落

恐怖主义

弗拉基米尔·普列斯尼亚科夫　奥列格·普列斯尼亚科夫　著

王树福　译

作者简介

弗拉基米尔·彼得洛维奇·普列斯尼亚科夫和奥列格·米哈伊洛维奇·普列斯尼亚科夫（Братья Пресняковы，1946— ，1969— ），俄罗斯剧文坛上的双子星座。弗拉基米尔·普列斯尼亚科夫出生于哈里科夫一个极具音乐天赋的音乐世家，家族里出了许多音乐家。他是一系列流行歌曲的作者，天才的萨克斯演奏家、制片人和俄罗斯功勋演员。奥列格·普列斯尼亚科夫毕业于国立乌拉尔大学语文系，剧作家、小说家和文学家，长时期在大学教授19—20世纪俄罗斯文学。

译者简介

王树福，华中师范大学文学院副教授、文学博士、硕士生导师。黑龙江大学俄语语言文学与文化研究中心、湖北文学理论与批评研究中心兼职研究员，莫斯科国立大学语文系访问学者（2012.10—2013.10）。编著有《19世纪俄国文学》（山东科学技术出版社，2017），译著有《巴别尔剧作集》（漓江出版社，2016），先后在《外国文学研究》《国外文学》《外国文学》《当代外国文学》《中国比较文学》《读书》《俄罗斯文艺》《戏剧艺术》等核心期刊发表文章120余篇。

第一幕

　　机场大楼入口前的柏油小广场。在广场刚好经常停车的地方，站满不计其数的**乘客**，背着包裹，带着行李箱。根据他们沮丧驼背的姿势，也根据凝固在面孔上安然的绝望与无声的歇斯底里，可以断定，所有这些人在这儿已经很久了。重要的是，这些可怜的人赶往机场，根据自己的不同需要起飞。有人是公务出差，有人是度假，有人，也许，只是飞往某处……然而，某个东西干扰了他们的计划，迫使所有准备起飞的人停留下来，待在不祥的柏油小广场，而小广场突然之间变成最真实的倒霉之岛。柏油小广场后面，在机场大楼的玻璃墙前面，依次绵延着一队战时装备人员——看得出，恰恰因为**军人**排成一条垂直线站着，乘客没有飞走。封锁部队说明眼前事情的严肃性。小广场上，士兵列队中，无人讲话；四周非常安静，甚至听不到此地特有的起飞和到达飞机的轰鸣声。抑郁的麻痹感觉，被生活的所有声音和行动包围着，加大了中心入口处开门和关门的不同簌簌声；这些光电池门的旁边，站着封锁部队的一个**保安**——他被安排在这里，他不能离开自己的岗哨，因此，门将人的身体，敏感地反映在光电玻璃带中，连续不断地左右摇摆。只要封锁部队的一

个军人关上门，门就安静下来……柏油小广场上出现了一个
新乘客。他没有注意任何人，清晰地踏出脚步声，直接朝站
在入口处的士兵走去，更确切一点，这只是一无所知的乘
客，朝穿制服的人走去，实际上，他只是朝士兵把守的门口
走去。看得出，乘客很熟悉这条路，——他好像凭直觉移动，
没有四处张望，而是关注自己，因此没有注意到周围有任何
奇怪……

军人　机场关闭了。

乘客　对不起？

军人　机场关闭了。

乘客　但是我有航班，二十分钟后我要起飞。

军人　请出示您的证件。

乘客　请看，这是机票，这是护照……（一阵忙乱，将机票和护
　　　照递给军人，——对方研究了一会儿，又递了回来）

军人　机场关闭了。

乘客　那我怎么飞走呢？

　　　〔军人沉默不语，聚精会神而严肃地看着，仿佛要看穿
　　乘客。

乘客　请听我说，也许，您已经厌倦向所有人解释，为什么不让
　　　任何人通过——，但是，您看到没有，我不在其中之列。一
　　　星期前，我就买了机票，没有人提前预告我，说刚好——一
　　　切都可能取消，因为机场突然关闭。烦请您回答我完全正当
　　　的问题。

军人　机场有雷。所有时间不确定的航班都取消。等排雷工程结束后——您可以到机场。

乘客　我会来到机场，——但这将已经没有任何意义了。鬼知道发生了什么……机场有雷……您什么时候知道这消息，嗯……为什么？（乘客嘟囔着什么，离开军人一侧，蹲坐在行李箱上，与其他候机乘客一起）

乘客　（转向端坐在行李支架上的邻居）您知道，发生什么了？

乘客1　（看着天空，眯着眼睛）当然知道……机场有雷……

乘客　为什么……我的意思是，什么——有人应该到达，或是离开，有人很，谁……对谁别有企图……政治家，学者？

乘客1　（转向乘客2，没带行李，直接坐在马路上，只能推测，他就是——一个乘客，因为他与其他人一样，等着机场开门）您是政治家？

乘客2　不是。

乘客1　学者？

乘客2　不是。

乘客1　真是奇怪，您是这儿所有人中唯一一个，或多或少像政治家或学者。

乘客2　为什么？

乘客1　因为您没有行李。

乘客2　那又怎样？

乘客1　没有行李，意味着没有东西让您挂念——有人会把行李转交给您，或者，您根本就不需要行李，因为您如此忙于政治或学术，其他东西您都不想……

乘客2　我不这么想，但是我不是政治家，也不是学者。

乘客1　您有不少企图吧？

乘客2　不知道……

乘客1　嗯，怎样，这是因为您在机场埋了雷？

乘客2　（神经质地）啊，您说什么，机场有雷？

乘客1　（带着嘲讽）我自己猜的。

乘客　军人们就是这样说的。

乘客1和乘客2　（齐声）军人们说的？

乘客　是的，他们刚才对我说的……

乘客2　我从他们那儿什么都没听到……我只知道，有人把行李放到起降跑道。现在排雷工试图弄清楚那儿有什么。刚才都知道，所有航班都取消，机场关闭……

乘客　一切都因为某个行李？！

乘客2　那当然……因为某个行李！您要什么，那儿可能有什么。一切都会化为泡影。认为机场有雷是因为政治家或学者，是幼稚的。有雷是因为所有人，为了坐在这里的所有人，因为无辜普通的，并不有名的人死了，——这比那些有名的人死了，更可怕。如果最普通的人死了，您知道，经常是这样，并非死在战争中，而正是在家里，在飞机上，或是上班路上，国家的一切都按部就班地变化，政治家和他们无用的政治，学者和他们的学术，统统见鬼去……

乘客　见鬼去？

乘客2　是的，见鬼去，因为没有人，没有什么，能管理世界，这世界经常有普通人死去，——经常有很多。

乘客1 是的，的确，可以随便消灭思想或理念时，为什么还追捕护卫森严的人。——要知道，没有人维护这些东西……一生的思想和理念——存在于人们之中，在所有我们身上，但是我们却没有任何人保护！甚至，现在有人保护机场，却不保护我们！

乘客2 受伤害的总是无辜的人……

乘客1 是的，无辜者总是受伤害……（一边说着这些话语，乘客2和乘客1一边优雅地摇着头）

乘客2 尽管，所有人毕竟都有些罪……

乘客1 但这不是在下面布雷的理由！

乘客 等一下，您从哪儿得知这些，那儿有什么，真的，这些包里有什么，什么要爆炸？

乘客1 现在正在查明这个，我们不确定任何东西，我们只是讨论，而他们，（指着站在封锁部队中的军人）他们——正在查明……

乘客2 但是，在任何情况下，——这都已经爆炸了。

乘客1 是的，是的。爆炸了。

乘客 这怎么了？（优雅地看着四周）那么，哪儿有烟、弹片、残迹呢？在哪儿？

乘客1 这一切都在里面。

乘客 在里面？

乘客1 是的，这儿现在坐着的所有人，——和不放我们过去的人都在里面（指着军人）……封锁部队的这些人，他们和那个分开，和自己的生活彼此隔离……他们焦虑不安，脾气暴躁，哪怕他们做样子，这并不可怕，但是可怕的在里面，您可知道，就像湿黏的过堂风——不，不，滑过他们脸上，我看到……这里所有一切都已经乱了，被迫想的完全是另一回事儿……这都在干什么?! 啊?!

乘客2 此刻在那儿，在起飞带的人，他们，总之，冒着生命危险——这些包裹已打开——那儿有三个行李，每一个——每一个可能都有炸药!

乘客1 每一个人?

乘客2 没有例外! 轰隆一声，我们这儿可能就会被弹片堆满!

乘客 看得出，你们坐在这里很久了，你们已经得到太多内部消息，或许，你们彼此理解只言片语，——你们如此默契地向我阐述一切!

乘客2 （好像害怕）默契地?

乘客1 （带着嘲讽）默契地!

　　〔这之后所有人长久沉默。

乘客 几点了?

乘客1 这现在有什么意义? 反正任何人任何地方都来不及。您到哪儿能赶得上?

乘客 这有什么区别? 我只需要赶得上。我想从这个地方转机去另一个地方……因为工作，碰到……有人把我送到这儿，妻子准备了行李，给我送行，准备明天等我，三个小时后那里有人等我，但是，看得出，三小时后我到不了那里……

乘客1 您不会!

乘客2 不，您不会!

乘客　也就是说，结果是，我处处迟到！这可怎么办？

乘客1　怎么办？

乘客2　如果一切都爆炸了——在一切修好之前，我们会更久无法起飞……

乘客1　那么，就是说，我们赶不上了！

乘客2　如果把炸弹给扫了，那反正还是不能马上起飞……

乘客1　是吗？

乘客2　两三个小时左右，重新分配起飞计划前，一切都变动了……

乘客　只要什么也不爆炸——我无论如何需要出现，需要出现……

乘客1　您会出现。过六个小时左右——最早，如果现在直接把炸弹给扫了……

乘客　糟糕，疯狂——这段时间发生了什么，在哪儿都感觉不到自己被保护，只有现在在家里……

乘客1　家里？

乘客　只有在家里，现在……

乘客2　家里？……

乘客1　坚持住！

乘客　什么意思？

乘客1　喏，谁知道，现在什么会让一切好转！您知道，怎样让竞赛好转？

乘客　竞赛？关于生产的？

乘客1　是的，随便什么！有人想用其他东西证明，它比实际上要好，——可怎样好转了？

乘客　是的，怎样，怎样它好转了？

乘客 2　竞赛好转在于选择问题！既然有其他东西，为什么不选择其他东西？选择——意味着拒绝——太可怕了！

乘客 1　原则上，是的，正确，有选择问题，——比如说，尽管有"百事可乐"，有"可口可乐"——都是一个主人，这是他们的竞赛——只是一个狡猾的诡计！不买这个——必然会买另一个，而主人从所有这些都得到利润——因为一切都是他的！一切！

乘客 2　是的，是的……因此，选择问题——确切地说，骗人的问题，伪问题。一切都已确定。甚至现在。

乘客　现在？

乘客 1　当然。我心里的一切都在沸腾，我几乎控制不住自己，去指责别人，因为我迟到了，我没赶上，总之，我会遇难——这些行李箱在起飞带会被彻底仔细检查！实际上，我完全没有选择！我应该坐着等待，等这一切疯狂结束！我应该加入其中！

乘客　可我有选择！

乘客 2　是吗？

乘客　是的。我要回家。这儿一切都结束后，我再开车来，坐飞机。现在我要回家，因为我不想在这里等下去，这于我无关，让这儿随便什么一切都发生。我等着回家，有人会给我换票，——航空公司会补偿费用，反正我会去想去的地方，虽然晚了，但会去，——这没有任何意义——完全或不是——因为我有正当的理由，——关上电视，就会知道，我有正当的理由，——我等着回家。

乘客 2　您，自己一个人飞行！

乘客 1 您认为，可能吗？

乘客 （小声嘟囔）机场有炸弹，我会回家。过一小时，最多。是
的……是的——我坐车！

乘客 1 还是坐车回家？

乘客 是的，待在这里一点意思也没有，这场热闹真够长的！

乘客 2 够长的。

乘客 再见！

乘客 1 但是，您要回去了？

乘客 当然，回去，今天反正要飞行！

乘客 1 嗯，那么，再——见！

乘客 再——见？

乘客 1 这场热闹结束后，另一场会开始，——也许，您知道，把
所有人塞进同一架飞机，飞机会以音速把我们运到……谁应
该到哪里……

乘客 我既不明白您的笑话，也不明白所有这些词的意思——现
在为什么开玩笑！

乘客 2 啊，什么——有人等您？

乘客 谁？

乘客 2 嗯，您现在要去哪儿？那儿？如果没人等您，也许，您会
留下？

乘客 我准备一次意外礼物！（准备离开）

乘客 2 再——见！

乘客离开，乘客 1 和乘客 2 留下坐着等待。

第二幕

标准房间中的一间卧室。中间是一张大床，旁边是带镜子的衣柜，床边是床头柜、台灯；床头柜一侧是电话。床上坐着**男人**和**女人**。

女人 我难受……（开始哭起来）

男人 哦，只是不要这样，不要！这是什么，啊？这什么——感情的泛滥，某些回忆折磨着你……对这来说，没有任何理由，什么让你哭泣？

女人 不知道，很难受，昏沉沉，好像我是一个脏兮兮的烟灰缸。

男人 脏兮兮的烟灰缸？

女人 不知道，这个，这是真的。看来，当你长时间没事做时，一切会很特别，尤其和一个男人在一起，或者，总之，你和男人一起等待，幻想，一切都发生时。这已经过了一秒，突然充满空虚，而这里，一切还一仍其旧……

男人 你生病了，是不是，简单说，你——不能这样！

女人 不知道，但最复杂的是——经受那些最初的分分秒秒。后来再想时，会轻松一些……（突然喊起来）一切又按新的！按新的！

男人 你精神有病，丈夫与你过得怎样？

女人 根据习惯！

男人 根据习惯……他根据习惯生活，而你的这些歇斯底里也根据习惯，或者所有这些马戏，是你专门为我准备的？

女人 为你，为你……现在一切都会过去……你怎样？

男人 我一切正常，可以重复一遍……

女人 糟糕，找，找另一个什么词，你想打我啊！

男人 （生动地，略带哭腔，读着诗歌）

> 暮秋时节，
>
> 白嘴鸭飞走，
>
> 森林褪掉落叶，
>
> 大地一片荒芜，
>
> 只有一块庄稼地未收割，
>
> 这勾起忧郁的思绪。
>
> 麦穗彼此悄声耳语：
>
> 凄冷的暴风雪中我们寂寞无助……

女人 停下！

男人 我不清楚，这从经验上对我有帮助。你读给我听，或者听着——时间过得飞快，你想的是这些麦穗，完全不是刺激你的东西，完全不是……只是麦穗……那里接下来更有趣，那里好比这些麦穗，它们等着没有犁地，或没有收割的农民。总之，那里它们等待着，呼唤着他，这里一个更高的声音回答他们，是吧，他对它们说，就是这些麦穗：

　　　　不是因为他没来收割，没来播种……

　　　　而是因为他病得厉害！

　　　　清理这些地带的双手，

　　　　消瘦如柴，

　　　　干枯如鞭！……

女人　（紧挨着转向男人，猛地坐到他的上边——与此同时，她突然娇媚无比地做着这些事，用突然改变的心情说）想捆绑我吗?!

男人　捆绑……用什么，我没有皮带——用你男人的皮带?

女人　他也没带皮带走了……啊，用连裤袜捆绑我!

男人　连裤袜?

女人　是的，从橱柜中取出，我装作失去知觉（从男人身上滑下来，用脚把他从床上踢下——男人趴在地板上）神志不清地躺在这里，你，趁我失去知觉，——把我捆起来，而我很快恢复知觉，但为时已晚，你已经完全把我控制了，我无力地听从于你!

男人　（爬向橱柜）连裤袜不会扯断吧?

女人　不会扯断。（装出断开的姿势——由于女人自己的某些内在原因）它们在那儿，在橱柜里，在盒子中间!

　　　　〔赤裸的男人在橱柜前站起身，打开柜门——在他面前有很多可移动的内衣盒子；男人挪动一个，另一个，仔细查看盒子，没有注意到锦纶袜，坐在地板上，决定开始更加仔细地到下面寻找连裤袜。

男人　（从盒子里抽出长袜）你丈夫有一双长袜（读长袜上的图案

标记）——"Carpenter"，卡朋特，——真长——可以用它捆

你吗？

女人　它们可能脏了，他总是不加选择地把袜子扔到剩余袜子里。

男人　扔到剩余袜子里……（把长袜靠近鼻子，吸气）真脏……

（再次靠近）……味道真恶心……

女人　噢，这无法忍受，你再快点！（好像折断了）

男人　你这里乱得可怕……

女人　（从"折断"中走出来；气愤地）在妻子后面搞得一团糟，

这些无序对我来说——是有序！

男人　（从盒中取出女人的泳裤，把它靠近鼻子）可怕，你的内衣

散发的味道，和你丈夫的长袜一样！

女人　（脸红）他把长袜扔到我的内衣上了？！

男人　不，它们在另一个盒子里，但气味一样。

女人　嗯哈！

　　　　[男人把女人的泳裤和长袜"卡朋特"，扔给床上的女人。

女人开始闻了闻泳裤，然后是丈夫的长袜。

女人　可怕……它们真的没放在一起？

男人　是真的，——这不，这儿的一切是你的，（指着中间盒子中

的一个）这个是他的，（指着高处的另一个）而这些袜子，原

来，在这里。（指着最低的盒子）

女人　不知道，也许，这来自橱柜。

男人　来自橱柜？

女人　是的，木头味道。

男人　木头……

女人 （把袜子和泳裤扔给男人）把它们放回去，别再闻这儿的一切！最后，着手做事！

男人 （走向橱柜的另一个隔间，打开隔间；他面前是被衣服塞满的空间；衣服一堆堆乱放着，一直堆到橱柜的最顶端）你的橱柜真满！

女人 什么？

男人 （从一堆衣服中取出一条绞合揉皱的连裤袜，然后是另一条，——一共是五或六条）这不好！

女人 为什么？

男人 如果你丈夫回来，——我会没处躲藏！

女人 他不会回来！

男人 你确定？

女人 他明天回来！

男人 反正应该要见面，他应该已经恰好在空中，或者已经在飞去的那里，在那地方。他应给你打电话，他说，好了，飞到了，只有我应该到这里，可不知怎么不由理智……我曾坐在长凳上等着，他出去，离开，消失（靠近床，爬到床上；继续说，着手捆绑女人的双手）——我也有过幻想，——我怎样闯进去，开始与你做爱，总之，我除了这所有一切，就像往常，你知道，有人告诉别人妻子"出发前你吻他吗？他刚才拥抱你了吗？"——我对此没有兴趣，因为我们每一个人都在做想做的事，——我很快也有失望与空虚，如何结束，然后又想要，可然后想吃——这一般有些糟糕，甚至是，你是别人的妻子，我把你捆着，捆着双脚？

女人 （瞬间好像恢复自我，重又"切断"）是的。

男人 （继续边说边捆）我根本不想思考这个，我想想象一下，是的——尚未认知的和非常有趣的东西放在我面前，有关联的东西，现在我要侮辱它们，为了这个没有什么会阻止我，因为，原则上，一切都根据双方协议，尽管这是所谓加括号的，（捆完女人的双脚，男人躺在她身上；一段时间没动，然后开始性行为）我知道，我会非常幸福，如果我真的有这样的癖好，捆绑别人，从中得到快乐，或者，悄悄闻闻别人的内衣或袜子，如此忘我地致力于这种事，只因为一个想法而结束，现在我闻一闻暧昧的，别人的东西……我会因为这个感到幸福，但是我不喜欢所有这一切，我无法对任何这样的事情入迷，总之，我明白，我身体的每一个小部分都与其他人不同，按所有其他有机体不明白的自我生存方式活着。一切都不一样，可有时，的确，我的一部分会恐吓另一部分，是的……这个现在，我的意识会嘲讽能带给我片刻满足的一切，也就是说，我紧挨着你——没有任何满足，因为我，就像穿着潜水服。我旁边的东西，也许一分半钟我就会结束，——这是记忆中的一切，但是，带着我意识中的每一个这样的恐怖行为，我接近那些我完全忘记的东西。首先，等待我的是，——变成阳痿患者，然后——继续下去。如果我突然喜欢谁的内衣的味道，那么对我就是结束……结束……结束……（停止）

女人 我一切都麻木了……

男人 因为连裤袜？松松绑？

男人　因为你的话，我不知道，它们就像镣铐……

男人　明白……

女人　看来，你比我更坏。我只是坏，我本想影响你的心情，把传染病传给你——你可真是安分守己，你完全无可救药了……把我松开。

男人　我想吃点东西。

女人　太好了，把我松开。

男人　我想吃，我要吃，这必需的，第二次后，我个人而言，你已经不那么坏，因为某种食欲来了，突然之间想法出现了，嗯，值得干这个……值得……尽管此后，想吃，——应该支持这个，趁它还没消失，还有希望……

女人　糟糕！……我和你在一起的时间越长，听你的这些话，我就越喜欢我丈夫。总之，很快我又爱上他……

男人　我拯救了您的婚姻。

女人　把我松开！

男人　有什么吃一点吗？

女人　厨房。冰箱。玻璃杯。盖着的盘子。沙拉。

男人　有面包吗？

女人　白的，还是黑的？

男人　有黑的吗？

女人　没有黑的。

男人　有白的吗？

女人　法棍。

男人　有法棍？

女人 干硬面包。我们没吃面包。那是前天的法棍，前天有客人来我们家，把我松开。

男人 不，我不松。我能在床上吃吗？

女人 不，只能坐在桌旁吃，但是如果你不把我解开，你可以在床上吃，因为没有人妨碍你在床上吃。

男人 （站起来，走进厨房，在那儿喊道）我直接从杯子里拿，好吧？

女人 你不把我解开？

男人 不，这更有意思！……（拿着杯子，出现在卧室里，嘟囔着，还想说点什么，但被电话声打断。电话响了两声，被捆的女人抽搐着，男人站着，看着电话，打开自动回答器）

自动回答器 你好！我们不在家！请在嘀声之后留言……（响起嘀声，然后是剧烈的故障——自动回答重新响起录下的话，——这之后嘀声重又响起，消失，长时间的咝咝声挂起）

女人 这个，自动回答器坏了！请关上它，我不能听这个！（男人站着，自动回答器咝咝响，——突然一切都缓和下来，似乎安静下来）谢谢！

男人 拜托，我碰都没碰它！

女人 好吧，主要的是，他沉默不语！你说了什么？

男人 你认为，这是谁打的电话？

女人 随便是谁，有什么区别？你说，什么会有趣一些？

男人 这种暴力。我说，暴力会更有趣一些，——我不会给你松绑！这不会是他吧？

女人 他，和她——大有区别。对我——没有！

男人 （铺好床，吃东西）对我更大！

女人 对你更大！吃完后，你会做什么？

男人 煮饭。

女人 那我呢？

男人 你随便，但我现在不会给你松绑。我会煮饭，休息，然后再和你谈情说爱！

女人 这都是你自我臆想的，异想天开！

男人 你不喜欢？

女人 不！

男人 太好了！现在一切都按真的来。没有所有那些假的。这不会引起你的反对吧？

女人 暂时没有！

男人 那么——你等着！（吃完沙拉，男人把空碗放到地板上，放好枕头，铺上毯子）

女人 你这是干什么？

男人 （仿佛从梦中）也许过一会儿，也许一小时后，我会扑向你……

女人 你干什么，真的决定躺下睡觉？

男人 试一试……

女人 （歇斯底里地）放开我，放开我！

男人 你想让我给你嘴里塞块破布吗？

女人 （害怕地）不想。

男人 那么就不要喊……

女人 好……

男人　你看——你已经喜欢这个了……

女人　（像蛇一样蜷缩着）很久没睡——我的手都麻木了。

男人　破布……破布——多么可怕的单词，破布……

女人　你明白我的话——我的双手都麻木了！

男人　（转向一边）你的床像跷跷板一样，在吱吱作响……

女人　跷跷板？

男人　是的，您的院子里有一个跷跷板，我曾等着你的跷跷板消失，有个孩子总是在摇来晃去，它们就那样——吱呀，吱呀，——你的床也那样吱吱响……一直在吱吱响，直到我，直到我们……

女人　你看，我只能和你检查这个，床在吱吱响，是不是……

男人　只是不要抱怨！

女人　我不抱怨！

男人　你是受害者，我是抢劫者，——如果你开始向我抱怨，这可没道理。

女人　你先向我抱怨！这更荒唐——抢劫者抱怨受害者，说她的床吱吱响！

　　　　[男人从床上跳下，跑向橱柜，从抽屉里抓起一件内衣，回到床上，——把内衣弄皱，塞到女人的嘴里；女人抽搐着，试图发出声音，男人更加结实地把内衣往嘴里塞。

男人　你在打扰我，打扰我……你把我从需要情绪中弄糊涂了……（女人无声地蜷成一团）刚好，你累的时候，我睡醒了——这样我们都好。你甚至更累，我给你拍一拍，松松绑。这可是舒适的休息……（女人的头被毯子蒙住，抽搐了一段时间，然后安静下来。突然，男人猛地掀开毯子，微微欠起身子）你听?!（想到女人不能回答）——啊，是……什么在咝咝响……自动答话机，是吧……我没把它关上……也许，打电话的人，一直在想，给我们留什么讯息……嗯，就让他想吧……（用毯子蒙住女人的头）

第三幕

　　不大的办公室：几张桌子，几种颜色的沙发椅，其中紧凑坐着与桌子相配套的一组办公室员工。只有一个位子空着。**一个优雅整洁的男人**，身穿西装，手中拿着不大的文件夹，走向空位。看起来，男人职位较高，因为其工作地点位于隔壁的独立办公室。终于，他从文件夹上离开视线，没有注意到自己面前员工准备听候他当前任务的等待身影，感到奇怪。

男人　（转向邻桌的女人）啊，那个，她……在哪儿呢？

女人　（盯着电脑）她在心理医生处……

男人　啊……（将一个文件夹放到缺席工人的桌子上）记得还回来。今晚我要数一数……您会转交给她？

女人　是的，当然。

男人　好的……（若有所思，又看了一眼文件夹，封上口，转向刚才与他说话的女人，然后又若有所思，从桌上拿起几张空白纸张，盖住文件夹）好的……

女人　是的，当然。

男人　好……（离开）

　　　　［过了一段时间。那个整洁干净的男人，来到先前的空

　　桌旁。

男人　她没出现吗？

女人　没有。

男人　好的。（离开）

　　　　［过了一段时间，他又回来。

女人　她没出现。

男人　我知道……我来是想说，心理医生今天不上班……今天不是他的工作日，他只在每周五和周三接待我们。

女人　哦，我不知道，您去过那里？那儿呢，心理医生不在，那儿只有好听的音乐在响，还有电子屏幕，那儿只能坐着，她那时就在那儿坐着，心理会减轻一些负担。

男人　劳驾，我请求您去找一下她……能减轻多少呢。

女人　（站起来，准备完成任务）哦，我不知道，有人专门领进房间，好减轻痛苦。谁自我感觉如何，何时到时间……如果这不会引起责难的话。

男人　麻烦您！

女人　（在路上）经理自己说过，如果您感觉到，那就好，没有人会理睬。

男人　一切都有自己的时间，上班应该有时间，哪怕是一点工作时间……如果没人教会您。（女人已经打开门后的某处，男人明白，没有人听到他，不再说话）

　　　　［一个女人——办公室女工迎面走向焦急万分的男人。

第二个女人　请签字。（递给男人一张纸）

男人　这是什么？

第二个女人 预算。

男人 我看到，这是预算！我问你，什么预算——买什么：买肉，买糖?！

第二个女人 什么意思？（开始因为愤怒而颤抖）我们……什么肉之类的，如果我们有……我们这儿不是食品超市。

男人 这就是！您这里不是超市！为什么我凭您荒唐的眼神就猜得出，您干吗悄悄把自己的文件塞给我?！

第二个女人 这不是我的文件，我，顺便说一下，是在工作。

男人 好吧，您还是让我在这儿吧！（从女人手中接过预算，飞快看了一眼，又递回去）接下来请找一下我，我不会跑的。

第二个女人 问题在于，我需要马上——我现在需要预算制作报表。

　　[优雅男人与第二个女人的争论被门外的叫喊打断。办公室的工作很少中断。所有人坐在自己桌旁，稍微抬起头，根据听到的声音，等待自己的猜测。刚才被优雅男人请求去寻找女同事的女人，跑进办公室。

女人 （看了看所有人，好像不明白，置身何处）……

男人 这是什么，是您在叫喊？您?

女人 我……

男人 发生了什么？您找到了?

女人 她……

男人 什么她，我问您，您找到她了?

女人 她上吊了……

男人 什么?

女人 ……

男人 我不明白，您说了什么？

女人 她上吊了……

男人 怎么上吊的？这是怎么……在哪儿？

女人 那儿……在休息……室里……吊着……

男人 怎么这样，您等一等……

第二个女人 哦……（颤抖得更厉害）

女人 那儿……吊着……

〔办公室所有一切好像变软了，深深挤向一起。

男人 （看着所有员工，好像在自己点数，确认谁没遇到）这样，所有人坐下……哪儿也别去……我现在自己……（跑出去）

〔办公室员工跑向女人，相互打断，询问她发生的事情。

第二个女人 这什么，为什么是她……她为什么自己，自己把自己？！

第三个女人 喝点水，安安心，静一静！

第四个女人 是这样，她一个人，她在那儿一个人，是吧？听着，她在那儿一个人？

女人 我不痛快，哦，我不舒服。这是什么事儿，我差点就克制不住自己，想检查一下，她还是像过去一样，看样子很早就走了，离开了，她老早就离开了，我没对他说，她老早就离开了，他只是在找理由，吹毛求疵，我当时想她在休息，不是吗，既然……没人看见我的表吗？要知道，哦，我有多少事儿啊，好吧，我得完成，我要完成，我的表在哪儿？！（大喊大叫）我的表在哪儿？

〔此时男人进来。

男人　安慰一下她！我说，安慰她！

　　〔某个同事围住女人，拍打她的面颊。她不再说话，但男人却不安静。

男人　让她闭嘴！谁都可以！安慰她！做点什么！让她闭嘴！

　　〔打女人的人，胆怯却有力地也打了男人的面颊。

第二个女人　我们现在该做什么？

男人　（坐在桌旁，接过某个殷勤同事的水杯）应该打电话……叫人……来调查，要快，必须！

　　〔有人拿起电话听筒，拨号。

女人　也许，应该挂掉电话。

第二个女人　是的，只要……

第三个女人　什么？

第二个女人　特征不好。

第三个女人　哈哈哈……

第四个女人　什么样的？

第二个女人　如果她向某人低头，那么她自己然后……那个……

第四个女人　什么，那个？

第二个女人　能是什么！脖子上的那个绳子！

第四个女人　这她不知道——哪样的记号？

第二个女人　哈！幸福美满，就意味着，您活着，竟然不知道那样的记号……

第四个女人　我像所有人那样生活——我不抱怨，关于这个记号，还是头次听说！

第二个女人 嗯，所以我才说——您养尊处优啊……

第三个女人 也许，那时她为了头儿，有人帮过她？

第四个女人 哦，我不会，我不会！

男人 您安静一下！任何人都不能乱动！我们应该等一等！我们什么也不能乱动！现在他们快来了，一切都……您呼叫了吗？！

打电话和呼叫的人 是的！他们马上到！

男人 好的。

第四个女人 应当通知经理……

男人 哪儿？他坐车走了……

第四个女人 也许应该回来，叫回来。

男人 （看着表）他应该已经在飞机上……叫回来！他有约会，协议！除了他，您是谁啊？叫回来！您明白，在说什么！他还不觉得我们的问题不够！

第三个女人 但这可是他的问题！现状就是现状，现在反正都得进行行政调查！

第二个女人 就是没有我们，现在也会进行……

男人 真是糟糕，糟糕透顶！可恶讨厌！在办公地点弄出这种事情！我们可是有声望啊！那又如何，此时此刻，该想些什么呢？

第四个女人 您只想着声望！可人却没想到！（哭起来）

男人 安静，现在所有人都要安静！这样……应该想一想，现在他们的确快来了，应该决定，我们说些什么……

第二个女人 为什么？

男人　什么为什么？可您想接下来后半生卷入无端的指责，仅仅如此人们不会上吊！

女人　可事实上，她为什么上吊？

第二个女人　丈夫背叛了她……

第四个女人　是吗？！

第三个女人　所有人都很清楚，丈夫背叛了她。又如何？为此不会上吊！

第四个女人　我个人不清楚！

第三个女人　嗯，看起来，她与您没有交流过，而我知道，她对待这件事很愉快，简单而快乐，我和她多次讨论过！

男人　正是如此！

第二个女人　这个，是的，这不是秘密，至少在我们之间。

第四个女人　也就不客气地说说这个……是的……

男人　等一等，解释一下这一切……应该……应该看看她的桌上，也许，她留下了什么便条……就像平时这种情况……

　　　〔所有人把目光投向同事的桌子，在纸片中寻找。

第三个女人　没有，没什么。

男人　（翻动活页本）也许，在公文柜里……真是胡说……

女人　什么，那儿有什么……

男人　一片空白，完全空白，只有一句话，在中间……

第四个女人　什么话？

男人　（读道）"脚指甲比手指甲长得快"……是的……

　　　〔出现暂停。每个人都在思考。这段时间一直缺席的同事打破寂静，他外出买矿泉水，回来上班后，他现在对看到的感到非常奇怪。

同事 （将水杯放到桌上，微笑）什么让所有人如此悲伤？谁上吊了？

　　〔所有办公室工作人员停止各自的思考，转向从未想到过的同事；经过暂停后，大家大声向他喊起来。

女人 你怎么了，你已经完全？！你疯了，啊？！哪怕要稍微！哪怕稍微想一想！（敲自己的头）……想一想！你总是碰到这些问题，但你谁也不听，你根本不在意所有人和所有事。

第二个女人 她上吊了……她上吊了。是的，她上吊了！就是这样！是的！你来了！就是你来了！一开始要用用脑子（敲自己的头）……首先要把头伸进去，确信一切都正常，然后再进去，开玩笑！

第三个女人 你不合时宜，你现在说得很不合时宜！你可以认为这一切很好笑，只是她（指着女人）……在那里她看到了一切，现在我们勉强把她灌过来！将来还会有什么！……

第四个女人 你的笑话已经让所有人厌烦！你为什么？！……你看看电视（指着一边，按她的意见，应该有电视的方向）……看一看，学习一下，人们是怎样开玩笑的，最主要的是，什么时候和在什么时间！把滑稽演员带到了工作中！……

男人 （在开始比手画脚的一刻，打破议论纷纷的女人们，因此，她们悄悄耳语谈话的结尾事实上是无声的）您去哪儿了？

同事 我……去买矿泉水了……

男人 那什么，为什么您在上班时间做这件事？

同事 ……

男人 然后，我们安装了过滤器。您怎么，不喜欢我们的水？

同事 不是……

男人 什么？

同事 我喝"依云"水……

男人 "依云"？

同事 是的……

男人 那什么，那么我们为什么装过滤器，它不过滤了吗？

同事 过滤，但是我喜欢"依云"……

男人 那它好在哪里，总之，矿泉水的区别在哪里？……您什么，根据喜好区分它们？

同事 是的……

男人 有意思……总之，您的"依云"哪里不同于我们这里所有人喝的水？

同事 ……

男人 为什么，如果我有某些爱好，我会努力把它放在心里，深深埋在心中，上班时间我哪儿都不会去，不会寻找方法，在需要从事完全另外一件事情时，思考如何解决自己的私人问题。为什么您的爱好这样压制您，在您突然想要的时候，迫使您自己去鬼地方？……

同事 （咬着下嘴唇）我，真的，两步远……不是什么鬼地方……

男人 什么？

同事 离咱们两步远的……商店……我到那里（完全在撇嘴，轻声哭泣）……我去那里了……

　　　［其他人开始撇嘴。所有人中，有人更加紧张，有人——

285

稍轻一些，眼睛开始眨巴，流泪。

男人 不，那怎样，您向我解释——我无法明白——对我来说，一个词——"矿泉水"就足够了。对我而言，这足够了，我马上明白一切，这种水干净有益，这种水的名称对我不会添加其他别的意思，更别说趣味！

同事 （含泪）别对我大喊大叫！

男人 什么？

同事 别对我大喊大叫！如果我不对，我会负责，但是不能对我大喊大叫！

男人 这是什么，啊？谁对您大喊大叫？！总之，您同我怎么说话？

第二个女人 （含泪）每天对所有人大喊！这里的人上吊，不奇怪！

男人 怎么？您说些什么？

第四个女人 您自己已经完全不遵循，您对大家的承诺！

男人 那我对大家怎样承诺的？怎样？！

第四个女人 这样，这之后不再是工作的事儿，——不想活了！

男人 这和您，和所有人怎么了，啊？我和您如何交往？！我怎么，现在就不能公正地评论一下？（转向第三个女人）为什么那时您为了什么矿泉水哪儿也不去……

第三个女人 关于什么这里的矿泉水？有人告诉您的可完全是其他事！原则上，您不能和其他人打交道！您如何被任命这种职务，我一点不明白！

男人 是的！就这样！您感到奇怪！我还奇怪呢……（走向这个

女人的桌子）我奇怪的是，您多大了！

第三个女人　什么意思？

男人　意思是，在工作地方成年女人怎么会有这些装饰品！您的整个桌子，一切都被它们堆满了！（扯下布置在第三个女人桌上的某些碎片，在自己头下摇来晃去）

第三个女人　这不是装饰品！

男人　啊，那是什么？

第三个女人　贴花！

男人　就是了！这更好！何时弄得这些？这些东西呢，如果您不清楚，我一般童年时玩！

第三个女人　是……请放到原地！

男人　别害怕，我会放的，只是在这之前我想说明，请您弄清楚，发生在您身上的事！

第三个女人　和我在一起，一切井井有条！

男人　是，那这又是什么？

第三个女人　谁给您权利，在我桌上摸来找去？

男人　我没找！事情是这样的，这一切都看得见！如果您把这些盖上，那么就没事，可这样，——您让所有人成为见证者，我们所有人都看到，忍受着您的这些古怪行为！

第三个女人　谁——我？您忍受着我，这就是说，——太棒了！

男人　嗯，为什么您有，请允许……（转向第四个女人，伸手去取她桌上的照片）

第四个女人　是的，请吧……（递给他带相框的照片）

男人　为什么这个人有——正常的照片（端详着）……丈夫，却什么没有……

第四个女人 这是哥哥……

男人 什么？

第四个女人 我没有结婚，这是我哥哥……

第二个女人 可有人告诉我，你结婚了……（朝向第三个女人）您曾告诉我！

第三个女人 这是因为她自己对我讲过，关于丈夫，关于他们的蜜月，在岛上……

第四个女人 （从男人手中拔出照片）在什么岛上！我没结婚！

第三个女人 但是您自己可说过？

第四个女人 我和您还说过什么？关于什么？您每天对您的荒唐家庭喋喋不休，下班后您与丈夫们去哪里！（变换声音，模仿同事）"城中没有什么娱乐，到处都一样！我从不预订私人舞蹈，可他们走到桌旁，开始脱衣服，我和丈夫感觉很讨厌，我和丈夫很不高兴，我和丈夫休息，我和丈夫——我和丈夫！节假日他带我出去……他许诺节假日外出！"令人作呕！每天都是同样的令人作呕的事情！（用一次性纸巾擦嘴）

女人 你干什么，你嫉妒我们？

第四个女人 才不是！

女人 你嫉妒我们！真是糟糕！啊，主要的，嫉妒什么！（从她桌上拿起照片，看来看去）当然了，是哥哥！还真是一模一样！就像我们以前想的……

第四个女人 放在原地！

女人 安静！

第四个女人 放在原地，我说过！

女人 我对他什么也没做，安静！

第四个女人 你怎么，不明白啊？（跳向女人，从她手中夺走照片）

女人 明白，安静！

第四个女人 烂货！（把照片扔到自己包里）

女人 贱人！

　　〔门开了，办公室进来一位上年纪的男人，身穿红绒布西装。男人手上拿着一只小狗。狗品种非常低劣，眼睛凸起，看起来，好像比这只狗本身大数倍。

上年纪的男人 对不起……

　　〔所有人不再说话。

上年纪的男人 对不起……我们忘记了系狗皮带……上次我们把系狗皮带忘记在我们办公室……我们散完步才明白，我们没带皮带在散步……它可能在我的办公室，在休息室……休息室关上了……可我们需要系狗皮带……顺便问问，为什么房间关着，我之所以问，是希望我不在时，每位同事能休息，放松一下……

男人 现在不能去那里……

上年纪的男人 为什么……我们那里有颈圈……

男人 那里吊死了我们的一个女同事，那里现在不能去……

上年纪的男人 原来这样……啊……嗯，是——嗯，是……那我……

男人 请站一下，等一等，现在应该已经抵达，您可以等一等，如果它对您不可缺少……把她取下，会把您的系狗皮带给您……

上年纪的男人　是的……（挥手，想离开，停下，转向）也许，您需要我的帮助？

男人　是的，或许，不了，谢谢……

上年纪的男人　您看，我并不难受……

男人　我不知道，也许，有人会？（转向同事们，所有人沉默，努力将目光投向旁边）

女人　谢谢，不需要……

上年纪的男人　啊？……是，嗯，好吧，好吧……再见……（离开）

男人　一切顺利……

所有人　再见……

第二个女人　已经要求他多少次，不要带狗来上班！

女人　他说，她会帮助他，安慰病人……

第二个女人　她安慰谁啊，丑八怪！雇了小丑！他来，对咱们撒谎！这就是结果！他帮谁，帮什么？！

第三个女人　我个人呢总是把自己放在心上……是，少了所有人，总之，对此我不明白……

第四个女人　您能，可某人——不能……

第三个女人　因为所有事要按时做……

第四个女人　做什么？

第三个女人　是那个！您很好明白我说的……

第四个女人　不，我完全不明白您……请您说完，如果您有所指的话！

第三个女人　好吧，您会很好明白一切，我在这里当着所有人向您解释，应当按时结婚，然后好和大家正常许诺！

第四个女人　是，然后好带着别人的系狗皮带……

男人　听着，我只是有些吃惊！……为什么?！为什么您突然在某一刻变得好像不被控制了……也就是说，我不想说那个，我的意思是……这个您和所有人的一切，似乎都非常好……每天您来这里，问好，微笑……我们一起工作……要知道我们工作……在某种程度上……您知道关于彼此的一切，但不知为什么，您不能准时说出来，什么打扰或刺激您，积聚，在自己心里积聚，然后变成会在不适当时刻爆炸的炸弹……这个我，难道我对您，对所有人抱怨您今天对我说出的? 啊? 难道我该当如此? 如果别人给您肯定的评价，这是无法忍受的，是吗?

同事　那要是不劳而获呢?

男人　嗯，怎样，嗯，反正一样，可以在某种程度上忍受住……

同事　是……

男人　嗯，最后，嗯，您请说，但不能用蛮横无理的方式……很简单，这个底片，我多多少少明白，他复制的，复制的，他在某种程度上应该退出……

女人　只是应当经常放松一下，交流问题……

第二个女人　应当设法减轻负担，好让某人帮助……

第三个女人　为了帮助，听完……甚至可以完全是谁也不告诉的局外人。

第四个女人　但只要不是这个小丑就好……

所有人　不——不——不……

女人 带着狗……

第四个女人 我！我，有一次，到办公室找他，我坐在沙发上，我决定休息下，可他靠近坐下，说，请素描个人……

女人 人？

第四个女人 是的……他说——请给我素描个人，我要测验一下您……嗯，我画得不好，他这样告诉我，听他的话我差点直接抓狂！笨蛋！（所有人赞成地嘻嘻窃笑，纷纷点头）

第三个女人 （从自己桌上拿起图画）这是我儿子的画，贴花……他喜欢裁剪，拼贴……我不是存心把照片给你放到桌上，我的儿子和丈夫——不上相，出去不好看，或者给他们拍照拍得不对，而这些图画妙趣横生，看看它们，我就感到安心，我马上变得轻松，快乐……淘气鬼经常把奶奶惹翻，谁也不听，让父亲生气，只有在粘贴时，他才安静……（看着图画，哭起来。所有人回到自己位置，继续工作）

第四幕

　　小院子。一张长凳。长凳上坐着**两个上年纪的女人**。从某个远处传来跷跷板的吱吱声。看来，在小院深处某个看不到的地方，生锈的机器人在摇晃生锈的跷跷板。机器人喜欢摇晃，——所以他未必决定某时休息一下，或者更是停下摇晃安静一下——他总是在摇晃。女人们坐在长凳上，这众所周知，对用钢铁声音来刺激她们的心脏，她们努力逐渐习惯，模仿他们的声音或自己的哼扰音。

第一个女人　你穿得暖和吧？

第二个女人　是的，（掀起裙子，向邻座展示玫瑰色针织裤）这是丽莎受凉后的膀胱，她总是直接穿着连裤袜。它有些像微风，还很暖和，——就这样，膀胱很快受凉。先是尿，然后带着血。她说，好像用刀叉或铅笔刀将尿切成缝隙。她站在马桶上，等着，直到完事：五分钟，十分钟，二十分钟，——然后直接和血一起流出来。直到穿上衣服，她一直都很痛苦。

第一个女人　最好多注意身体。

第二个女人　最好多注意身体！

第一个女人　（朝着跷跷板声音，喊道）不累啊？！

童声 不！

第一个女人 嗯，跷吧，跷吧。就让他跷吧。

第二个女人 就让他跷吧。

第一个女人 父母来了，把他锁在第四个房间，他面朝窗户站着，看着街上，看着这些跷跷板，像不准动弹的狗一样，看着。我说他们，说让孩子到街上。可他们好像不听我的，也就是说，我在，我不在，——我——这是洗碗碟时，水的嘈杂声，——需要什么时，会注意到我。这你是见证者……

第二个女人 是的。

第一个女人 我不希望任何人罪恶……

第二个女人 是的……

第一个女人 但他们……你也看到，当着我的面！这不昨天——我说，——如果我打扰您，如果您需要，没人被打扰——请把我送到敬老院。我需要的——我已经看到了所有我需要的，——他们怎样生活——他们怎样教育孩子。

第二个女人 停一下！在什么房子里！

第一个女人 什么样的，普通的！我在那里哪怕会知道，我不需要任何人，可这里呢？亲人们，还有这样的关注！

第二个女人 那女儿呢？

第一个女人 什么女儿。夜晚白天都在睡——在说。他是她的一切，他晚上训斥什么，她就做什么，我有时会奇怪，这是我的女儿不是？

第二个女人 她自己有错！

第一个女人 她自己有错……

第二个女人　他开始找你女儿时，我马上告诉了你——他会收拾你！一切会用手收拾！你太迟了，看走了眼！现在难受吧！

第一个女人　是……（啜泣）

第二个女人　你怎么，你看哪儿去了！他是什么民族？！他们这些人，在血中打架斗殴，而你却安排不正常关系……

第一个女人　可是孩子很可爱……

第二个女人　可爱！又怎么？会长成父亲那样！不肖子！

第一个女人　住嘴！

第二个女人　怎么了？好！如果现在不将他从父亲的影响下带出——切都还会这样！

第一个女人　可是他的工作很好，有钱！

第二个女人　从这些钱中您看到多少，很多？这就是了！你的他在哪儿跳舞——在赌场？

第一个女人　那里的俱乐部，酒店……

第二个女人　只要族人的习惯还保持着，这就是他的工作。招收这样的人，就像你的女婿，要求他们唱歌跳舞，按他们的方式，按民族的形式，按民间的风格。那里没人明白任何事情，他们唱些跳些什么，因为所有人在矛盾中，在系统中——对他们而言，这是休息时间，有人在他们面前装腔作势，以无法理解的方式吼叫。他们，谁有钱，——他们从这个工作，从族人中显露出来。就像你女婿，把钱放给这些人。这些人，族人们的确在想，有人明白，他们在那里表演，而所有人装腔作势——他们只是把这个做得时髦，因为没人有兴趣去弄明白普通的歌曲和舞蹈——所有人的脑袋，就像花束一样都进水了。这很无聊，已经没人能满足于普通合理的人类语言，正常的文化。毒贩，一群完完全全的毒贩，他们有钱——这些生产者、网络市场营销的经理人、高级顾问——所有人都在接待会工作，——这是我所有的退休金——这用来支付手机和食物，可他们——还要在小小地方干活。所以别着急，族人的时髦会过去的——你的女婿会再来打扫院子，或是偷废金属，——原则上，允许这些穿有细带衬衣的牧人做这个。

第一个女人　就那样，如果他被解雇了，我得供养他们所有人，是吧？

第二个女人　可没人会要求你。你会乖乖地，——听话！或者，总之，高调待人，低调待己 ①。

第一个女人　噢，这是什么，啊，我该如何呢？

第二个女人　！（从大衣口袋里取出一个小玻璃瓶，将其递给第一个女人）

第一个女人　这是什么？

第二个女人　这是战争，你懂的！该从预防措施转变为具体行动了！那里，谁先决定，谁先取胜！给他在汤里或茶里，放一个药片——半年后——女儿、孙子和心爱的奶奶——多么幸福的家庭！可从女婿那儿——只是美好的回忆！

第一个女人　圆圈内的是什么，这有毒，是吧？

第二个女人　水果糖！当然有毒，别怕——无论如何没人会注意到——只是你的女婿——是强盗，可我的丈夫——更坏些！

第一个女人　这个你给他……

---

① 该句俄文为俗语，原意为在澡盆里给你加热，把自己从屋里扫出门。

第二个女人　我帮过！我帮过他，可他二十年左右永远在参加约会！

第一个女人　如此美好的……

第二个女人　美好的！这个美好影响了我整整一生，我开始像人一样生活只有一年！自由自在，有房子，孩子都安排好，没人打扰！

第一个女人　多少个，一片？

第二个女人　一片。

第一个女人　可如果两片——两倍更快些？

第二个女人　如果两片——我马上告诉你——我不会带着转交物品，到监狱给你送。他不会出血——会有腹泻——很快算出你，所以最好忍耐，多让着，然后没人会出现，就这样，一片！明白了吧？

　　　　［一个男人，带着行李箱，向长凳走来，坐得离女人有些远，他把行李放身旁，看着地面，皱着额头，低声嘟囔着什么，——他的眼神已然忧郁，这种忧郁马上就开始流淌到面颊。女人们停止交谈，悄无声息地斜视着坐在她们旁边的男人。第一个女人一边朝跷跷板吱吱响的方向生动地喊着，一边仍然斜视着奇怪的邻居。

第一个女人　不累啊？！

童声　不！

第一个女人　嗯，荡吧，荡吧。让他荡吧。

第二个女人　让他荡吧。

　　　　［男人克制不住，哭起来。

第一个女人 男人，你怎么？

第二个女人 哦，哦，哦，男人，嗯——哈！嗯——哈，控制住
自己！

第一个女人 用手帕擦一下！（递给男人手帕）

男人 谢谢。

　　［男人擦去眼泪。女人们面对面看着他，期待他与她们分
享自己的痛苦。

男人 是……（沉思，看着远方，泪水不再流下，眼睛变干）嗯，
您有什么？

第一个女人 您有？

第二个女人 怎样？

男人 嗯，您坐在这里干什么，您等什么？

第一个女人 我带孙子散步！

第二个女人 我那什么，我散步，就这样，我一整天过得快！

男人 嗯——嗯……（起身，拿着行李，离开）

第一个女人 哦，你看什么！

第二个女人 我什么，我要做出说明，我在这里做什么？！我会给
丈夫做说明，即使他不会问我！

第一个女人 我在这里一直坐着！我的孙子在那里荡跷跷板，
什么？

第二个女人 我找那些领导，我很快摆脱了这些人，谢谢，我自
由，现在想什么——那就做什么！现在谁找我，现在每个人
会指指问问——现在我还写说明吗？

第一个女人 我把他带进邻居院子，散步——那里更好荡跷跷板，

那里两个戴肩章的人向我走进，问我——这是您的绿色汽车吗？

第二个女人 真是聪明，带着行李散步……

第一个女人 我告诉他们，这不是我的，什么？

第二个女人 看来，有人迟到了，在发牢骚，可我们打扰他了，我从这儿哪儿也不去！

第一个女人 可他们开始问我的姓名的开头字母和住址，他们说，汽车的车胎被放气了，没人知道汽车是谁的，他们问，您知道，看见过，谁到汽车里坐过，或者，谁把它的车胎放了气？

第二个女人 我已经什么也不等，我等倒霉了，——他会问我要的！三十年前我等了，可然后停止了，是的！

第一个女人 他告诉他们，我没看见，谁坐过汽车，谁在汽车那里，谁放过气，在这之前对我来说没事，就是，我的孙子在荡跷跷板，就是一切——为什么在某处留下自己姓名的开头字母？！

第二个女人 我甚至，这个，还没向自己的成年子女汇报这个，我坐在哪儿，去哪儿，谁还会到我这儿来……他们有自己的生活，我有我的——这就得了，离开我他们的生活开始了，但我之后从他们那儿什么也不要求！他们知道，从母亲那里已经没有什么能引起注意！

第一个女人 反正一样，拿了一切，记下一切，甚至还有邮编！怎么样！我现在都不来这个院子了，离犯罪远些！这儿也有跷跷板！不错的跷跷板！你的轮子动起来！（跷跷板的吱吱

声突然变小）

第二个女人　给！（递给第一个女人小药瓶）总之，他是谁？他的名字是什么？带着行李！现在应该检查所有带行李的人！

第一个女人　你额头上是什么？（目光盯着上年纪女伴的额头。后者正中间的额头，正如已婚印度女人，抽搐一下，亮起亮红点。——只是这并非已婚标志，而是激光瞄准器）

第二个女人　什么？

第一个女人　红点。嗯——哈……（向手指上吐口水，想擦掉斑点——不过，红点好像太阳光点，从指间溜走，移动得更好一些）需要纱巾……

第二个女人　纱巾丢了！啊，怎么！有人把我们弄开，我怎么会不知道谁呢！你干什么！（将自己女伴的手从额头上推开）

第一个女人　哦，消失了！哦，又出现了！

第二个女人　这是什么，你说？

第一个女人　啊，看来，这是瞄准器，激光的……就像狙击手用准星对准你……

第二个女人　为什么？

第一个女人　瞄准！

第二个女人　哦，你干什么！（跳起来，绕着长椅跑，藏到第一个女人身后，从她后面看着）看，这是你孙子把什么瞄准我们！

第一个女人　啊！这是父亲赠给他的！瞄准器，这是玩具！

第二个女人　啊哈，又开始了，一切都从玩具开始！让他把玩具拿走！（又躲到第一个女人身后）告诉他！

第一个女人 （对孙子喊道）你说什么，啊?！（转向自己的女伴）别害怕，他不会射击，他只是瞄准！

第二个女人 啊哈，瞄准！瞄准，然后射击！（对不听话的孩子喊道）听着，拿走，从我们这儿拿走！

第一个女人 （对孙子）坐下，跷吧！小孙子，坐下跷吧！

第二个女人 不听话！

第一个女人 嗯，现在我就给他扔了！（小孩喊叫着从跷跷板上掉下来）我说过谁，拿走！拿走！坐下跷吧！现在你回家！

第二个女人 （微欠身子）这就是做出来的血！一滴血——就是一切，你什么也别干，教训吧，不教训吧，要让他们所有人都洒点，所有人……（朝第一个女人喊道）你干什么，松开！总之，松开，好让他放手！（跑向跷跷板）

301

第五幕

　　军训分队的一个兵营。浴室前的存衣室。蒸汽从浴室涌到存衣室，把许多储藏小柜和不高的长凳覆盖了一层。在打开橱柜小门前的一条长凳上，坐着一个体格健美的男人；从椭圆形体积的软管中把白色膏油挤到手上，他仔细地把膏油涂到自己脚趾上。从隔壁橱柜中传来焦急的敲击声和啪啪声，好像有人被锁到那里了，他试着从里面敲开门。此时，嘈杂声中浴室门猛地敞开，**两个年轻男人**腿上围着毛巾，跑进存衣间。一个手上拿着洗衣粉盒；另一个跑向自己的小橱柜，在里面翻找，取出一张白纸。他们一起靠近传来敲击声的橱柜。男人们笑着，相互挑动。一个把粉末倒在纸上；另一个把纸靠近橱柜上的孔隙，用力吹气。从小橱柜中传来咳嗽声；男人们对自己的"玩笑"很满意，在哈哈大笑。

第一个男人　化学袭击!

第二个男人　（在柜子里喊道）没法呼吸!

第三个男人　（将手上的膏油擦掉）您干吗让他痛苦?

第一个男人　因为他像水饺!

第二个男人　方饺^①！（两人放肆大笑，重新把倒在白纸上的洗衣粉拿到小橱柜里吹气；小橱柜里有人剧烈咳嗽）

第三个男人　您今天去哪儿了？

第一个男人　去灭火了！一间房子烧毁了……

第三个男人　那儿怎么样？（有人被锁在柜子里，开始猛烈凿敲，盖过说话者的声音）打开……您把它……已经插上插销了！

　　〔第二个男人打开小橱柜，——从里面滚出一个**裸男**，被咳嗽憋坏，模样虚弱，表面看来比所有锁他的人都明显年长。他咳嗽几声，靠近自己的小橱柜，打开，开始穿衣服，一直在嘟囔……

第四个男人　丑八怪……

第二个男人　你还要向我们说谢谢，看，你已准备好向一切，甚至准备化学袭击！（放肆大笑）

第三个男人　那里发生什么了？

第一个男人　煤气爆炸！

第三个男人　日常犯罪？

第一个男人　不，暂时还不清楚，但是，也许，不是日常犯罪。总之，那里整层楼都被摧毁，一个房间的一切都炸没了——专家根据初步痕迹挖出紧挨建筑的一切，有人打开了煤气，所有导烟管……

　　〔此时第二个男人在自己的橱柜中翻找，从中取出一张照片，给第三个人看。

第二个男人　给，看，我在那里拍的，酷吧，啊？酷吧？

---

①　此处原文 равиолли 系意大利语 ravioli 的俄语音译，即小方饺。

第三个男人　这谁的手？

第一个男人　看，手和脚紧挨着床，而中间——什么没有！总之，是的！

第三个男人　您真是残忍！我们已经收集类似照片用于影展，啊？

第二个男人　看，它们因为相互连着，所以床背靠背，而尸体飞出去，总算在大街上找到它，啊哈！（放声大笑，把照片直接递到第三个男人鼻子上，后者推开他，于是第二个男人把照片靠近第一个男人眼睛）

第一个男人　你拿走！对这种工作，这样子，我总是无法入睡！

第四个男人　你们所有人都要治疗一下！

第二个男人　你怎么，啊？（将照片递给第一个男人，解下毛巾带子，将其对折绞合，摇晃着头，靠近第四个男人——用力撞击他的大腿）

第四个男人　（歇斯底里地喊道）别缠我！

第二个男人　现在我不纠缠——我不纠缠，你得迎合我们的照片展，我只把你的腿给卸了，将其放到你的橱柜里，我们在那儿给它们拍照，将这一切命名为"小橱柜里的双腿"。（粗鲁大笑）

第一个男人　不，我们把它们捆到橱柜上，他会用他的双脚站着！（二人大笑）

第四个男人　你们想从我这儿要什么？！你们为什么总是纠缠我？（哭）

第二个男人　因为你像水饺！

第一个男人　方饺！

第二个男人 你看过自己的耳朵吗？

第一个男人 你爸爸是大象吧？在动物园里，你妈妈靠笼子太近了，啊？然后你就出生了！

第二个男人 大象①！

第三个男人 好了，别缠他了！让他穿衣服，摔倒他，他这样哼唧，我都不能！

　　〔第二个男人又用毛巾鞭打第四个男人，后者靠近橱柜，默不作声。

第二个男人 嗯哈——让你哼唧！让你哼唧！

　　〔第四个男人猛地转向第二个男人，用尽全力，抡起胳膊，稍微跳起来，直接打在那人脸上，——第二个男人倒下，躺着一段时间不能动弹，思考发生了什么，然后猛地跳起来，跑向第四个男人，挥手就打第四个男人。第四个男人灵敏闪开打击，再次用拳头有力地打在凌辱自己的人的眼睛上，后者愤怒地大喊大叫，一跳把第四个男人摔倒在地板上，——他们的身体在那里蜷缩成一团，疯狂地从存衣间的一个角落滚到另一个。此时此刻，一个上年纪的胖男人走进存衣间；他只穿裤子和背心，赤着脚，手上拿着上衣和皮鞋。男人迷惑地站着，看着打架的人，然后把目光转向第一个和第三个男人。他们跳起来，奔向第四个和第二个男人，将他们分开；第一、第二、第三和第四个男人，在第五个男人面前立正排成一队。第五个男人走到自己的橱柜，把皮鞋放在下面，挂好上衣，脱下裤子，围绕胯部翻转毛巾，并不看继续笔直站

───────────

① 此处原文为элефант，即英文大象（elephant）的俄文译音。

305

着的四个人，命令他们……

第五个男人 稍息！（转向所有人）干什么——不累啊？能量多？是吧？可以给手找更好的用处，啊？我们的手不是为了无聊！这是削弱力量！（转向第二个男人）你和他打架，而他明天，可能不会把你从障碍物中，从爆炸中拉出来，啊……你们一起去做任务……（气喘吁吁，在矮长凳上坐下来）或者，总之，他从后面推你，（向第四个男人使眼色）啊？所有事执行时，都不是个人事情，——所有事都出自个人的愚蠢……坐下。（所有人坐下）

　　［第五个男人长久沉默，然后问道，有谁不明白……

第五个男人 拍照了？

　　［所有人沉默。

第五个男人 来，展示一下，我可看到了，怎样拍照的，展示一下！

　　［第二个男人爬起来，走到自己的小橱柜，寻找照片，第一个跑向自己的小橱柜，取出照片，将它递给第五个男人——后者仔细端详照片，将它还给第二个男人……

第五个男人 是女人……

第一个、二个、三个男人 （齐声）女人？

第五个男人 修脚指甲……

第二个男人 修指甲？（端详照片，然后将其递给第一个男人）

第一个男人 您眼见为实——如何可以把红漆从鲜血中区分开来？

第五个男人 可以，仔细观察我的——就会区分！（转向第三个男人）今天您的行李搬运到哪儿去了？

第三个男人　在机场……

第五个男人　那里怎么了？

第三个男人　一如往常——行李，起飞区……

第五个男人　爆炸了？

第三个男人　不——行李是空的。

第五个男人　空的？

第三个男人　是的，有人把空箱子留下了……

第一个男人　故意的？

第二个男人　故意就不留空的了……

第一个男人　不，嗯，也许是预警，你们想想？恐吓人！

第三个男人　恐吓人！那里封锁了三个小时，所有都用机器人侦探过……

第五个男人　我们的——朋友告诉你了？

第三个男人　是……

第五个男人　好像是日常生活，也好像——天知道……有人打开煤气，房间里一分为二，然后由于火星，由于铃声，一切都爆炸了……

第三个男人　因为铃声？

第五个男人　是，由于门铃，一个小伙子，傻瓜，一个老太婆和女伴在他后面追赶，——他跑，冒冒失失，路上按响所有房间的门铃，——他自己朝楼顶跑，而人们从房间里出来，拦住这些大婶——就是说，您按的门铃？……

第三个男人　真狡猾！

第五个男人 是，狡猾，——按这个房间的门铃，然后跑走了……

第四个男人 也许，他害怕，也许，他们想把他痛打一顿……

第五个男人 是，惩罚他们……他们自己都活着——孩子暂时不清楚……

第三个男人 败类！说得漂亮，搞不明白！

第五个男人 我们审问过这些人，说过，——然后有人吓唬小伙子，他就这样沿着入口跳进去，可一个女人说——我们经常这样做——但是永远不会爆炸，——您想象一下！现在另一女人沉默，也许，这是休克，沉默，写东西……名字是某个男性的，他请求一切谅解，他写啊写……他原谅我和名字，他看看四周，展示这张纸，含糊不清地说……

第三个男人 是，这种情况之后，所有事可能发生……

第四个男人 啊哈，这之后，有些人会变得残暴……

第二个男人 为啥？

第五个男人 你为啥把这一切都拍下来？

第二个男人 为什么……不知道，这样，闲着，然后还可以做展览，什么，比方说，不能这样做，也就是说，所有人看着这些可怕情景，都会心惊胆战，因此，还是更小心点好……

第五个男人 你说得天真！

第二个男人 是吗？

第五个男人 是！看，多漂亮！（从第一个男人处拿起照片）啊?!如果不漂亮，你不会拍照！就这样！有人看了这些图片，不会在他们中看到惨状，而是美丽！说得远一点，这是艺术，推动生活！这个，所有人已经被传染了——问题不在于，谁，什么，有多少因为这一切——因为爆炸，因为自杀，因为这些恐怖活动死去，——这是另一回事儿，更可怕的事儿——这儿开始连锁反应。所有人，所有人都被这个传染！无罪的人将死去，无罪的人被传染，最热心的反对者——成为暴徒！没人想停住！没人！这个，所有这些想法——它们很可笑，因为太平常了！……但是你的这个想法有缺陷，这些照片，展览——这就像起飞带的空箱子。是吧？所有人会研究，分析——现在它们不会爆炸，不，——然后它们会爆炸——每个人，生活中的每个人都有自己的方式！是的……现在好像已如此，我的朋友告诉我这个——晚上，很晚，他把自己的老狗从阳台上扔下去——他说，早上守院人会把它拿走，——很方便，不用跑来跑去，没什么——扔掉了一切，扔掉老狗！可怕，是吧？这个，我以可怕事情举例，告诉您这个，嗯，这很可怕……您可以，会理解我，告诉朋友们，这个，您有个上校，有个纯粹的虐待狂朋友，他就那样对待自己的狗，——他们还告诉自己的朋友，——可有人会拿，会明白——嗯，真的，方便吧?！扔掉一切。不要毒死，不要付钱——只要到阳台上，推出去！如果没人告诉他这样的事，那么他会吃完这个的，嗯，这样，自己，啊？

或者，这个，他想——有人这样做，我为什么不也决定这样呢?

第四个男人　也就是说，根据您的观点，总之，严禁谈论这个，不允许展示这个……在您看来，既然这个发生了，结果是——意味着，一切！爆炸，自杀，暴力，那儿，——唉！那时我们，我们，——最好被关在笼子里，是，那时被拦着，关于这个，我们不会向任何人！

第五个男人　在我看来，如果你不用这个反抗，（指着第一和第二个男人）他们很快就已经把你给欺负了！我没看到您处在怎样的非正常情形中，他们经常挑你的刺儿！啊？什么？这个——你首先解决自己的问题，然后再想其他人的！在我看来，在您看来！好了，休息吧！

〔第五个男人站起来，走进淋浴室。第一个、第二个、第三个、第四个男人穿衣服。突然，第五个男人回来，走近其他人，完全出人意料地开始唱道……

第五个男人

Happy birthday to you!

Happy birthday to you!

Happy birthday, mister president!

Happy birthday to you!

嗯，啊？我唱得怎么样？

第二个男人　像玛丽莲·梦露！

第五个男人　是的！没有人，没有人发自灵魂，发自内心地唱这首歌！所有人——在纪念会上，在音乐会上，在家里——所有人努力唱着，就像她当时给总统唱一样！可您知道吗，这个总统和所有人那时，在那个晚会，——等着她，可她迟到了，总之，——她那时被背叛了，她被搞乱了，——这个，这个就像——您想象一下，这个人应该帮助，一开始帮助，可然后弄明白，——这不过是那样的承诺，那些姿态——这可只有那些吸毒者才有的——这就是一切，生日快乐！可这作为常态接受了，所有人想模仿这个！您想象一下?！啊? 什么? ……嗯，好了，休息吧! ……（离开）

第六幕

　　飞机客舱。经济舱一半空着。一个椅子上坐着一个**乘客**。周围没有人。乘客没有看，扣上安全带，解开，重新扣上，再解开……——直到第五遍。**乘客 1** 向他走去……

乘客 1　您扣上了？

乘客　是的……

乘客 1　（坐在紧挨的空座上）不管我多少次乘飞机，自己总是不能扣上，无论如何也不行——往哪儿放什么，扭啊扭，转啊转——直到有人帮忙……

　　〔乘客沉默。

乘客 1　您不能帮下忙？

乘客　能，请……（向邻座附身，把他扣上）

乘客 1　多么柔软的双手……

乘客　什么？

乘客 1　就像婴儿的一样，小手真丰满，并不是所有男人都这样……

乘客　是吗？

乘客 1　一般时髦的人才有这个，非常时髦的男人才有这样的，您明白我说的吗？

乘客　不……

乘客1　好吧，别放心上！

　　　　[过道出现乘客2。

乘客2　啊——啊——啊，真是巧遇！

乘客1　真是巧遇！

乘客2　这是命运，是吧？

乘客1　是的，命运！（乘客1和乘客2在笑）

乘客2　（向乘客）您扣上了！

乘客1　我——我扣上了！

乘客2　自己？！

乘客1　不——别人帮我！

乘客2　没有后果？（两人再次笑，好像老朋友笑只有他们明白的玩笑）这样，那什么——我靠窗，啊？（挤过坐着的人，在舷窗旁坐下）窗户边可以不扣，反正都一样——不能……窗户边，不只是……（朝舷窗看）这个，右边的发动机不动……

乘客　什么？应该通知！（向舷窗弯腰，转动头，细看）……

乘客2　玩笑！我开玩笑！

乘客　这不好笑！

乘客2　不好笑？！

乘客1　（向乘客）实际上——他比我们还害怕，——他只是没正形，所以才这样没道理地开玩笑！

乘客　是，非常没道理！

乘客2　请原谅，原谅我，当然，我非常害怕，——看一看——看一看——真是多么薄的隔板，那里的天空……因为一个这种想法，我头脑中的一切完全翻个儿了，我乱讲，是的，乱讲，好不再考虑，好完全停止思考……否则，如果沉思一下，可能都疯了！真轻松！

乘客 也许，您喝了？

乘客 2 可惜的是，我没喝！

乘客 1 可我喝了。

乘客 还有我。

乘客 1 请按一下！

乘客 什么？

乘客 1 呼叫女乘务员的按钮。

乘客 啊哈，好！（按一下）奇怪，她们应该过来，问一问……奇怪……

乘客 2 可那个，我们相遇，这不奇怪？

乘客 啊？

乘客 1 他指的是，您对完全不奇怪的东西，感到奇怪……

乘客 2 还有更奇怪的——已经过去，总之，——与您擦肩而过！

乘客 你们这样说，好像孪生兄弟一样，或者，好像你们不是两个人，而是一个人。

乘客 1 是吗？

乘客 2 是吗？

乘客 1 您飞往哪里？

乘客 2 我？

乘客 1 是的！

乘客 女乘务员在哪儿？

乘客 1　这个，您飞往哪儿？

乘客　我？

乘客 1　是的……都一样，为什么这样？为什么我们彼此挨着？

乘客 2　听着，要知道，动力，真理，不起作用了！

　　　　[乘客和乘客 1 倚靠在舷窗上。

乘客　他在发烧！

乘客 1　有人打我们了！

乘客　您在说什么！现在不是战争，谁打我们了？！

乘客 2　哈！您真是自信满满！几分钟前，您坐在飞机里？

乘客　（看着表）三十分钟！

乘客 1　三十？！您知道吗，在这段时间会发生什么？

乘客 2　在这段时间，世界会翻一个个儿！

乘客 1　是的，既然一切都过去，我们会在完全不同的世界中
　　　　着陆！

乘客 2　总之，如果我们着陆的话！

乘客　您怎么了？！您怎么了？！女乘务员在哪儿？我们飞往哪
　　　　里？！在哪里着陆？！我要，我要回家，我要回家！

乘客 1　安静！安静！

乘客 2　您去哪儿？这非常简单！请忍耐一下！

乘客　我要，我，我……

乘客 1　我什么？啊？！

乘客　我要回家，关上煤气！

乘客 2　煤气？！

乘客 1　您这是怎么了，坐车回家，打开煤气，——然后忘记关了？

乘客　我坐车回去，回去了，可他们躺在一起，他睡着了，而她被绑着……嘴里塞着东西！开始我想——这是她，怎么了？然后一切明白了……他们寻欢作乐，消遣找乐——我却在这儿！她被绑着，他睡着！她看见我了，看见了也明白了，感到了——我就把所有通风窗关上了，静悄悄地，不惊醒他们，所有通风窗——然后放开煤气，打到最大，从烤箱里散出来，她明白一切，明白一切，无可奈何，什么事也不能做，嘟嘟囔囔！……

乘客 1　是的。

乘客 2　您为什么将这一切都告诉我们？

乘客 1　您这是怎么了，想一想，这是您的幸运？这将归入您，是不是？

乘客 2　那里举办了公开忏悔！顺便说一下，我们也很坏。

乘客 1　真是如此！

乘客 2　让我们现在开始想一想，谁做过哪些肮脏龌龊的事，——您是怎样感到轻松些的？

乘客　不对，但是，也许，您会感到轻松些？

乘客 1　你知道，还有更下流的，——现在无论如何已经不能回去了，是吧？这个，还有更下流的——承认错误，也不能彻底改变任何事情。那儿有什么干扰你了，在地上，想一想这个，啊？要知道，今天，这儿，你能按另种方式做一切事情，能，但是这样做，就像已做过，——现在你的，你目前的——你自己做过的那样！

乘客2　不！一切都好，一切都安然时，任何人都不愿想什么！

乘客1　和你一起混乱不堪！和你一起混乱不堪，你明白，很早，很早了！

乘客　谁强迫她了，她缺少什么？！我们生活得美好，我们相互理解，彼此相爱，她缺少什么？！

乘客2　真傻，你想的是另一回事儿！先看看自己，你身上发生什么——你身上每天有事情发生……发生什么？！你不知怎样打发时间，做点什么——应当从最小的开始，从那些你明白的开始……要知道，每人——日复一日——给自己准备，归根结底，值得的东西……

乘客1　也许，谁现在在这里听到我们——会笑话我们——会在飞机上点火嘲笑——要知道，这是真实的——这很简单。这种封闭的范围，我们自己，自己颠簸自己，然后我们会被杀死……我在想，……结果是什么……我们会杀死自己？……当然，不会马上……就像放慢的电影……

乘客　这样，住手！什么？！您说什么？！要拯救，熄灭！为什么？为什么所有人都坐着不动？（跳起来，沿机舱跑着）

　　［经济舱的不少乘客，继续沉着地坐在自己的椅子上。

　　为什么？

乘客1　您在跑什么，您又不是救星，最终——您老早就明白一切……熄灭飞机什么意思，拯救飞机什么意思，如果明天有其他人逗留耽搁。

乘客2 跑啊——跑啊——熄灭！但是——当你平安着陆后，那里，在地上，有什么等着你，——工作，回家——什么事等着你？感到自己孤立无助，真是可怕，可怕，但是，顺便说一下，你自己有病……

乘客 别说了，别说了!!!我不想听您说！您又蠢又笨！您说些什么?!我读过这一切，我在中学时就学过这个，妈妈向我说过这些！我小时候，小时候，我小时候……（坐到地板上，哭起来）

〔女乘务员向他走来。

女乘务员 请系好安全带！

乘客 啊？

女乘务员 请系好安全带，我们即将起飞。您需要什么？

〔乘客坐到椅子上，环顾四周——除了他和女乘务员，机舱里别无他人。

乘客 啊？（看着舷窗）我们难道还没起飞吗？

女乘务员 已经起飞，您需要什么？

乘客 不需要……谢谢！

女乘务员 您一切都好吧？

乘客 是的，谢谢！……谢谢！

〔女乘务员离开。乘客拿出手机，用颤抖的手拨打号码……——一阵嘟嘟声，自动回答开启。

自动回答 您好！我们不在家！请在嘟嘟声后留下您的讯息……（故障，咝咝声）……请在嘟嘟声后留下您的讯息……（响起长声……乘客沉默不语……他在等待声音结束，该说些什么……长声没有结束，乘客仍然没有想法，声音结束后——该说些什么）……

——幕落

图书在版编目（CIP）数据

俄罗斯当代戏剧集.1/（俄罗斯）亚·阿尔希波夫等著；潘月琴等译.—北京：中国国际广播出版社，2018.9
（中俄文学互译出版项目·俄罗斯文库）
ISBN 978-7-5078-4206-7

Ⅰ.①俄… Ⅱ.①亚… ②潘… Ⅲ.①剧本－作品综合集－俄罗斯－现代
Ⅳ.①I512.35

中国版本图书馆CIP数据核字（2018）第170022号

《中俄文学互译出版项目·俄罗斯文库》由中国国家新闻出版署和俄罗斯出版与大众传媒署批准，中国文字著作权协会和俄罗斯翻译学院负责组织实施。

俄罗斯当代戏剧集 1

出 品 人	宇 清	
策　　划	王钦仁	
统　　筹	张娟平	
主　　编	苏 玲	
著　　者	[俄]亚·阿尔希波夫　拉·别林兹基 等	
译　　者	潘月琴　杨爱华 等	
责任编辑	杜春梅	
版式设计	国广设计室	
责任校对	徐秀英	

出版发行	中国国际广播出版社［010-83139469　010-83139489（传真）］	
社　　址	北京市西城区天宁寺前街2号北院A座一层	
	邮编：100055	
网　　址	www.chirp.com.cn	
经　　销	新华书店	
印　　刷	环球东方（北京）印务有限公司	

开　　本	880×1230　1/32
字　　数	239千字
印　　张	10.5
版　　次	2018年9月 北京第一版
印　　次	2018年9月 第一次印刷
定　　价	62.00元